Truth and Lies

真相與謊言

A Thriller

卡洛琳·米契
Caroline Mitchell

葉旻臻／譯

獻給潔西卡，

哪怕個子小，也能撐起半邊天。親一個。

「一句謊言就能腐化一千句真話。」

——非洲諺語

一九八七年十月二十九日

〈「布蘭特伍德人魔」殺手遭判無期徒刑〉

莉莉安，葛萊姆斯，俗名「布蘭特伍德人魔」的雙人殺手搭檔之一員，因謀殺九名年輕女子的罪名於切姆斯弗德皇冠法院遭判處終身監禁。麥可．德馮法官對這名惡貫滿盈卻否認涉案的連環殺手表示，她對社會大眾構成威脅，永遠不該獲釋。莉莉安．葛萊姆斯與夫婿傑克．葛萊姆斯於一九七二年起居住的布蘭特伍德紐波德街十三號，藏有六具年輕女子的屍體，年齡介於十三至二十三歲不等，其中包括他們的女兒莎莉安．葛萊姆斯，她在一座釘死的壁爐後方被發現。

宣判之際，這位三十四歲、育有四子的母親儘管面對排山倒海的不利證據，仍堅稱自己無辜。據她的律師表示，警方為了獲致成功起訴而操弄證據。她仍會尋求上訴。

莉莉安的夫婿，三十九歲的傑克，在審判的兩個月前陳屍於牢房內，據稱當時他準備要交代餘下三名被害者的下落。官方宣告的死因是先前未診斷出的心臟疾病。

社工針對十五歲的莎莉安．葛萊姆斯失蹤一事訪視葛萊姆斯夫婦的住處後，他們即遭到逮捕，其餘三名子女則送交收容。

由五男六女組成的陪審團在法庭上被迫檢視了令人作嘔的罪證，包括聆聽這對夫婦以勸誘方式將其中八名受害者帶至家中、狠心對她們施以性暴力的過程。她們接著慘遭殺害，分別被埋藏在庭院、牆壁空隙中以及房屋地板下。莉莉安・葛萊姆斯始終主張莎莉安死於意外，但鑑識證據顯示她的頭部曾遭到一記重擊。葛萊姆斯被問及死亡事件時的自稱無辜未獲陪審團成員接受，他們經過十一個小時的考慮後判決她有罪。

負責調查的員警，艾塞克斯警局的羅柏・溫特偵緝督察指出，已有進一步偵查工作針對三具尚未尋獲的被害者遺體展開。

1

一九八六年

是那陣刮抓的聲音把珀比引到了大人不准她去的地方。她的赤腳觸及階梯時，鼻子不禁皺了起來，但願能擋住外面的臭味。她不願去想那些蜘蛛，牠們在地下室屋椽上結出巨大的蛛網懸垂而下。她環視室內，看見了剝落的油漆和挨著牆壁堆高的一個個紙箱。「哈米，」她耳語道，心臟在胸中如蝴蝶振翅般躍動。她把睡前的特別飲料倒掉沒喝，因為她不想作噩夢。她躺在床上睡不著，忍不住一直想到她的寵物，迷了路、在黑暗裡孤孤單單的。「哈米，」她悄聲喚了第二次。腳底下地下室的地板冷冰冰的。

她在微弱的光線中瞇眼窺視，踮著腳尖走過地上的舊單人床墊。她不知道她父親為什麼在他的工作室擺了張床，但是上面紅色的污漬令她心驚。她往上回望地下室的樓梯，心裡納悶她的倉鼠有沒有可能自己跑得這麼遠到下面來。抓抓……抓抓……抓抓……。聲音是從角落一口大木箱裡傳出來的，以一隻倉鼠的標準來說好像太大聲了。珀比全身一僵。如果發出聲音的不是哈米，那會是什麼？

「妳在下面這裡幹嘛？」莎莉安刺耳的聲音從樓梯最高處傳來，讓珀比嚇了一跳。她這個姊姊對她而言更像是母親，總在爸媽出門時關照她的生活需求。但是今天的莎莉安眼睛圓睜得像碟子一樣大，臉上毫無血色。

珀比咬著唇角。她違反了規定。她惹上大麻煩了。「哈米跑出來了，」她指著房間角落悄聲說。「他在那裡。」但是刮抓聲已經停止了，取而代之的是低沉的呻吟。珀比用彩虹小馬睡衣的袖子繞住手，手指縮起來在袖口裡握成拳頭。她恨不得把拇指放進嘴裡吸，但是那樣又要挨一頓罵，她現在闖的禍就已經夠大了。

莎莉安到了她身邊來，腳步輕得幾乎碰也沒碰到台階。「那不是哈米，」她悄聲說，眼神瞟向台階頂端的一道光線，再看回珀比的臉龐。「而且妳不該來這裡。」樓上的一道門轟然甩上，她的話聲變得短促尖細。「是爸爸。天啊，如果被他抓到，我們就完了。」她抓著珀比的手臂，把她拉回原路要逃，但是太遲了，沉重的腳步在走廊上迴響，越來越大聲。

珀比於是把拳頭握得更緊，指甲掐進了掌心。如果爸爸逮到她們在這裡，就要用皮帶抽她們了。

「快躲起來。」莎莉安悄聲說，把她拉走時手指捏緊她的皮膚。

「妳弄痛我了啦。」珀比尖聲說，眼淚一湧而上。她真正想說的是：她好害怕，有生以來不曾如此害怕過。她姊姊眼神中的恐懼告訴她，她們面臨的是比挨打更大的危險。她知道莎莉安看到過一些東西，一些她不能透露的祕密。腳步聲現在逐漸逼近，她爸爸離她們只剩幾秒的路程。

「躲進去，」莎莉安喘著氣說，雙手架在珀比的腋下將她騰空舉起。「不要哭。不管發生什麼事都不要出聲。聽到沒？不管發生什麼事都不行，不然妳也會完蛋！」

珀比發覺自己被扔進了一個洗衣籃，裡面堆著半滿的髒床單。床單上的污漬和床墊上的是相同顏色：酒紅。她把自己擠進這狹小的空間，同時心臟重重狂跳。一個對她四歲大的腦子太過恐怖的念頭讓她理解到，那乾涸結塊的物質就是血。莎莉安拿一條床單掩住她，再把籃子重新蓋上，她忍住一聲嗚咽。她眨著眼強忍淚水，撥開周圍糾結的布料。透過藤籃上一個窄窄的空隙，她能依稀看見她父親大搖大擺走下樓梯。他又高又壯，拿著瓶子大口痛飲的模樣看起來就像巨人。他環顧室內時表情扭曲，珀比祈禱她姊姊也及時找到藏身處。她無法任憑自己細想床單上血跡的來源，或是她父親拖著角落那口箱子的原因。他的臉上勾起一抹笑容，是不好的那種笑。她無聲地吸了一口氣，下巴不禁顫抖，如果她能回去乖乖躺在床上就好了。

當她父親從箱子裡拉出一具光溜溜、血淋淋的屍體，珀比用一隻手緊摀住嘴巴壓下尖叫，然後又把另一隻手也蓋上。但是莎莉安就沒有如此直覺地遵守她自己給出的忠告。珀比聽見姊姊突然倒抽一口氣時，整個人瑟縮了一下。她父親反應迅速，大步走向紙箱堆的後方，拉著辮子把莎莉安揪出來，然後拾起他擱在地上的瓶子。他發出怒吼，一面用力拉她的頭髮，一面把瓶子舉到空中。

珀比緊緊閉上雙眼，用手指塞住耳朵阻隔聲音。這件事沒有發生。不可能發生。她的大腿中間滴下了溫熱的尿液，還有一股利爪般的恐懼感。珀比知道這一切都太真實了。她的眼睛不由自主地張開，瞥見她的母親沿階走下來。

「你做了什麼？」莉莉安看著這一幕，帶著顯而易見的恐懼喘息道。

珀比吞回淚水，跟著母親的視線看往癱倒在地下室地上、毫無生氣的莎莉安。

2

啪答啪答的雨滴像手指敲鼓點一樣打在黑傘上，仍無法掩過弔唁者的啜泣聲。艾美羨慕他們流得出眼淚，自己只能垂下頭以示敬重。她爸爸在倫敦警察廳的同事——也是她的同事——值得他引以為傲。她向前傾身，捧起一抔濕土，撒到棺材上，然後幾朵零散的玫瑰花也跟著撒上，一排制服上沾著雨水的警員靠過來做最後的致意，艾美從中獲得了安慰。

她的哥哥克雷格摟住她的肩膀時，她無法自制地全身一僵。他短促地抱緊她一下，然後立刻退開了，她報以半個帶著歉意的微笑。她是怎麼樣一個怪胎啊？在自己父親的葬禮上哭不出來，現在又連接受一個深情的擁抱都沒辦法。她拉掉手套塞進外套口袋，碰到了〇〇七鑰匙圈的堅硬邊角，那是她父親六個月前送給她的。她咳了咳，勉強吞下哀傷時感覺喉嚨一縮。現在還有誰會跟她一起看龐德電影呢？

✦ ✦ ✦

葬禮後僅僅二十四小時，艾美發現自己來到了道吉．葛瑞菲斯的平房裡的一張皮革扶手椅上。過去八年來，她父親固定每週一次拜訪這位舊搭檔時，坐的就是同一個位置。

艾美灰色的眼睛不經意看向壁爐上擺飾的照片，那裡展示了道吉一生的故事：一張模糊的舊照上，是他那對冀望於改善生活而移民離開牙買加的父母；道吉成長期間在東倫敦住的公寓；他上學的第一天。下一張照片讓艾美看得露出微笑，那是一臉青春的道吉，第一天穿上警察制服，爆炸頭塞進頭盔裡，滿腔驕傲。他在艾塞克斯警局認識了艾美的父親，後來同時轉調到倫敦警察廳。但他們的同僚關係在道吉因傷導致必須終身坐輪椅之後便提前結束了。艾美的視線落到最後一張照片上，那是道吉和她父親，在一間酒館裡共同舉杯慶祝他們最新一次升職。她無法理解，一顆那麼急公好義的心，怎麼可能毫無預警地就停止了跳動，甚至連他們道別的機會也奪走了。艾美嘆氣一聲。像他那麼堅強的靈魂不可能就這麼默默消逝。他一定還有一部分存在於某處，支持著她的意志繼續前行。

「我本來想叫妳回家，但我猜那也只是白費力氣罷了。」道吉的東倫敦口音讓她從思緒中抽離。

「啊，」艾美說著啜了一口又熱又甜的飲料，對他投以一個了然於心的笑容。「你知道我爸有多愛他那些傳統規矩。我現在可不能破壞。」

道吉推著輪椅到她旁邊，腿上托盤裡的茶一滴也沒灑出來。像這樣小小的勝利可是花費了長久的努力，而她父親時時刻刻都參與其中。道吉現在放輕了嗓音，蜂蜜棕色的雙眼裡也帶著深深的同情。

「親愛的，妳父親剛過世，妳理所當然該有時間哀悼。別覺得自己有義務去傳承這些東西。」

「恐怕你是擺脫不了我了，」艾美說。她噙著淚水，雙眼閃閃發光。「我也不覺得這是出於義務。畢竟你泡的茶沒人能比。」

道吉嗤嗤一笑。「這樣的話，隨時歡迎。」他停下來啜了口茶。「妳在新團隊適應得怎麼樣？管到什麼大案子了沒有？」

艾美放鬆地靠在椅子上，工作是個她喜聞樂見的話題。「我跟我的偵查佐處得還不錯。派崔克．拜恩，你認識他嗎？他以前還當過我的督導。他在槍械組待了幾年，然後才轉到重案組。他是深色頭髮，大概四十五歲……」警察在職業生涯中職掌有所變化並非罕見之事。

「派弟．拜恩？是，我認識那傢伙。有他當妳的副手沒問題的。」

艾美點了點頭。綽號派弟的派崔克．拜恩是她最信任的同事，雖然他們從外觀看來是個很不尋常的組合。他大了她十歲，高出她整整一呎，讓僅僅五呎二吋（一五八公分）高的她像個小矮人，但她的精神彌補了身高的不足，他們共同打擊犯罪時是一對令人望而生畏的搭檔。「組裡其他人好像很樂意跟我保持距離，雖然我想那都是因為老爸的名聲。」

「妳很快就會證明自己的。」道吉給了她一個明瞭的眼神。「克雷格還好嗎？我在葬禮上沒跟他說上話。」

艾美的哥哥跟她一樣在十八歲生日當天就投身警界。但是由於克雷格大她五歲，佔得了先機。他不久前剛升職為犯罪調查處偵緝督察，兩人之間的競爭導致了摩擦。

「他提早離開了。」她說，不願意多談細節。她關愛他，不想在他背後說閒話。

道吉似乎感覺到她的不自在，於是換了個話題。「我會很想念妳爸的。少了他，一切就再也不一樣了。」

艾美把最後一點茶喝乾。她可以想像到她爸爸和道吉在燈下回顧戰爭時期那些老故事的畫面。想到未來再也見不到他，她的臉上劃過一道陰影。她轉向道吉，對上他的眼神。「我會讓他以我為傲，我不會讓他失望的。」

「他一直以妳為傲。看看妳克服了多少難關。」他搖搖頭。「妳的人生從一開始就不容易，這是肯定的。」

艾美把空茶杯放在咖啡桌上，盯著他的眼神混雜了好奇和訝異。「你說的是什麼意思?」

道吉在椅子上挪動了一下，轉開目光。「瞧我在這裡唉聲嘆氣的。我來弄點真正的好酒，我們敬妳爸一杯。」

艾美知道她最好別提議幫他去拿廚房碗櫥裡的牙買加蘭姆酒。他在搜找玻璃杯和冰塊的同時，她感到一陣冷顫竄下脊椎。她的手縮進一個小時前換上的羊毛衣的袖子裡消失不見。她緊握著拳，無法指明這股突然流遍她全身的恐懼是怎麼回事。她不習慣這種無預警襲來的焦慮感受，忍不住喘氣。她鬆開手接過了向她遞出的保溫杯，杯裡裝著蘭姆酒和冰塊。她的嘴唇勉強擠出微笑。

「敬妳爸爸，」道吉舉杯時，抬起眼神看向天花板。「也敬妳的未來。」

艾美和道吉舉杯相碰，也重複了他說的話。但是剛才那股冷顫引發了她內心一股奇怪的感覺，像是在說過去的事還沒跟她徹底了結。

3

牢房窗戶的窗柵貼在莉莉安的臉頰上冷冰冰的。距離她上次看到太陽已經過了五十八分鐘。她是為了在操場放風的片刻而活，為了在肺裡注滿新鮮乾淨的空氣。她還聞得到雨後的餘味，雖然她現在已經不敢在吸氣時閉上眼睛了。上次她這樣做時，肚子挨了一拳，還有人趁她倒地之際在她背脊上踢了幾腳。她摸摸後腦一塊禿掉的頭皮，感覺著新生髮根的微刺。那只是她這週以來受的許多傷之一。獄卒有特別留意她，但是因為人手不足而難以執行。這一切的導火線是那個警察的葬禮，還有那個把故事賣給媒體的蠢婆娘，葛拉蒂絲．湯普森根本不太認識她，報紙卻大肆報導了她身患不治之症，遺願是能給她的小女兒好好辦場後事。莉莉安嗤之以鼻。倘若她真的是位那麼偉大的母親，她十二歲的女兒怎麼會單獨在街上遊蕩呢？謀殺案已經是幾十年前的事了，但社會大眾時至今日仍無法放下。

獄中的毆打、報紙的報導和源源不絕的仇恨信件讓她氣惱不已。為什麼傑克偏偏死了，留下她來面對現實？都怪逮捕造成的壓力，而且正選在他準備一五一十交代時發作。他當時是受到良心的譴責，還是為了交換更好的協商條件才打算透露埋屍地點？保持沉默就是莉莉安的反抗之舉。警方既然這樣子對待她，她又何需幫助他們？至少她是這麼想的——到目前為止都是。她會讓葛拉蒂絲得償所願，但只是因為這理所當然。她轉向桌腳細長的桌子，一隻手撫過她一個鐘頭前寫的信。她先前把信留在那裡，讓其中的文字在她內心重播、對她傾訴。她重讀了信最後一次，知道自己做了對的事。

親愛的艾美，

我知道這封信會令妳震驚。我懷疑妳的家人並未對妳的背景據實以告，或可能甚至沒跟妳說過妳是被收養的。我不想要連再見妳一面都不可得，就在這間牢房裡度過餘生。我是妳的親生母親，是賜給妳生命的人。

妳從我的懷裡被硬生生奪走時，只有三、四歲，看看妳現在長得多大了。我知道，妳讀著這封信時，會想要把我告訴妳的事丟得遠遠的。也許妳會覺得噁心，或者否認的反應會湧上心頭？若能相信自己來自純潔無瑕的血脈，面對未來也會比較容易。但妳從來不挑容易的路走，不是嗎？我的珀比，我的孩子。

在妳內心深處，不論這項事實讓妳多麼難受，妳都無法否認。妳的血管裡流著我的血，我的、還有妳父親的血。不論妳的養父母對妳說了什麼樣的謊言，我們倆都非常愛妳。

我知道妳會拒絕來探視，所以我要用我唯一知道的方式把妳帶到我面前。還有三具埋在地下的屍體，還有三個家庭可以在妳的幫助之下心安。我會幫妳找到那三具屍體。但是別讓我久等。一個星期內就要回應，否則我會帶著我的祕密進墳墓。

永遠屬於妳的，

莉莉安

4

一道清早的陽光照進設備嶄新的健身房裡，閃耀在一排位置擺放精準的跑步機上。布蘭妮的〈Work Bitch〉從高處的擴音喇叭傳來激勵人心的重拍。艾美從飲水機旁的熱毛巾堆裡拿了一條。比起在她父母家那個蜘蛛四伏的地下室裡使用運動器材，來到五星健身房算是一大進步。

「沒想到今天會看到妳來。」說話聲來自艾美的偵緝主任督察，海柔．派克。那嗓音中帶著一絲沙啞，來自她在工作場合開始禁菸時才戒除的菸癮。

「為啥不來？今天是星期四，我們固定都是星期四練的。」艾美說，她迴避了派克擔憂的真正理由。過去兩個月來，她都善加利用獲邀在非營業時段使用健身房的機會。這間健身房是派克的兒子開的，只有討派克歡心的傢伙們才能得到非營業時段免費入場的福利。艾美相當樂於享受這種同僚情誼，又能多了解偵緝主任督察的工作內涵。

「妳知道我的意思。」派克說。她的眼睛一如她名字的原意所指，是榛果般的棕色。她波浪狀的頭髮中間留長、左右和後側削短，身材豐潤但結實。自從艾美認識她以來，她對每個人都是只稱呼姓氏，也期望別人如此相待。艾美不覺得有問題，只不過「派克」這個姓實在不算特別好聽。

「我爸會希望我堅強往前走。」這是真話。工作行程和計畫帶給她力量，只要能夠達成責任目標，就有腳踏實地的感覺。

「好吧，妳確定就好。」音樂換成了黑眼豆豆團長威爾的快節奏歌曲，派克翻了翻白眼。「我不知道我們幹嘛非聽這種垃圾不可。喬治・麥可有什麼不好？他的歌總是能讓我練得揮汗如雨。」

艾美微笑著看了看錶。「手靶訓練前想跑個一兩下嗎？」

她們的閒聊常常是在相鄰而跑時進行，派克講起話臉不紅氣不喘，艾美則要努力跟上她大而長的步伐。她絲毫不浪費時間，把跑步機設定到她習慣的速度。今天她想靜靜地跑，但是過了十分鐘，派克就聊起天來。在她爸爸死後沒多久就跟人輕鬆閒聊，感覺太快了，而且少了工作的話題，她就不知道該說些什麼。

「妳媽媽狀況如何？」派克向艾美報告完自己的家庭生活近況後如此問。

可憐的老媽啊，艾美心想。「她還可以。」她避開目光，試圖隱藏這句謊言。她昨晚經過樓梯間時，聽到媽媽在房間裡哭泣。「工作上還好嗎？」她說，把話題從她母親身上轉開。

「妳真的想知道嗎？」海柔的雙腳重重踏在跑步機上，卻幾乎連一滴汗也沒有流。偵緝主任督察這個職等已經漸漸從警界消失，現存人數無多。派克很幸運地保住了職位，在她所屬的部門擔任犯罪調查主管。比起領導調查，她現在更常忙於行政方面的工作。

艾美喘著氣，戳戳速度調整鈕，再往上加快一節。「有這麼糟嗎？」

「葛拉威爾在代妳的班。妳也知道他這個人，就是不喜歡說『不』。」

資淺的安德魯．葛拉威爾警探有著樂於助人的性格，卻足以對她的團隊帶來損害。艾美所在的小組成軍至今只有六個月，專門應對那些可能在媒體上引起軒然大波的特殊案件。在近期出現的大量負面報導之後，成立專責小組是勢在必行。想到她的部門一團混亂，艾美不禁悶哼。「我們可不是在局裡當冗員的。」她一面說，一面想像著本來應該由犯罪調查部處理的文件檔案把她的組員淹沒到胳肢窩的高度。

「他們在處理了。」海柔在穩定的呼吸之間出聲回答。但是她的表情卻是另外一回事，艾美看得出來破綻，就在她備感壓力時眉頭微微糾起的紋路之間。

「我要回去上班。今天就要。」艾美身側的手臂緊繃起來，她把挫敗感注入自己疲累的肢體。她把刺痛眼睛的汗水抹掉，然後看了看海柔的進度，足以激勵她繼續努力。

「太快了吧，」海柔說。「但如果妳想，明天可以進來喝杯茶。決策團隊現在每天都要我們報告進展。」她停下來喘了口氣。「我們有很大的壓力，必須證明自己的價值。」

跑步機螢幕「嗶」了一聲，通知她今天的練跑目標已經達成。跑步機自動減速，她們兩人同步走著進行緩和。她想要了解更多，這股需求就像疹子一樣令人搔癢。當跑步機停止下來，她拿起毛巾按按額頭。「所以說……嗯……工作的事。」

「我要是想到妳會這麼擔心，就不會告訴妳了。」海柔說著走到室內另一頭，拿出一對紅色拳擊手套。

「我沒有擔心，」艾美謊稱，心中但願她能享有像海柔一樣的資源。以前沒有健身房私人時段，她只能將就用她父母家裡空酒窖裡掛在天花板的舊沙包練習。她父親的克難健身房很老舊，但功能堪用，而且說服主任嘗試拳擊的人正是艾美。她舉起手靶，雙腳岔開站定，穩住身體以吸收朝她而來的衝擊力。她的二頭肌繃緊，接住一個個出拳，獲得一股小小的成就感。她的主任雖然身強體健，打起拳來仍然不如她又狠又快。

「妳前男友是記者對不對？」海柔說。她停下來脫掉手套，兩人交換位置。「我記得妳爸說過。那麼妳一定對他們的工作方式深有了解。」

「算是吧。」海柔提起她父親說過的話時，艾美試圖隱藏自己的不自在。在短短零點幾秒之間，她還在心裡提醒自己要跟他談談別對外分享過多資訊，然後才想起他已經不在了。她做了個深呼吸，用左腿把身體往前帶，打出一連串刺拳和一個右直拳，讓派克不得不退後一步喘息。

「妳可得提醒我，絕對別惹妳不開心。」她說，然後二度舉起手靶，臉上淌下一道汗水。

艾美露出微笑，把拳頭往後收，然後打出一個右勾拳，維持低頭姿勢，又繼續出了幾拳，左、右、左、右。隨著一拳拳揮出，她壓抑的情緒終於找到釋放的出口。她扭轉髖部和後腳，身體的動作就像她父親教她的一樣和諧流暢。她享受著拳擊手套與手靶接觸時的力量感，就像一支能量迸發到尖峰的舞步。她察覺到了自己汗水的氣味。

「我八點左右過去，」她說。練習時間來到尾聲，她擦掉眉毛上的汗。「去看看組員們相處得如何。」

「太快了，」派克回答，並做出和她相同的動作。「回家好好哭一場，開一瓶酒，我們沒有妳還是能撐一下子。」

「可是我不要，」艾美說。她的話比原本的意圖聽起來更堅定固執。她停頓一下，露出一個汗涔涔的笑容。「我以前沒有失去過親人。」不過這在她內心深處感覺像是謊言。在她腦海的底層，有著陰暗而腐爛的記憶，最近越來越難以隔絕。她停頓喘氣，胸口感覺緊緊的。「我不知道該怎麼面對。這種悲痛……太讓人身心耗損。現在唯一讓我保持理智的就只有工作。」

「好吧，溫特，就照妳的意思吧，」派克說。「妳這頑固的脾氣，一看就知道遺傳了誰！」

「我就當這是讚美了。」艾美擠出笑容。她知道海柔想念她父親，每個人都是。要阻止悲痛將她整個人吞噬，唯有回去工作一途。

5

艾美在她母親推著一個裝滿食物的盤子到她面前時微笑著。盤上有臘腸、蘑菇、豆子，散發出甜美的香氣，聞起來有家的味道。

「妳確定妳已經要回去上班了嗎？」芙蘿拉說著從桌上的茶壺裡倒了兩杯。「也才過了幾天。」

「你感覺自己最軟弱的時候，更要表現得最堅強。」艾美引用她父親的話。「再說，他們也需要我。爸不會希望我做別的打算。」她的手指不由自主地蜷起來抓緊刀叉。她運動之後最不想面對的就是一大份豐盛的早餐。桌子底下傳來的一陣嗅聞聲告訴她，她寵愛的哈巴狗朵蒂正等著幫她解決這個難題。

聽到羅柏的名字，芙蘿拉的雙眼便泛起淚光，原本到了嘴邊的話也吞了回去。她還是一講到他就不免要哭。

艾美至今一滴眼淚也沒掉。在學時期，她缺乏哭泣的能力讓同學們頗覺有趣，現在仍時常是她困窘的來源。

「妳也不必幫我煮飯的。應該是我照顧妳才對。」趁母親轉過身去，艾美叉了一根臘腸偷偷拿到桌下。快速的吞嚥聲顯示朵蒂很俐落地把它解決了。「我幾個小時不在，妳沒問題吧？」

「妳不用擔心我啦，溫妮菲晚點就會過來。」雨點濺上窗玻璃，芙蘿拉關上廚房窗戶。艾美看看母親全身，嘆了口氣。母親像她一樣身材矮小，但是艾美的肌肉結實，芙蘿拉的卻正在流失。焦慮是她母親的生活中長久存在的因子，羅柏的死亡也造成了重大的打擊。她希望能抱住母親，告訴她一切都會好好的，但是把公寓轉租出去搬回來跟母親同住，就是她目前所能做到的極限了。天曉得她哥哥可不會犧牲他精采的性生活來陪伴母親。

至少在皇家新月樓，他們住的這個荷蘭公園區弧形連排社區裡，芙蘿拉認識許多鄰居。想到她父母的這筆房產價值超過兩百萬鎊，真是令人頭昏腦脹。社區裡的許多整戶住家都已經改裝成套房，但還有些保持原狀，晴天時住戶會一起在公共庭園遊憩。對艾美而言，搬回來住並不是什麼苦差事。這裡每個房間都有明亮的採光、品味出色的裝潢，四樓有她的祕密角落。她的視線越過母親，看向直式框格窗。外面還在下雨。今天她要騎單車上班。吃了些豆子之後，她把一點培根拿到桌下，接著起身離開。

「寶貝，妳要出門了嗎？妳的食物幾乎動都沒動過呢。」

「抱歉。」艾美聳肩。「我剛運動完，吃不了這麼大份的早餐。」

「那還好有朵蒂在嘍！」芙蘿拉說，哈巴狗在她腳邊繞著跳來跳去繼續討食，她的眼睛亮了起來。

✦✦✦

從腳踏車棚到辦公室的短短路程中，她在拿出名牌讓門上的保全裝置感應之前，就被攔住了四次。她得體地接受了同事的致哀，帶著平靜的神情掩蓋她在內心對抗的情緒風暴，繼續走她的路。她做了個深呼吸，抬頭挺胸、昂起下巴，然後大步走進室內。她穿著平常一貫的筆挺白襯衫、炭黑色西裝褲，還有幫她墊高兩吋的皮革踝靴。她的頭髮梳直披在肩上，臉上化著淡妝。她想要的無非就是生活中能有點正常的規律。她看到的第一張臉孔偏偏是派弟·拜恩，全警局唯一看過她卸下武裝的人。她入行的頭幾年在他的羽翼下度過，現在能跟他以小組成員的身分重聚，她相當開心。但是，艾美這個人有條有理，派弟則剛好相反。他現在脖子上還黏著一小片沾血的衛生紙，是刮鬍子時失手造成的。他的襯衫燙過，可能不是他親手燙的，海軍藍色的夾克卻皺得像是他的狗昨晚窩在裡面睡覺。

「你會通靈嗎？」她說。她感激地從他手中接過馬克杯裝的咖啡。她的龐德馬克杯是父親送的禮物，又一件〇〇七的紀念品。

「我聽到妳在走廊上講話。」

艾美感激地微笑。「敬又一個臉上堆笑、內心尖叫的日子。」

她的嘲諷之語讓派弟擔憂地皺起臉。「妳還好吧？」

「是，很好。」艾美低頭就著馬克杯啜飲。「但要是再有一個人問我是不是太快回來上班了，我一定就會爆炸。」

「運動計畫進行得怎樣？」她換了個話題講。打從五年前離開消防單位起，派弟就一直嚷著要健身，他逐漸拓寬的腰圍並未因此而有起色，但她開的玩笑提振了心情。

「我已經建立起習慣了，」他輕笑道。「每天早上十分鐘，坐在床上，思考我感覺有多累。」

艾美被逗得微笑。「簡報會議八點開？」

派弟點頭。「目前沒什麼不尋常的事，但還有時間。我們就只是設法想搞定葛拉威爾幫我們自告奮勇拿下的這樁爛事。」

「別擔心那個。如果案子不符合標準，我會再轉派給犯罪調查處。」艾美看著她小組裡的六位警員一一進來。他們在諾丁丘警局的辦公處擁擠但功能齊全，有幾張桌子、一個小茶水間，和她袖珍型的辦公室，簡直像是用組裝家具搭建出來的。基於他們的職務性質，他們可以使用倫敦警察廳轄區內任何一間警局的工作空間，各警局的原有團隊在他們協助處理高知名度案件時，非得讓出位置給他們不可。人力裁減讓同事們少有機會慢工出細活，他們通常都在集體動員。「我需要跟我的咖啡獨處一下。」艾美進到自己的辦公室前如此說。

她關上門，然後將額頭靠在涼涼的木板表面，呼出一口長長的氣。她做得到的。她難道還有別的選擇？但她父親的死像一把榔頭般重擊她，在她的胸口形成一股生理性的痛楚。她的眼神掠過牆上行事曆貼著的一排黃色自黏便條紙。她伸出手撕下邊角已經捲起的其中一張，上面寫的日期是今天，「進城午餐——老爸」。她把便條紙揉掉丟進垃圾桶。她上一次置身於此的時候，還渾然不知他已經離世。直到她準備騎車回家，才接到她母親慌亂的語音留言，叫她盡快趕去醫院。但那時就已經太遲了。艾美嘆了口氣，關於過往的思緒像蛛網般降下，沒來由地出現，每一次她都必須有意識地努力把它們撥開。她靠著辦公桌，目光落到她剛進駐時收到的禮物滑鼠墊上印著的文字：

我的新年新希望：

1. 別再列清單

B. 持之以恆

7. 學會算術

這笑話很老了，但還是讓她的嘴唇勾起一個悲傷的微笑。滑鼠墊旁堆的一疊信件吸引了她的注意。有一封信上的郵戳讓它排開一切獲得了優先權。是誰會從監獄寫信給她？

她拿起信時，那如同蜘蛛爬行的筆跡中有些什麼讓她的心臟驚跳一下。她的拇指拂過信封邊緣，撕出一道鋸齒狀的開口，把裡面的信紙拉了出來。她的眼光從左到右掃視著信上的文字，越往下讀，眉頭皺得越深。突然吸進的一口氣讓她的雙唇張開。

這不是真的。不可能。但是……來自過去的一股感覺湧上來迎接她，帶來一陣怖懼。

「珀比。」

隨著這聲細語脫口而出，信封掉到了地上。

6

派弟用指節輕敲著門，頭探進艾美的辦公室，口氣裡有剛抽的菸味。「葛拉威爾要過來聽簡報。我要跟他說今天由妳負責嗎，長官？」他的聲音聽起來很遙遠，彷彿是從隧道的洞口傳來。通常，艾美會叫他別用那麼正式的稱呼。但是，她現在眼睛眨也不眨，空洞地望著前方，根本沒察覺到他的存在。

他往前跨了一步，艾美從恍惚中驚醒，轉過頭來。「抱歉，」她說，同時對抗著一股突如其來的不祥預感。「我沒辦法。我……我有別的地方要去。」她彎身拿起信，跟原本的信封一起塞進外套口袋。艾美衝出辦公室時，許多人從電腦終端機前抬起頭看她，但她的眼神只盯著大門。這一切太多了，全都太多了。她必須回家，拿她剛剛發現的事質問她母親。

✦ ✦ ✦

「媽？」艾美的聲音在走廊上迴響，她關上前門時，鞋跟敲擊著磁磚。他們明亮而寬敞的家裡仍然散發著芳香，來自她父親死後人家送來的大量鮮花。她推開客廳門，訝異地發現她母親一個人在裡面。

「妳怎麼沒換衣服？我以為溫妮菲要過來。」艾美說，她的氣息帶著微微的顫抖。她稍早讀到的內容讓她驚愕得幾乎不記得回家的短短路程。

芙蘿拉盯著空白的電視螢幕，悲傷之情從她紅腫的眼眶清晰可見。她坐在花紋沙發上，手指緊緊扭著一張殘破的衛生紙。「我說了謊，」她吸著鼻子說，試圖恢復鎮定。「我得習慣自己一個人。」

母親穿著拖鞋和粉紅褶邊睡袍坐在那裡，看起來渺小又脆弱，讓艾美的心不禁融化。她想把那封快要燒穿她口袋的信給扔掉，忘卻一切，只留下她們共同經歷的哀傷，但她知道事情沒有這麼簡單。她無法抹消那些在她腦海表面灼灼發亮的文字。「媽？」她試探地說，並坐在她身旁。

芙蘿拉眨著眼吞回淚水，聚焦在她女兒的臉龐。「妳的臉色白得要命耶。妳還好嗎？」

「不，我不好，」艾美篤定地說，並強迫自己繼續施壓追問。她做了個深呼吸，停頓了一下以集中力氣。「有人寫了這封信給我……」她把信從口袋拿出來，塞到她母親手中。「告訴我這不是真的。」

芙蘿拉從沙發扶手上拿起眼鏡，用睡袍的衣角擦一擦，然後戴到鼻梁上。她的五官刻劃著困惑，一面讀信，嘴唇一面無聲地動著。她的下巴鬆垂，搖著頭將信紙往下放到腿上。「不，」她小聲地說，彷彿被人生給擊垮了。「不要在這時候。」

艾美的希望直直墜地。她想要她母親告訴她，這只是個病態的玩笑。「為什麼莉莉安・葛萊姆斯會從監獄寫信給我？」她所期望的安撫終究無法成真，她的身體緊繃起來。

「我們並不希望妳在這樣的狀況下發現。」芙蘿拉將信擱到一旁，伸手去握住艾美的手。

艾美全身僵直。「發現什麼？」她的心跳在肋骨下宛如雷鳴。她很小就知道自己是被收養的，但她早已將過去那段生活的回憶跟現在區隔開來。傑克與莉莉安・葛萊姆斯無異於禽獸。她握緊雙拳，指甲掐進手掌，等待著芙蘿拉發言。

「妳四歲的時候被社福系統收容，已經大到懂點事了，」芙蘿拉說。「但妳不想談到妳的原生家庭。妳爸爸說這是幸運的，讓妳有重新開始的理由。」

「不，」艾美說。她的聲音脆弱不堪。「不可能。那對禽獸。他們不可能和我有關係。」

「只有血緣上的關係。」芙蘿拉將艾美緊緊握拳的手抓得更緊。「我們得到的告誡是，妳的記憶可能會重新浮現，但是後來一直沒有，除了妳畫的幾張圖，還有一次奇奇怪怪地提到妳的名字……」

「珀比。」艾美說，這個字眼染髒了她的嘴唇。郵差送了信來，前門的信箱突然啪了一聲，讓她嚇一跳。原本睡在廚房的朵蒂跳起來，爪子迅速在走廊的地磚上喀喀作響，吠聲聽起來像老菸槍的咳嗽。

「朵蒂！」艾美喚道，對牠的存在很是感激。她的哈巴狗滿意地覺得自己趕走了郵差，衝到客廳裡，爬到她腿上。艾美有了個好藉口可以讓手指掙脫母親的緊握。

「妳十歲的時候，我們試過要告訴妳，」芙蘿拉繼續說。「但是每次我們提起，妳都不肯聽，妳寧願自己幫妳的過去編故事。」

艾美回想起她步入青春期時有過的那些空想幻夢：她是好萊塢知名女演員的女兒，母親為了銀幕生涯而遺棄她；或者她是皇室後裔、見不得人的私生子，為了保全家族的名譽而出養。年歲稍長之後，艾美拋開了這些幻想，著眼於未來。但她一直隱約意識到有某些黑暗醜怪的事物埋在內心深處，令她的血液發冷。艾美在心中關掉芙蘿拉的敘述聲，看著她的嘴唇移動，道歉說讓她失望了。她感覺到舊傷疤又將皮開肉綻。但她怎麼能為這醜陋到無法面對的真相責怪她母親？

「拜託試著理解我的立場，」芙蘿拉繼續說。「羅柏也是被收養的，記得嗎？他說最好把這事擱置著，我就相信他了。」

「他的出身跟我有點不同。」艾美回應道。他像她一樣，不曾覺得有需要去找出自己的親生爸媽。但是艾美相當確定，他的基因沒有被身為連環殺手的父母所污染。

「沒錯，」芙蘿拉回答。「我們怎麼可以強迫妳再一次重新經歷那樣的創傷？」

「你們一定想過，我會不會變得跟他們一樣。」艾美撫摸著朵蒂的頭，終於對上她母親的視線。「你們會把刀子藏起來嗎？晚上會鎖房間門嗎？」

芙蘿拉搖著頭嫌惡地說：「噢，艾美，妳真該看看妳那時候的樣子，個頭小不隆咚，缺乏日照，白得像鬼似的。妳就像被包在泡泡裡帶大的一樣，跟正常的世界幾乎沒有接觸。」這段回憶讓她的表情軟化下來。「妳爸花了好幾個月才說服妳別再隨便罵髒話。妳是有點小任性，但總是能把他逗笑。」

「這就是他想要我加入警界的原因，」艾美說。她的思緒狂野飛馳。「為了讓我留在正軌上。因為他內心深處知道我可能會變壞。」她停頓一下，搖著頭，另一個毒蛇般的意念在她腦海裡昂首。「難怪我這麼擅長和連環殺手打交道。我的血管裡就流著他們的血，那些強暴犯、謀殺犯，他們就是我的一部分。」

芙蘿拉難過地皺眉，整張臉都扭曲起來。「親愛的，拜託別這樣折磨自己。妳爸和我都非常愛妳，他不會想聽到妳這麼說的。」

「但是爸偵辦過他們的案子，」艾美說著回想起報紙頭條。「他就是因為這樣才會收養我嗎？」

一陣驟雨打在窗玻璃的外側，像不斷敲擊的細小手指。室內沒有了秋日陽光的照耀，溫度一路直降。芙蘿拉將睡袍拉緊，嘆氣道：「我們就是因為這樣才從艾塞克斯搬到倫敦。我們願意放棄一切，好給妳一個全新的開始。然後妳的奶奶過世，我們繼承了這間房子，就像是命運的安排。」

艾美知道這間五房住宅是她父母透過繼承獲得的，空間顯然大到足以容納她的兩個親生手足。他們怎麼樣了？她拚命回想眾多罪案報導中的某一則。「我哥哥和姊姊，為什麼你們沒有一起收養他們？」

「他們深受創傷，我……」芙蘿拉的視線垂到地上。「我沒有能力同時應付三個孩子。妳爸工時很長，家裡就只有克雷格和我，我好想要個小女兒。」她回想時，淚水濡濕了雙眼。「我不能再生小孩了，一心希望兒女雙全，讓我們的家庭完整。」

艾美知道，芙蘿拉和羅柏為了收養她，一定是克服了重重難關，但是她真正的背景感覺是如此赤裸而暴露。「所以，爸像在寵物店裡挑小狗一樣選中了我，留下其他人自生自滅。」艾美苦澀地說。「克雷格知道嗎？」

「不知道。」芙蘿拉用一隻熟練的手擦擦眼睛。

「道吉呢？」艾美說。她想起他說她的起步不容易。

芙蘿拉點頭。「他陪著我們走過了那一切。他甚至跟妳爸一起參與案件調查，在妳爸離職不久就轉調到倫敦警察廳。收養程序最終定案的時候，我們全都樂翻了天。」

「我現在該怎麼辦？」艾美說。缺乏他人關注的朵蒂無聊了，從艾美腿上跳下來。艾美的眼神落向那封信。「她對我下了最後通牒。我去監獄探視她，她才會告訴我最後三名被害者埋在哪裡。那些家屬有權利得到平靜。」

「但妳也是，」芙蘿拉說。她的臉色嚴峻起來。「那女人是個邪惡奸險的怪物。」她似乎想起來現在聽著她講話的人是誰，於是咬住了嘴唇。「如果妳知道她做了什麼事……連妳爸爸晚上想到都會睡不好。」

艾美舉起手示意芙蘿拉停下。「我還沒準備好聽這個。還沒。」

「為什麼羅柏才走沒多久，她就非要來折磨妳？」芙蘿拉發出一聲痛苦的哭喊。「我沒辦法自己面對這回事。」

「如果她沒有寫這封信，我就不會知道真相。」

芙蘿拉點頭，臉上沒了血色。「妳得去安排諮商，親愛的。接到這種震撼彈之後，妳沒辦法繼續平平常常地過日子。」

「我有責任把被害者家屬擺在第一位。尤其是現在，」艾美說。她把摺皺的信放進口袋，站起身來。「我要去散個步。不會太久。」她喚來朵蒂，從走廊上的掛鉤拿下狗鏈，扣在牠的項圈上。在艾美看來，最好的心理治療師就是四條腿的毛茸茸生物。肩上負著沉重的真相，她轉往門口而去。

7

艾美欣然迎接刺骨的寒意，一面閃避路上的水窪，一面嘗試理清思緒。她的腦子彷彿變成了一團打結的毛線。朵蒂在她前方疾走，她轉彎走上荷蘭公園大道。黑色計程車和雙層巴士的引擎聲提醒了她，她置身於全世界她最喜愛的地點：這座城市跳動不息的中心。她無法想像自己在其他任何地方生活，但是在如此熱鬧的大城市裡工作也帶來特有的挑戰。暴力犯罪的發生率居高不下，過去幾年來，她作的噩夢都是拜工作所賜。跟殺人犯和精神變態混久了難免會有副作用。然而，回想起來，她的夢境都是透過孩童的視角所經歷：踏進一間蜘蛛橫行的地下室，不斷地找呀找，始終找不到出去的路。那股濃厚而令人窒息的異味，她在工作時也曾聞到過許多次；那是死亡的氣味。

朵蒂在一旁踏步的同時，艾美的肚子毫無預警地一陣翻攪。她慌亂地伸手在口袋裡尋找污物袋，恰好及時在她把母親做的早餐吐出來時打開袋口。艾美忽略路人的好奇眼光，綁起袋子丟入最近的垃圾桶。朵蒂像卡通角色般睜大眼睛看著她，發出一聲悲鳴。

「我沒事。」艾美用手背抹抹嘴。「我們會沒事的。」但這只是空話。自從羅柏死後，她就陷入空轉。她要上哪裡去找力氣來面對莉莉安．葛萊姆斯？假如她父親能在這裡跟她談談就好了。她不由自主地起了一種遭到背叛的感覺。他總可以在她小時候對她揭露這件事，幫助她處理過去、往前邁進吧？還是他們對她真正的身分感到羞恥呢？艾美踢著一顆石頭，沒發現朵蒂在她背後走慢了，直到狗鏈被扯緊。

「怎麼了？」艾美說，同時因為自己走得太快而感到一陣刺痛的歉疚。「玩夠了嗎？」朵蒂的舌頭撇向一側。這隻小淑女喜歡好整以暇。「想回家了沒？」

朵蒂的回應是全身扭動，拉著狗鏈回到他們走過來的路上。艾美望向天空。又有一陣小雨正在醞釀，她的腦海就像天上逐漸陰沉的烏雲一般沉重。她轉往回家的路，鞋尖吸進了剛落下的雨水。她轉上皇家新月道時，一陣重重的腳步聲闖進了她的思緒。「朵蒂！」狗鏈猛然往回扯，艾美倒抽了一口氣。她的寵物通常對陌生人不冷不熱，突然這麼激動興奮，代表著牠認得他們背後的人。

艾美轉過身，眨眼避掉一滴雨水，臉上浮現了認出對方的表情。「噢！你在這幹嘛？」她的不悅在話聲中清晰可聞。

亞當．羅西對他人的嚴詞拒斥並不陌生，畢竟他的職業是記者，但在面對異性時，遭人拒絕就不是他常見的困擾了。他縮小步距，跟在她旁邊走。艾美上一次見到他是六個月前，他的改變不多，步態同樣自信，眼中有同樣的閃光。他的義大利血統給他的長相與魅力，讓他足以靠著一張嘴應付任何狀況。但這次行不通了。艾美以自動模式繼續走，心裡想她真是應該待在家才對。

「妳不接我電話，」他說，「我想妳也把我的信箱封鎖了。」

「我封鎖你是有理由的。」艾美的雙眼牢牢鎖定在前方的路面。翻舊帳一點意義也沒有。

「你在這裡幹嘛？我以為你調職了。」

「結果不太適合。我想念倫敦……也想念妳。」他以微笑回應艾美雷霆般的怒視。「哎唷，妳幹嘛用那種眼神看我？」

「我的臉在你講話時有什麼反應，我沒辦法負責。」艾美回答。她的目光聚焦在水泥的裂縫、迎向熹微晨光的野草。她不會任由自己再次淪陷。

「我聽說妳爸的事了，很遺憾。我知道他不喜歡我，但他是個好人。妳媽一定非常悲痛。」

「沒錯。」艾美板著臉說，她的家已在視線範圍內，她加快腳步。她沒有反駁他的話，因為他說的是事實。她媽媽曾經為他們的訂婚欣喜若狂，她哥哥也給予祝福，連朵蒂也是一見亞當就融化。但她父親……卻是從一開始就持保留態度。現在她了解原因了。並不是因為亞當是個玩咖，而是他作為記者的職業讓羅柏防備，針對他發現真相的可能性。

「我回來《倫敦回聲報》工作了。他們讓我升官，我現在是即時新聞的主管了。」亞當說。

「很高興你工作順利。」艾美的手指擱在家門外的金屬尖柵欄上。「我要進去了，那麼——」

「我在想，」亞當打斷她的話，彎身搔搔朵蒂的頭，牠在他腳邊都跳起舞來了。「妳父親的葬禮讓葛萊姆斯家的案件又獲得了矚目。我覺得可以訪問家屬，談談他是如何逮到所謂的——」他舉起手比了個引號——「布蘭特伍德人魔。」

艾美驚愕得呆立原地。亞當大部分時候都很沒神經，但現在這可是創下了新低點，也冷冷提醒了她，他們的關係為什麼會結束。另一個念頭像飛箭般一閃而過：要是他知道關於她實際身世的真相怎麼辦？她的手抓著狗鏈握成拳，把朵蒂拉走。「你這禿鷹，」她啐道，臉孔如岩石般冷硬。「我爸還屍骨未寒，你就要來挖他的料了！」

「嘿，我沒有惡意。」亞當微笑著舉起雙手。「我對羅柏非常尊敬。我只是想向他致意。我們安排了跟其他被害者家屬的訪談……」

艾美翻了翻白眼，被他的不敬給惹毛了。「致意？」她的體內燃起怒火。她伸出手指，每說一句就在他胸前戳一下。「致意是出席葬禮，表示哀悼。致意是在葬禮後留下來，看到我媽難過時去安慰她。下著傾盆大雨，還有警員在現場穿著制服排排站——那才叫致意。你一點也不懂。」她翻找著前門的鑰匙，但就是找不到正確的那把，大聲哼了一口氣。

「艾美，妳聽我說。」亞當表示，話中帶著些微的煩躁。

「不，你才聽我說。我沒有請你今天來打擾我。你自己就這麼跑來尾隨。你說的話，我一個字也沒必要聽。」亞當抓著她的肩膀，她愣住了。

「別碰我。」她說。他立刻鬆開了手。艾美頭也不回地爬上幾階樓梯到了自家門前。

「去妳的！」她背後傳來義大利語的咒罵聲。「等妳冷靜下來再打給我。」亞當喊道，然後走開了。

艾美關上身後的門，聽見她母親的聲音從廚房傳來。「是妳嗎，親愛的？」她說，聽起來比先前開朗了些。

「對，待會就進去找妳，」艾美回答。她解開朵蒂的狗鏈，掛回走廊上的掛鉤。「叛徒。」她怒瞪著朵蒂，牠毫不抱歉地搖了一下捲曲的尾巴。艾美露出笑容，她從來無法對牠生氣太久。

她的手指探進口袋，拿出了那封信，再一次凝視著。如果亞當發現了這件事，她就要上頭條新聞了。到時候，她的同事對她會作何感想？她的世界會天翻地覆，像骨牌般連鎖倒塌。把這張紙丟進火中，徹底跟這件事告別，是多麼輕而易舉。但是那些字句誘引著她，是她完成父親遺願的機會。還有三具埋在地下的屍體，還有三個家庭可以在妳的幫助之下心安。她打開信封，正要把信紙放回去時，瞥見了一張便利貼，她起初急著拆信時忽略了它的存在。她撕下便利貼，看到上面相同的蜘蛛似的筆跡時，睜大了眼睛。

我幫妳預約了探訪時間，這週四下午兩點三十分。

週四？那就是明天了。她想必是寫完信就做了預約，讓艾美沒有時間脫身。實體的探訪許可已經是過時的產物，現在大多都是在線上辦理的。

「來杯茶嗎？」芙蘿拉的聲音由廚房傳來。

「好的，麻煩了。」艾美喊道，並將信放回口袋。她望著走廊上的鏡子，把柔軟的棕髮往後梳順，髮絲因為雨天的水氣捲了起來。她知道芙蘿拉會試圖勸她放棄，警告她別去見莉莉安。她不能把她打算要做的事告訴母親。儘管感到各種難受，她卻也有一種奇異的堅決；找出三名失蹤少女埋屍地點的決心就足以提供她前進的理由。看到母親被悲傷擊垮，使得艾美成了家裡堅強的那個人，負責支撐住一切。她必須做正確的事，而非選擇簡單的選項，把她個人的感覺放到一旁，完成她父親的遺願，帶那幾個女孩回家。艾美踢掉鞋子，步向廚房，無聲地重複著帶給她力量的口訣：她能做到的，她會做到的。但是，想到要與那個能夠撕毀她人生的女人面對面，她就感到雙腿發軟。

8

派弟接聽了家裡打來的電話，讓通話聲從他的捷豹新車上的擴音喇叭傳出。連續工作十二個鐘頭之後，他很高興能逃離辦公室。他整天都在處理其他單位丟給他們小組的工作，身為偵查佐，他別無選擇，只能接受被分派到的任務。在他看來，那位謎一般的艾美．溫特是越快回來上工越好。在她手下擔任偵查佐是一種奇妙的角色調換，畢竟在她的青澀時期，他曾是她的督導。但這些年來看著她步步高升，他心裡以她為傲。他知道她的小怪癖：對於編列清單的狂熱、被逼得太緊時努力忍住的怒吼。他換檔啟動車子，太太熟悉的聲音包圍了他，說著她這一天的種種。他解開襯衫最上面的鈕釦，把領帶從領子下拿掉，扔到副駕座上。他把脖子轉左又轉右，開車通過路口，加入其他疲憊的倫敦通勤族的歸途。

「特易購有來，」潔若汀答話道。「我沒想到會收到玫瑰花。你不用這麼費事的啊。」

「只要能博得佳人一笑，那就值得了。」派弟回答，在回家的路上穿梭於車流。

「我能問問工作還好嗎？」

「累死人了。」語尾接著一聲疲憊的長長嘆息。「艾美回來了一個小時，然後又匆匆走了。她看起來很難受。」

「那是很自然的，」潔若汀答道。「他們不是很親嗎？」

「嗯，」派弟咕噥著同意。一陣雨點打在擋風玻璃上，車子的雨刷自動啟用。惡劣的風雨看起來沒什麼撤退的跡象，現在他全心全意只想回家灌一杯啤酒。「她不肯承認，但她受的打擊很深。我們也一樣。」

「你今晚來得及回家嗎？」潔若汀說。

「不太可能，」派弟回答。「我現在要趕去處理一個案子。有個公園裡發生了槍擊案。惹事的那孩子才十二歲。」他們已經結婚二十年，派弟不需要提醒太太將案件的細節保密。

「噢天啊，太可怕了。好吧，別擔心我，我有不少東西吃。你今晚就待在彼特那邊，得空再回家。」

「我會的，」派弟說。「可能要明天了。到時候見啦。」

他們接下來的對話是關於潔若汀看的某個電視節目。她和外界的接觸少之又少，只能討論晨間肥皂劇中角色的虛構互動。說了再見之後，派弟結束通話。他說的那個案子是真有其事，但是他早先已經處理了，在下班前就拿到了完整的口供和起訴。

他把車停在車道上，按下中控鎖，然後把鑰匙插進這間他稱之為家的兩房格局雙拼公寓的門裡。「是我啦。」他喊著，把外套掛在走廊的衣帽架上。他聞聞外套的手臂部位，有菸臭味。他的另一半恨不得他戒掉菸癮。他稍後要偷偷把外套塞進洗衣籃，等他明早去上班前再拿出來。為了博得佳人一笑，弄皺一件外套只是微小的代價。家常料理的氣味迎接著他，他踢掉硬邦邦的皮鞋，然後踏進廚房。

他只見她攪拌著一鍋浸在看似白酒醬的東西裡的雞肉，她的金色短髮在臉上投下陰影。他蹭著她的頸子，眼睛往鍋裡瞄，手臂環抱住她豐潤的腰。「真香。」他說，同時感覺到一股唯有和她在一起時才有的舒適幸福。

「是傑米．奧利佛食譜的菜，」伊蓮說，並且轉過臉匆匆親了他一下，然後關掉爐子。「又是辛苦的一天？」她一面問一面打開烤箱門，拿出她幾分鐘前加熱的盤子。

「奇怪的一天，」派弟說。他重複著一段已被他塞進腦海深處的對話。「我們偵緝督察今天有來上班，但是待沒多久。」

「上天保佑她，她爸才剛過世不是嗎？希望你今天對人家有客氣點喔。」伊蓮背過身去裝盤。

「回來上班是她自己的決定，」派弟說。「而且我一直很客氣，但是不能太客氣，她討厭那樣。」

「我想現在約她見面大概不是個好時機吧。除非你想請她來吃晚餐？」伊蓮說，滿懷希望地挑起眉毛。

「她搬回家跟她媽媽住一陣子，我想她不會參加多少社交活動。等一切塵埃落定我再問問。」

「如果能跟你的一些同事見見面就太好了。不然人家會以為你嫌我丟臉呢。」伊蓮微笑著，語帶玩笑意味，因為她知道他是個重隱私的人。

「妳懂這種情形的，」派弟說。「我不喜歡把工作和家庭混在一起。我們面對的某些事情，本身就已經夠難受了……」

「你喜歡讓兩者維持分離，我懂。」她伸手進冰箱，然後遞給他一瓶啤酒。

「就當這是讚美吧，」派弟說著拿了開瓶器，並把瓶蓋扔進垃圾桶。「回家見到妳讓我能維持理智。」

「雖然我週末見不到你，」伊蓮嘆道。「我不懂他們為什麼非要你這麼拚命，去修那麼多課。你一定是隊上最博學的偵查佐了。」

「等到我升官，這一切就都值得了。」派弟說著對他面前的大餐露出讚許的笑容。伊蓮做事從來不馬虎。

「只要他們有回饋你的付出就好。」她說，現在她終於和他一起坐在餐桌邊，幫自己倒了杯酒，她的臉頰因為剛煮完東西而泛著紅。晚餐後，派弟會幫她放一缸水讓她泡澡，他則在樓下收拾。伊蓮的家小而舒適，他們在這裡有的全是快樂的回憶。

「我們別談工作了，」他說著又啜了一口啤酒。「回家的感覺就是這麼好。」的確。這就是他想要的一切。他永遠無法告訴潔若汀，她以為和他一起過夜的同事彼特根本不存在。他太太永遠不會懂的。

9

厚實的監獄大門在她背後關上，隔絕了所有的自然光源，切斷她和外界的聯繫。艾美・溫特感覺她就要在兩天內嘔吐第二次。大步走在空氣不流通的走廊上，她不只是來見莉莉安・葛萊姆斯，更是在返回一場長年困擾她的噩夢深處。恐懼拉扯著她的感官，帶來一股陌生的不安全感。她做的是對的事嗎？昨晚她睡得很不好，喝了好幾杯琴酒之後才說服自己上床。睡意來臨時也帶來同一場反覆的噩夢：踮著腳尖踏下的地下室階梯，接著出現的是莎莉安，雙眼圓睜、驚魂未定地幫著她躲藏。曾經一片模糊的面孔這次進入視線，清晰得令人毛骨悚然：布蘭特伍德人魔的臉龐，傑克與莉莉安・葛萊姆斯。

莉莉安並不是她碰過的第一個精神病態者，卻是其中第一個對她掌握某種所有權的人。挪動著緊握到發痛的手指，艾美提醒自己：只要度過這一天就好，我對那些被害者有責任，必須看看她有什麼要說。

傑克和莉莉安的犯案報告讀來陰暗駭人。莉莉安剛成了近期出版的專書《女性殺人動機》研究的案例之一。該書作者奎格利教授是精神病態研究方面的領導專家，至今為止，艾美對他的著作都是熱情拜讀。莉莉安雖然拒絕接受訪談，仍然毫不意外地在精神病態測驗量表中獲得高分。

艾美走進會客室時，腦裡帶著的是這些想法。她的目光投向一排排的矮桌和海綿軟墊椅。角落的空間由一台販賣機佔據，頭頂上泛黃的天花板由日光燈照明。牆上放了太久的空氣芳香劑散發出人工的木質香氣。私立的布朗茲菲德監獄是全歐洲最大的A類監獄❶，由於這是一所純女性的矯治機構，艾美並沒有理由太常來探訪，她處理的罪案類型通常牽涉的都是男性。值得小小慶幸的是，它位於艾許佛鎮，不像其他女子監獄在好幾小時的車程外。不過，她也沒有回訪此地的打算。

入座之後，艾美的目光鎖定在供囚犯通過的那扇門。她穿著黑色的裙式套裝，規矩地坐著，膝蓋併攏，肩膀挺直。她的眼神落向魚貫而入的受刑人，看見她時不由自主地瞇起眼來。莉莉安比起媒體上的影像，顯得更柔軟而圓潤。艾美摸摸自己的頭髮，兩人之間的相似讓她的心一沉：莉莉安的頭髮比她短，但一樣也是旁分。她也有著高高的顴骨，但艾美的臉上帶著笑紋，莉莉安的嘴巴則看似永遠保持在不悅的表情。監獄普發的藍色罩衫蓋住了她的灰色毛衣和托住臀部的貼身牛仔褲。艾美瞪視著，嘴裡發乾。她在腦中構築出的怪物看起來不過就像任何人一樣平凡。

艾美鐵著一張臉，旁觀莉莉安掃視室內。終於，莉莉安的雙眼因為看到她而亮了起來，她從其他受刑人之間繞到艾美坐的桌子，嘴上帶著一副溫柔的微笑。

艾美不能讓自己動搖。她知道這個女人有什麼能耐。

「珀比！再見到妳真是太好了，」莉莉安雙眼含淚地說。她停頓一下，絞著手。「我想這裡是不准擁抱的？」

「請坐。」艾美僵硬地說。出現在她夢境中的女子總是模糊失焦，但現在她就在這裡、在她面前，她知道那人一直都是莉莉安。可是似乎有些什麼不太對勁，艾美維持戒備，監控著她的一舉一動。

莉莉安遵照她的指示，擦掉眼淚，然後坐在藍色座墊的椅子邊緣。儘管精神病態者不具有同理心，他們透過模仿來配合自身需求的功力卻是臻於藝術境界。

「看看妳，」她說，依舊面帶微笑。「我的小女兒都長大了。」

直到這時，艾美才注意到她太陽穴上轉黃的瘀青。根據經驗，她知道在各式各樣的罪行之中，謀殺女人和小孩的囚犯是地位最低賤的。她自從以監獄為家之後必定遭受了不少暴力，卻很難令人同情。

「我是偵緝督察艾美．溫特。」艾美伸手從外套口袋拿了一台黑色的小型錄音機放到桌面上，是在她到場前通過保全檢查的物品。她是可以申請合法探視，私下談話，讓警方介入，但是安排起來太花時間，她需要先知道她們的會面是否值得正式報備。「這是錄音裝置，錄音是我探訪的條件之一。」艾美報讀出地點、時間和日期。「就我的了解，針對芭芭拉．普萊斯、薇薇安．霍登和溫蒂．湯普森這幾位被害者的下落，妳握有相關資訊。」她的眼神鎖定著莉莉安，努力在受刑人充斥室內的談話聲中保持專注。她當上偵緝督察之後不常進行偵訊，但並沒有喪失這項技巧，都要感謝那些回訓課程和最新技術指導。她蹺起腿，雙手交疊放在膝上。和莉莉安視線

❶ category A jail，此類監獄專門關押對公眾威脅較大或有較高脫逃風險的受刑人。

相對時，很難不想到她們共享的血緣。莎莉安，她心想。她姊姊的臉龐映入眼簾。傑克在她眼前殺了她。隔天他們照常生活，若無其事。埋藏已久的記憶釋放時，她體內湧起一股深深的翻攪感。

「喔，妳講話聽起來可真高級，」莉莉安說。艾美板著臉瞪視她，她的笑容消退了。「拜託，珀比。我好想妳呢。妳都還好嗎？妳生活的所有一切我都想聽。」

艾美的手指掐得更緊，關節都泛白了。她帶著幾乎不再掩飾的憤怒瞪著莉莉安，用緊繃的雙唇說：「如果妳再叫我珀比一次，我發誓我就要走人了。」

莉莉安露出勝利的笑容，一聲緊張的竊笑脫口而出。「噢，這不就是我的小爆竹嘛。」她舔舔嘴唇，撫平身上的罩衫，然後蹺起腿來。「隨妳便吧。我就叫妳艾美，現在我知道妳有在聽我說話了。」

「我有在聽，」艾美說。莉莉安才坐下幾秒鐘，就讓她發了脾氣，她對自己很惱火。她從經驗得知，像莉莉安這樣的精神病態者，專門擅長針對人心脆弱之處。她也許沒有同理心，卻特別善於找出別人的痛點。「妳答應要給我答案，」艾美說。「你們把屍體埋在哪裡？」

「耐心點。妳會得到答案的。」莉莉安微笑著，深色的眼睛帶著興味亮了起來。「別皺眉頭。妳漂亮的臉蛋會長皺紋的。」她上下打量艾美。「我看妳沒戴婚戒。欸，」她咯咯笑道，「妳不會像那些同性戀一樣吧？」

艾美從鼻孔深吸一口氣，短暫地閉眼，維持自制。「如果妳不給我我需要的答案，那我就走了。」

莉莉安往後靠著椅子，沉默下來，一面抬頭一面瞇起雙眼。她的雙臂在胸前交抱，思考著下一步，臉上橫過一道陰影。「妳很習慣指揮別人對吧？凡事都照妳的心意走。但是妳真的要在這麼接近真相的時候，棄那些被害者家屬於不顧嗎？」她的臉龐笑得扭曲。「妳就承認吧，妳不是真的想走。我畢竟是妳媽呢。」

艾美看得出她在玩什麼把戲。利用她的責任感讓她留下。「妳是個冷血又精神變態的殺人犯。千萬別以為我有興趣跟妳見面。」

「認真嗎？」莉莉安僵住了。「妳跟自己的血濃於水的親人是這麼說話的嗎？」

「這不是侮辱，只是陳述事實，」艾美聳肩。「妳為什麼要把我弄到這裡來？為什麼是現在？妳隨時可以把受害者的下落告訴警方。」

「湯普森家寄來問我溫蒂埋在哪裡的信，多到都可以拿來貼牢房的壁紙了。妳知道嗎，她媽媽還當真在信裡寫說原諒我殺了她。他媽的賤人。去她的。」

艾美看著莉莉安的防備撤下，講話變回根深柢固的艾塞克斯口音。這就是她片片段段的噩夢裡出現的人。回憶一閃而過。莉莉安鼓勵小時候的她罵髒話，喝醉時的笑聲聽起來像高頻率的尖叫。現在她知道為什麼她們一開始的對話感覺不太對勁，為什麼那封措詞禮貌的信顯得怪異。莉莉安是努力想要改頭換面，或者只是在試圖愚弄她？

「那麼為什麼是現在？」艾美忍著反感說。

「妳總是這麼直腸子，」莉莉安尋思道。「而且從來不聽話，噢，還有妳那張嘴巴……妳以前把我折騰得可慘了。記得妳的倉鼠逃跑的那次嗎？妳一直偷偷摸摸到處找牠，跑到妳不該去的地方。妳還記得嗎，艾美？小哈米，還有妳姊姊為了救妳，讓自己送了命？」莉莉安的聲音變得陰沉。艾美的背脊上竄起一陣顫慄，整個房間似乎在她們周圍縮緊逼近。

「要不是為了找妳，莎莉安絕不會進去地下室的。她知道不能忤逆爸爸。妳為什麼不阻止他？妳的爹地那麼愛妳，要是知道妳在場，他絕對不會殺她。」

爹地。這個字眼讓艾美的腸胃翻騰。又一段記憶如漣漪般閃現。莉莉安描述的正是艾美噩夢中的場景，只不過那不僅是夢。

「我總是在想，如果妳姊姊沒有追著妳進地下室，事情會怎麼樣發展。首先，她還會活著……」莉莉安的嘴唇上懸著一抹微笑，但眼神冰冷。「我已經安排好要讓我們去庇護機構暫住，妳知道嗎。我在計劃要脫離妳那個老粗爸爸，好讓我們可以重新開始。我們並沒有差那麼多，珀比……」

「夠了，」艾美堅決地說，發覺莉莉安在模仿她的姿勢。這是個用來誘她上當的動作。「我最後一次問妳。告訴我她們在哪，不然我就離開。」

「這樣吧，我給妳第一個地址，然後再看看我們處得如何。」莉莉安將雙手放在膝上，就像艾美稍早的動作。「但是有規則。」

「規則？」艾美挑起一邊眉毛。

「怎麼這麼驚訝？我有很多時間盤算。首先，我要親自帶妳去，只能是妳，我不會把地點告訴其他人。第二，發現屍體的時候，我要妳去通知被害者的家人。」

艾美的思緒飛馳前進，在心中列出一份待辦清單。「我得安排司機，如果要把妳從監獄借提出來，還必須有制服員警陪同。」

「妳要帶個銅管樂隊來，我都沒差。別擔心，媽媽說話算話，我不會把我們共享的小祕密洩露給任何人，除非妳想要。」她說完話眨了一下眼。「懂嗎？媽媽說話算話。」

想到跟莉莉安．葛萊姆斯共享任何事物，艾美就不禁瑟縮。但她說對了一件事——她們的關係是她尚未準備向任何人透露的祕密。她呼出一口氣，西裝外套的腋下部位已經汗濕。她用手覆蓋住錄音機，關掉開關，然後放回口袋。她晚一點會私下分析這段對話、留下筆記，再把錄音刪除。

「好。我會安排。會有人跟妳聯絡。」

「最好是妳來聯絡。」莉莉安在艾美起身離開時說。

艾美離開會客室一次也沒有往後看，頭抬得高高的。她做到了，她撐過了和這個自稱為她血親的殺人犯的第一次會面，撐過了一段會讓大部分人不支倒地的幼年回憶。這項小小的勝利讓她感覺輕盈了一些，但是莉莉安的謀劃讓她無法自行處理這件事。為了申請探訪，她必須向派克主任吐實。她會作何反應？艾美很快就會得到答案。回去工作的時候到了。

10

「嘿，寶貝，妳這身材是麥當勞超值全餐嗎？I'm loving it！」

妙莉．帕克收回了笑容，牙齒上的矯正器令她難為情。他們的搞笑帶給她的些許趣味，也因為當街被人調戲的不適感而蒙上陰影。那些男學生大她沒幾歲，但是她的臉上仍然泛起紅暈。

「噁男！」佩姬．泰勒回擊道，和她的朋友手勾著手。

「別理他們。」妙莉低聲說，拉著書包的背帶。書包上有四個徽章，有的宣示她對女性主義的忠誠，有的表達她對夏洛克．福爾摩斯的熱愛，展現出的個體性都是她的倫敦西北區名門學校所不樂見的。十五歲的妙莉還在習慣來自男性的關注，對這一切感覺五味雜陳。她在步道上邁進，金髮綁成的馬尾隨著她表現得比實際上更自信的步伐一搖一擺。

「我今天看到麥克又在偷看妳了。」佩姬說，話中帶有一絲羨慕。她手長腳長、身形細瘦，並不欣賞自己纖長優雅的步態。

「他才沒有。」聽到那個六年級生[2]的名字，妙莉的臉頰泛起兩朵鮮豔的粉紅。「不管怎樣，他比我大太多了啦。」

「但妳喜歡他，不是嗎？」佩姬竊笑道。「妳媽要是發現會怎麼說呢？」

「沒有什麼好發現的，」妙莉說著撥開臉前的一綹頭髮。「妳別亂八卦。」

「喔，少來，我知道妳是恨不得想上他的車。當然還有上別的。」

「哎唷！」妙莉做出噁心狀大笑著把她朋友推開。她咬著下唇，偷偷瞄了一眼。「不過他人滿好的，對不會？」

「當然嘍，」佩姬回答。「嗯，我的想法啦。明天見喔！」她轉身過馬路，向朋友揮手道別。

妙莉爬上階梯，走向她和媽媽一起住的排屋。佩姬跟她一樣，連跟男生接吻都沒有過，更別提其他。她走進房子時，臉上還掛著微笑。她喜歡屋外綠樹夾道的那條街，不像她們住的前一間房子那樣吵雜車聲不斷。這裡距離她媽媽的工作地點也比較近。妙莉習慣了她們的作息行程，發現她挺享受媽媽下班回家前自己獨處的一個鐘頭。如果今天運氣好，她們還會叫外送披薩當晚餐，當作她最近考試成績的獎勵。她把書包往地板一丟，關上背後的門，等她的貓來走廊上迎接她。呼呼是一隻混種波斯貓，因為呼嚕聲大得不同凡響而得名。妙莉踢掉鞋子，動一動被皮革壓痛的腳趾。她抖掉外套，掛在樓梯扶手上，卻不見貓的蹤影，她的眉頭越皺越深。「呼呼，」她喚道，穿著長襪的雙腳踏過廚房地面。「呼呼，小寶貝，你在哪裡？」她的眼神落向廚房門上的貓門。呼呼討厭去外面，從來不會出門太久。室內電話的尖銳鈴響穿透她的思緒，嚇得她原地跳起來。她討厭接電話，但是因為擔心呼呼，她踮著腳走到走廊，怯生生地拿起話筒，心裡希望媽媽要是在家就好了。

❷ 英國的中學六年級相當於台灣的高中三年級。

「您有一封簡訊，」一個機器人般的聲音宣告道。妙莉邊聽邊皺眉。她不知道室內電話可以收簡訊。接下來的話讓她當場愣住。「妳可以來把妳的貓帶回去嗎？我在路上發現牠，覺得牠是被車撞了。考特瑞太太留。」

「噢不！」訊息播完時，妙莉飛快地舉起手掩住嘴。考特瑞太太住在隔壁的隔壁，七十出頭，腦袋偶爾有點糊塗。媽媽最近才去拜訪過她。她是不小心傳錯訊息嗎？留一般的語音留言肯定比較簡單吧？妙莉拿起話筒，正要找回撥的號碼，但是一想到呼呼她就停住了動作。她的寵物受傷了。牠需要她。她還在這裡弄什麼電話？妙莉心不在焉地刪掉訊息，把話筒用力一掛。

妙莉解掉門鏈，淚眼模糊地拉開前門。「可憐的呼呼，」她哭道，喉嚨後方醞釀著一聲啜泣。她會把牠帶回家，然後打電話給獸醫。他是個好人，他馬上就會趕來的，他會知道該怎麼做。

她的脈搏重重狂跳，努力在踏上鄰居家的門階時做好心理準備。鄰居家跟她一樣，有一扇沉重的黑色門扉和黃銅敲門環，拉起來的時候會嘎吱作響。妙莉違反了一條媽媽規定的規則，就是出門的時候放著家門沒鎖。但是她預想自己一下下就會回家了：她會把呼呼帶回家裡，幫牠包裹保暖，打給她媽媽和獸醫。她抹掉眼淚。呼呼會沒事的，一定的。但為什麼考特瑞太太沒有應門呢？妙莉第二次拉起敲門環時，門開了一道一吋寬的縫，她才發現鄰居的門栓沒帶上。

「考特瑞太太？」她探頭進門喚道。「我是妙——」她停頓一下，「妙莉．帕克。妳有打電話過來。我來接我的貓。」一聲憤怒的「喵」從走廊盡頭迴盪傳來，讓妙莉的心臟在胸中噗通直跳。是真的有事。但是牠的叫聲很響亮，這代表牠沒有大礙嗎？

「哈囉？」妙莉說著踏進屋內。她的襪子腳跟滲進了路上的積水。她發覺自己鞋都沒穿就出門了。她往陰暗處窺視，躡手躡腳走在長長的走廊上，察覺到她沉重的呼吸。為什麼這裡這麼暗？她試圖開燈，但是燈泡被拿掉了，走廊上所有的門也都關著。她警戒地循著喵喵聲，推開右手邊的門。

「呼呼，」妙莉用氣音說，窺進陰暗的房間。為什麼窗簾關著？為什麼她的貓在地上的籠子裡？呼呼開了飛機耳，發出警告的哈氣聲，妙莉驚恐且清楚地發現，她的貓平安得很。就在這時，警鈴大響，告訴她這個狀況是如何從頭到尾都不對勁。「考特瑞太太？」妙莉用顫抖的聲音喊道。這時她才想起來，她母親先前為什麼去拜訪那位鄰居：因為她要搬走了。那麼是誰在電話上留言的？一陣吁喘的呼吸聲讓妙莉發現還有其他人在場。她緊繃起來，知道自己該怎麼做：帶著她的貓快跑。她往前一步，腎上腺素湧入她的血管，她瞄到背後的一個身影。

「是誰——」一雙手臂從後方抓住妙莉，中斷了她沒說完的句子。她發出一聲強而有力的尖叫，同時從臉上被壓著的橡膠面罩裡吸進了一口氣體。她在黑暗中迅速眨著眼睛，踢了背後陌生人的脛骨一腳。一聲悶哼隨之傳來，擒住她的雙手暫時鬆開。但是這時要逃已經太遲了。她的知覺變得模糊，眼皮越來越重。「咚」的一聲，她的頭撞上了冰冷的磁磚地面。

11

艾美拿出夾在臂下的報紙，攤開在辦公桌上，掃視頁面。

〈悲慟慈母的最後懇求〉

亞當・羅西報導

罹患絕症、淚流滿面的葛拉蒂絲・湯普森在臨終之際宣告她最後的願望——找到她慘遭謀殺的十二歲女兒，好讓母女倆一起下葬。但是，唯一知道真相的人是莉莉安・葛萊姆斯，咸稱的「布蘭特伍德人魔」殺手夫妻檔中仍在世的一員。肆虐十五年之後，這對夫婦在一九八七年落網，他們住家的土地上被發現埋有六名年輕女性的屍體，年齡介於十二至二十三歲間。傑克・葛萊姆斯另外供認了三樁謀殺罪行，透露埋屍地點之前便死於自然因素。

儘管家屬多次請求，莉莉安・葛萊姆斯仍拒絕透露芭芭拉・普萊斯、薇薇安・霍登與溫蒂・湯普森三名受害者的下落。上週，由於羅柏・溫特警司驟逝，本案重獲公眾關注。他多年來對於此案的偵辦不遺餘力，卻依然無法實現他的承諾、找到三人的埋葬地點。他的女兒艾美・溫特偵緝督察拒絕對此案發表評論。

「這狡猾的傢伙……」艾美說著就覺得寒毛豎了起來。她翻頁到葛拉蒂絲・湯普森躺在醫院病床上的近照。她看起來臉色慘白又魂不守舍，臉上深深刻劃著悲傷的溝紋，鼻子接著一條細小的導管。她的兒子約翰・湯普森握著她的手，照片下引用了他的發言：「我只希望我的妹妹和母親爭取到正義。我們該帶溫蒂回家了。」與之對比的，是下方一幅傑克和莉莉安・葛萊姆斯鬼魅般的影像。艾美認得這張入監照片，也明白為什麼媒體愛用這張。粗劣的畫質為莉莉安的眼窩添上深深的陰影，讓她死氣沉沉的視線直擊你的靈魂。如今的莉莉安多了幾條皺紋，怪異的髮型變成了齊肩的鮑伯頭。她的外表不再反映她的駭人罪行，但是社會大眾並不想要看到一個平凡得隨處可見的女人。即便她的外觀有所改變，艾美仍清楚明白莉莉安・葛萊姆斯是什麼樣的人。

她重讀亞當的報導，心中又燃起另一陣怒火。他說的致意在哪裡？明明就是她父親一開始將兇手繩之以法，為什麼要讓他看起來像個失敗者？還有，為什麼要提到她的名字？說她拒絕發表評論就是在暗示她對這個案子不感興趣。艾美咬著嘴唇，試圖控制自己的怒氣。亞當在刺激她。她不會在電話上飆罵他、讓他稱心如意。最完美的復仇，就是找到埋屍地點，然後把新聞透露給一個知道尊重為何物的記者。她分神想了一下她的親生兄姊。他們也會讀到這則報導嗎？她努力回想他們，回溯著一連串和罪案與新聞混雜不清的記憶。是戴米安和亞曼達？不對，是曼蒂。他們倆年紀都比她大，不像莎莉安那樣在回想時帶給她親近感。到監獄和莉莉安談話之後，她壓抑的記憶像是被打開了蓋子，她再一次為她的姊姊感到悲傷與失落。如果她沒有引著她進到地下室……她現在還會活在世上嗎？

「噢，哈囉，」克雷格打斷了她的思考，看起來很訝異在這裡見到她。「我以為妳明天才要回來上班。」艾美從報紙上抬起頭，發現她哥哥紅褐色的頭髮剪短了。他穿戴著稱頭的黑西裝和領帶，看起來完全適合升任犯罪調查處主管。

「對，」她說著摺起報紙，丟進垃圾桶。「但我今天提早進來做分類工作。你一直派過來的這些案子——不屬於我們的範圍。」她不樂意扮黑臉，但這是她的小組，是她努力奮鬥建立而來的。葛拉威爾偵緝督察擔任她職務代理的期間，接收了犯罪調查處派來的案件，想要減輕他們的工作負擔。假如艾美的小組沒有受到上司那麼嚴密的監控，這件事本身不是問題。但這個優先順位團隊接受了大筆金錢挹注，一定要依照規劃目標運作，否則就沒戲了。

克雷格聽到艾美這樣告訴他，臉色一沉。「我們都有壓力，」他說。「葛拉威爾只是在幫我們的忙。」

「但我們不是在這裡當備援的，」艾美回答。「決策團隊期待我們做大事。如果做不到，他們就會要我們解散。」

克雷格將手插進長褲口袋，露出一副高高在上的微笑。「我們都在同一個大家庭裡，艾美。這裡沒有獨行俠的空間。」

說到家庭，艾美就想問他為什麼在葬禮後都沒打電話給媽媽，更沒來拜訪，但是他們約法三章要把私人生活和職場分開，所以她把注意力轉回工作上。「你說，」她繃著臉說。「你覺得這個小組是為什麼成立的？」

克雷格聳聳肩。「就跟他們浪費預算搞出其他每個所謂的『專門小組』的理由一樣。不良公關事件引發的反射反應。」

艾美挑起一邊眉毛。「你不贊同？」她已經知道答案，但仍然需要聽到他說出口。

「對事不對人，老妹，但是我真的認為拿預算去給專門小組讓媒體美化我們，這樣並不公平。」

「不只是那樣，」艾美說。她知道他仍然因為申請這個職位被拒而心懷不滿。「我們的成果自己會說話。記得史蒂芬・波特嗎？他用APP引誘受害者上鉤，甚至不用出門。社群媒體改變了我們調查工作的面貌。我們有責任要為了受害者加快步調。」

「殺人犯骨子裡都一樣。」克雷格搖著頭說。

艾美為她深深相信的這個團隊燃起了鬥志。「但是他們運作的方式改變了。」

克雷格看了看錶。「我沒時間吵這個。再五分鐘就要簡報了，我們還有一堆工作。」

「你們的工作現在更多了，」艾美說。「我提早進來，退回了大概一半的案子。」

克雷格僵住了。「妳說什麼？」

艾美皺起眉頭。她不會接受任何人頤指氣使——包括她自己的哥哥。「你聽見了。這是我的小組。我會按照它的設立目的來管理它。如果你有意見，就去跟派克主任說。」

「我不會浪費這個時間。」克雷格抿起嘴唇。和艾美不同，他不和同事交朋友，跟派克的關係也完全僅止於工作。他舉起右手拿的文件。「如果妳把案子都退回了，妳應該對這件高關注度的綁架案也沒興趣吧。」

「什麼綁架案？你要去哪？」艾美說著從座位上起身。

「我要回我組裡了。看起來我們有些額外工作要忙嘍。」

12

艾美停了一下，整頓自己，海柔．派克主任辦公室的門縫飄出了新鮮的咖啡香，她吸進那股香味，肚子發出抱怨的咕嚕聲。但自從讀到莉莉安的來信之後，她就不太能夠面對飲食需求。昨天帶朵蒂散步的情景在她腦海中重播，她心想，自己竟然當街吐了出來。這該死的是怎麼回事？她面對過好一些駭人聽聞的事物，但是從來沒有被影響到嘔吐的程度。但話說回來，這件事不只關乎她的工作，更牽扯到她的身分：她究竟是誰。艾美用指節在門上輕敲，然後把門推開。主任的辦公室是她的兩倍大，空間設計輕巧通風，還鋪著新的地毯。面對下方街道的景觀，以及擺放警務手冊與法學期刊的寬大書架，都令她羨慕。只有艾美知道，架子最底層偷偷放了一堆書背朝內的言情小說。但她也沒空讀那些，現在休息時間都成了過往雲煙。

「進來，進來，」派克說，示意艾美把門在背後關上。她安歇在桌子後方，臉上化著淡妝，短髮梳成整齊的造型。她的右手邊放著一杯蒸騰的黑咖啡，左邊則散落著一堆有翻閱痕跡的文件。他們尚未完全轉型無紙化作業，派克偏好老派的做事方法。「來杯咖啡？」她摘下閱讀用眼鏡，揉揉鼻梁上的鏡架壓痕。

「謝了，我不用。」艾美回話道。但老實說，她還是感覺到稍早和克雷格那番小小衝突的餘波。她的手放到黑色旋轉椅的椅背上，擠出勇氣面對接下來的對話。她討厭跟他針鋒相對。她聽得出他的道理，但是他偏偏挑了個她狀況不好的時間點。如果他知道她真實的身世，他會怎麼想？他還會認為自己是她的哥哥嗎？

「坐吧，」派克拿起馬克杯試飲一口。「好多了，」她說，然後給了艾美一個同情的微笑。「妳要再多請假嗎？我看過妳的人事檔案，妳今年幾乎都沒請假。」

「不是，長官，正好相反，」艾美說。她知道上司的老派作風也及於職場上正式稱謂的使用。如果直呼她的名字，通常會引來一陣皺眉。「我想跟妳談談一件最近上了新聞的舊案。還有，我跟克雷格聊過，他說有一件綁架案。」

「已經有人處理了。就像妳說的，妳的小組已經有太多事要應付……」

「現在不會了，」艾美唐突地說。「我有把一些工作呈送回原單位。」

「我知道，妳哥哥剛剛才在電話上。他堅持犯罪調查處可以負責那件綁架案。」派克抬起頭，憂慮地看著她。「妳確定妳準備好讓葛拉威爾偵緝督察結束妳的職務代理嗎？原定代理時間還有一天。」

「我很快就會跟上步調，」艾美回答，心裡納悶為什麼她哥哥提早回來上班沒問題，她則不然。「綁架案的部分，我聽說那是泰莎・帕克的女兒。」克雷格離開後，她做的第一件事就是親自查詢那件案子。他搶案子是為了洩憤，她大可以任他搶，自己慢慢回到工作狀態，但是一點開十五歲的妙莉・帕克的照片，她就知道自己非辦這件案子不可。現在，她唯一要做的就是說服她的主任允許她主導。

「案子已經交到犯罪調查處手上了。」派克說著擺出了裁判的臉色。

「拜託，長官。像這種高關注度的案件，對我們的小組而言十分理想。再說……我這邊有另一個消息，妳會有興趣。」艾美要恬不知恥地利用她和莉莉安的關係來贏取這樁綁架案。這一週以來，她的小組處理著沒有人要的案子，現在他們急需拿出有力的工作成果。想到要分享她探視莉莉安·葛萊姆斯的細節，她的心跳就如雷鳴般怦響。她已經可以感覺到自己跟這個案件糾纏不清，要是她的主任知道實情，幾乎可以說絕對不會贊成。

「我應該早點告訴妳的，但我本來以為這事不會有什麼發展。但是現在……」艾美懷著希望看向她，期待她多問一點。

「我有興趣，」派克說著吞下一口咖啡，舔舔嘴唇。「但妳有話得快說，我十分鐘後要開策略會議。」

艾美的雙手在腿上交疊，停頓一下以組織語句。她通常相當能言善道，但現在她原本井井有條的思路變得混亂紛雜。

「莉莉安·葛萊姆斯又上了新聞。因為我爸過世，而湯普森太太還在懇求解答，這個案子看起來引起了大家的注意。」

「啊，我了解，」派克溫暖地說。「妳想要為妳爸爸做點什麼，這是再自然不過的。我知道他因為無法找到那幾個女孩的埋葬地點而深受折磨。但是妳應該在家陪陪家人，不用來重啟舊案……」

「我去監獄探視了葛萊姆斯，」瞥見派克在看錶，艾美脫口而出：「她準備要告訴我們最後三個被害者的屍體埋在哪裡。」

派克的嘴巴張了開來。她足足做了兩次呼吸，才回過神來合起嘴。她恢復鎮定之後瞇起眼，投來一道質疑的視線。「妳是跟我說，妳去監獄見過葛萊姆斯了？什麼時候？怎麼會？我不記得我有看到探視申請。」

「今天早上，在私人會客時段，」艾美說。「她寫信給我，安排隔天會面。」她勉強說出話的同時擺弄著雙手。「其實……」艾美說到一半打住，真相卡在她的喉嚨裡。她就只需要說出這幾個字：莉莉安．葛萊姆斯是我的生母。但是這句話感覺像個謊言。芙蘿拉和羅柏才是她的父母。其他的說法都顯得不自然。

「她聽說了我爸的死訊。我想她受到良心的譴責。」她反而這麼說。

但她的主任尚未被說服。「我記得那場審判。她完全沒有悔意。她把一切都怪在傑克頭上，說她和那些命案完全無關。」

艾美點點頭。謊言並不容易說出口。「也許我爸的死觸發了些什麼。她還是沒有認罪，只承認傑克生前告訴過她埋葬她們的地點。」

「好的。」派克接受了艾美的解釋，眼睛亮了起來。「不管是出於什麼理由，這都是天大的好消息。那麼我們要怎樣進行？妳安排正式探視了嗎？」

艾美搖頭。「她想親自帶我們去看。我想這對她來說是獄外遠足吧。她保證說，一等我們安排好，她就會給我們第一個被害者的所在位址。」

「妳真是讓我驚喜不斷，」派克說，眼中帶著一道勝利的閃光。「不管如何，妳都找到了完成妳父親遺願的方法。他現在一定非常以妳為傲。」

「我不想居功。」這番感性的發言讓艾美退縮。「只不過莉莉安的條件之一，是要我全程在場。」

「我沒意見。但是該居功的時候就居功吧。這對妳來說可能是個大好機會。如果不是她跟妳有某種連結，她就不會同意這件事了。」

糟糕到無法承受的真相讓艾美心中的逆鱗豎起。「我們可以把功勞歸給整個小組嗎？這會讓我們形象大好。如果他們真的要點名哪個人，我希望就是妳吧。如果沒有妳的支持，小組根本就無法起步。」

「先看看我們能不能成功，」派克往後靠著椅子說。「她可能在玩弄我們。溫蒂．湯普森的母親不是得了絕症嗎？我們時間不多了。」

「沒錯，」艾美嚴肅地說。「我會立刻開始動作。」

派克點頭，預想著未來情況時眼神變得遙遠。「去聯絡艾塞克斯當地警方，叫他們把檔案送過來，這樣妳就可以熟悉一下案情。處理這件事時最好眼睛放亮，這對警方來說是很棒的形象宣傳機會。」

「也能讓案件關係人的家屬心安。」艾美補上一句。她暫且對她的背景保持沉默，是個正確的決定。如果她的主任知道她真正的身分，絕不會讓她看到案件檔案。這不是欺騙，她只是略過實話不提。但這對她仍然一樣不容易。

「她首先會給我第一具屍體的位址，然後在接下來的探視中告訴我們其他被害者在哪裡。」艾美說著，又編造出另一個理由解釋莉莉安．葛萊姆斯為何會幫助像她這樣的人。「我想她在獄中也過得不輕鬆。我注意到她臉上有瘀傷。她可能也在期望有更好的獄中生活條件。」

派克緩緩點頭。「別對她做任何承諾。她會得寸進尺。但是我也不需要提醒妳。」派克給她一個心知肚明的眼神。「妳對付起這些社會的渣滓一向很有一套。」

同類相知。這個想法竄起時，艾美在椅子上僵住了。

派克又看了一次錶。艾美視之為示意她離開的動作。

「還有一件事。」艾美從座位上起身。「那件綁架案。可以給我們來辦嗎？接在我們和莉莉安．葛萊姆斯的合作之後會很不錯。」她懇求地看著派克。她希望對方不會對她拋出的餌說不。

「很好，」派克說。她呼出氣的樣子像是已經無力爭辯。「交給妳吧，妳來領頭。如果有人刁難妳，叫他們來找我。」

13

一九八六年

珀比劇烈地發抖，抖得讓藤籃也在她周圍震動。她的雙眼緊閉，身體盡可能縮到最小。她的心臟在肋骨下跳得好用力，肯定就要跳出來了。莎莉安在地下室的地板上，好安靜好安靜，讓她心中有一部分想要躍出藏身的籃子。但是她絕對敵不過她父親，他讓她的姊姊永遠不能出聲了。她記得莎莉安的警告：別發出聲音，不能哭，否則也會被除掉的。但是她沒辦法永遠待在這裡。她坐在沾了尿液的床單上，內褲也濕了，鼻子裡竄進了乾涸血液的氣味。珀比強迫自己睜開眼睛，從籃子的縫隙往外看。在無窗的地下室裡，無從判斷已經過了多久時間，但是現在她姊姊原本躺著的位置，就只剩下一道血跡。

珀比抓起一球床單，堵進嘴裡，把逐漸湧上喉嚨的啜泣聲逼回去。事實證明那股又乾又苦的味道有效轉移了她的注意。她吞回眼淚，失去了她唯一親愛的人，讓她的胸口脹起一股切實的痛楚。她知道自己再也見不到姊姊了。這都是她的錯，是她讓她跟著下樓的，現在她就這樣不在了。

珀比不知道自己嚇得動彈不得地在籃子裡坐了多久。但時間久到足夠讓她的顫抖平息下來，心跳回到正常的速率。她「啪」的一聲把髒床單的邊角從嘴裡扯出來。隔著籃子，她可以窺看到她父親稍早從角落拖過來的箱子現在已經回到原位。四周一片死寂，一開始吸引她走進這裡的刮抓聲早已停息。一股全新的怖懼開展了，她迷失在黑暗中，就像莎莉安以前在她床邊讀的那些森林童話故事，只不過〈傑克與魔豆〉的巨人和〈小紅帽〉的野狼都變成了爹地。他是變形怪、是虎姑婆，是她聽過的每一個故事裡的每一個壞蛋。地下室門打開時，珀比緊閉著嘴，用力把嘴唇往牙齒上吸，連牙齦都流血了。一道狹長幽暗的陰影從上方籠罩下來。室內充斥著汗味，和她爸爸口氣裡的某種苦臭。他要來抓她了，她感覺十分肯定。他殺了莎莉安，現在要換她了。他會把她斷成兩半，就像箱子裡的那位小姐一樣。再也不會有人看到她了。

有人在木梯上踏下一步、然後兩步。恐慌在她內心滋長，令她毛骨悚然，心跳聲在耳中重如雷鳴。她全身凍結，如果她閉上眼、把聲音擋在外面，爹地就抓不到她。她緊閉著眼睛，無聲地祈禱：「我會當個乖孩子。拜託，拜託讓他走開吧。」但是腳步聲漸次傳來，她的禱告效用微薄。腳步越走越近，朝她而來，先步下階梯，踩過床墊，然後往前朝向她躲的籃子。珀比往被她弄髒的床單裡縮得更深，腥臊的尿味讓她差點作嘔。她把臉往膝蓋中間壓，但後頸的一股搔癢感打斷了她的專注。她用手一掃，發覺是一隻地下室的長腳蜘蛛爬到她頭髮裡。一聲刺耳的尖叫從她的唇間逃出，害她終於露了餡。腳步聲靜止下來。

開關「喀」的一聲打開，籃子的上蓋掀起，一道光照了進來。珀比的小手緊緊握拳。如果有必要，她會反擊、會大叫、會罵髒話、會狂吼。她不會投降。

「妳在這裡啊。」一個溫暖又令人安心的聲音說。放鬆感淹沒了她。

珀比瞇眼往上看著母親，眼中仍然因為先前見證的景象充滿了殘存的惶恐。

莉莉安把那隻正想逃命的蜘蛛從籃子邊緣掃下去。「噓，現在別出聲，」她說。「爹地睡了。如果妳吵醒他，他會生氣的。」

珀比理解地點點頭，鬆開手，臉從床單裡抬起來。母親把她抱出籃子時，她麻木的雙腿由於長時間維持同一姿勢而不斷發刺。她得要安靜，她不能哭。媽咪會保護她的安全。她像蜘蛛猴一樣緊攀在母親身上，手指掐緊莉莉安的後頸，想要找到些什麼東西抓住。

「噢，別抓那麼緊，」莉莉安說。「妳捏痛我了。」

但是珀比無法放手。在她母親爬上階梯的同時，她知道自己絕不會再走進這個地下室了。她姊姊的床空著，悲傷的感覺像一顆球卡在她的胸膛，壓迫著她的肺部，令她難以呼吸。外面風暴正強，尖細的風聲悲悽地穿過裂開的單扇窗戶。珀比的母親把她的手指從自己脖子上鬆開，快速俐落地脫下她尿濕的睡衣，拿了一件莎莉安的粉紅色舊T恤給她套上。莉莉安讓珀比躺下時，她指著姊姊空空如也的單人床。母親把被子拉高到她胸口，她無法說話，只能做出手勢。

「好好睡覺就是了。」莉莉安說，沒辦法對上她的視線。她轉身走出門，連一個字也沒再多說。

14

派弟醒來時，花了幾秒鐘觀察周遭。有時候，他必須環視房間一圈才能想起自己是躺在哪張床上。只要說錯一個字、傳一封時機不對的訊息——最微小的動作都能讓他的紙牌屋分崩離析。他的這個夜晚開始於伊蓮的床上，結束於他和潔若汀共居的家裡。但他可不是什麼精蟲衝腦的種馬。他和潔若汀的親密關係，在他們開始分房睡時就結束了，他在清晨五點鐘最不想做的事就是趕赴她身邊；但是，面對他拿工作當幌子欺騙伊蓮的罪惡感，比起另一個選項好多了。如果潔若汀做出自我傷害的行為，他絕對無法原諒自己。她稍早的好心情已經如溜溜球般擺盪到威脅要自傷的極端。

「你還不用這麼快就趕著出門吧？」現在的潔若汀說，她拉著他剛從門廊掛鉤取下的外套。幸好他下午才值班，他很感謝上班前還有幸睡個幾小時。

潔若汀穿著燈芯絨睡袍，似乎沒注意到自己套在腳上的拖鞋是不成對的，或許她晚點也會發現她忘了梳頭和刷牙。

「是工作，」派弟說。「妳不希望我遲到的，對吧？在我要爭取升職的時候。」這是句謊話。派弟早在數年前就放棄了在事業上取得任何進展的希望。

潔若汀翻翻白眼，放開他的外套。「你還要說溫特小姐討厭人家遲到，是不是？」她的嘴唇彎成一副嗤笑。「你就是不想讓她失望。畢竟我不過就是你太太嘛，有什麼大不了？」

派弟碰了碰她的前臂。他看到她這樣很難過，因為他知道她的憤怒是源自於痛苦。「拜託，親愛的，別這樣。我們一起度過了一個美好的早晨，就別節外生枝吧。」

「我幫你做了早餐，」潔若汀盤起雙臂回答。「你現在卻要連聲再見也不說，就這麼偷偷溜出去。」

現在吃早餐有點遲了，但是指出當下時間是中午並不會改善他太太的心情。「馬上來，我只是要穿個外套，這兒有點冷。」又是句謊話。他是想趁她還能講理的時候開溜。

但是，經過二十年的婚姻生活，潔若汀可沒那麼容易上當。「別裝了。你就是等不及要離開我。我費了這麼大工夫，你卻轉身就要邁出大門。」她的聲音現在尖了起來，雙手也緊握成拳。

「我不會沒吃早餐就出門的。」派弟側過她身邊走進廚房。「妳煮了什麼？」

「粥。」潔若汀吐出這個字的方式彷彿在罵髒話。她的怒氣沸騰，就像瓦斯爐上的粥。他們位於伊令的排屋住家廚房剛整修過，比他和伊蓮的家寬敞多了。但這一點潔若汀並不曉得。她已有好幾年不曾走出自家前門。她的廣場恐懼症最棘手之處，就是她將累積下來的挫敗感全都發洩在他身上。「是那個自以為了不起的賤人要帶你去吃早餐嗎？我看你就是愛對著她流口水，對不對？你這老不修。你在我身上嚐不到甜頭，就像條老狗似的繞著她聞個不停。又是我不好了。我就知道你要往外跑。」

「拜託，親愛的，我不知道是發生了什麼事讓妳心情這麼差。」派弟嘆著氣，用手指耙過稀疏的頭髮。「妳要不要趁我出門前跟我一起吃點東西？」他太太的情緒就像天氣一樣陰晴不定。現在，他只能低著頭挺過這陣風暴。他拉出一張餐椅，坐在早餐吧檯桌前。

潔若汀閉上眼睛，深吸了一口氣，鼻孔擴張。派弟猜想她是在心中默數到五。她轉向爐子，伸手去拿平底深鍋，派弟則等著她上菜。

「當然，你說得沒錯。」她說，病態甜膩的笑意也夾帶進她的話語中。「對不起。來吧，你的早餐在這。」

毫無預警地，她把平底深鍋的內容物往他後腦勺一潑。「啊啊！」派弟不敢置信地吼了出來，他的皮膚感覺像有岩漿在往下流。

潔若汀冷冷地看著他從餐椅上一躍而起，讓椅子滑過磁磚地面。他用搖晃不穩的步伐走到水龍頭邊，沖掉灼燒著他皮膚的熱粥。「幫幫我啊！」他一臉痛苦地喊道。

潔若汀一動也不動地站著，鍋子仍握在她垂軟的手上。

派弟拉掉外套，拿了一條茶巾在水龍頭下的冷水沾濕，一面敷在脖子上一面擠眉弄眼。一團半熟的燕麥流下他的襯衫，滴到地板上。他應該要留心她的，但至少這次的燙傷只局限在他後頸的範圍。鍋子從潔若汀手中滑落，發出響亮的鏗啷聲。她雙腿一軟，往後跌坐在一張餐椅上。

但他沒有時間抗議。不管剛剛驅使她的是什麼樣的憤怒，現在都已獲得了滿足。

✦✦✦

冷水澡舒緩了他的疼痛，但上班遲到所帶來的指責將會使他難以承受。

「對不起，」潔若汀平板地說，此時派弟在一天內第二次從樓梯上走下來。「很嚴重嗎？」她問話時無法跟他對上視線。

「死不了的。」派弟簡短地說。他從走廊的衣帽架拿了一條圍巾，輕輕圍在脖子上。他的皮膚會起水泡，會沾黏在他襯衫的衣領，讓他在繫緊領帶時皺眉，但這並不是最糟的狀況。他身上的其他疤痕可以作證。潔若汀的脾氣現在也許發洩夠了，但是離開現場才是他最安全的選擇。以前，每次爆發之間相隔好幾天、甚至數週，可是近來變得更加頻繁且無可預測。

「今天是她的忌日，」潔若汀說。「所以我才難過。我以為我們可以在早餐時討論這件事。」

派弟停住腳步。他應該趁她再次爆發前快走，可是她錯了，他必須糾正她。「不，不是今天。」他說，手指扭轉著門栓。他警戒地往後看，看到她握拳的手在睡袍口袋裡凸起，嘴唇抿成細細的一條白線。她拿的是什麼？刀子？螺絲起子？還是什麼更糟的東西？

「我是她的母親，」潔若汀的話語中透露著全新的憤怒。「別跟我說我錯了。就是十年前的今天，你買了那台腳踏車給我們的女兒。你還記得嗎？記得她花了多久才學會騎嗎？但你還是堅持，你還是逼迫她。如果你沒有緊逼不捨——」

「我遲到了，」派弟說。一縷冷空氣在他打開門時竄了進來。「我晚點打給妳。妳何不把妳弄的那一團亂清理一下？」他把門大大拉開，看著她在見到戶外的動態時以肉眼可見的程度縮了一下。由此獲得的滿足感會讓他在稍後心生內疚，但現在這使他能安全離家。

「王八蛋！」她退後兩步尖叫道。「去啊，去找你那個狐狸精。別以為我會等你，想想你做了什麼好事！」

15

艾美的手指耙梳著髮絲，心裡起了換個髮型的念頭。也許做點挑染？剪個層次？她和莉莉安．葛萊姆斯的相似點令她不安。她想到她們相同的身高、相同的厚實嘴唇。她的手指悄悄爬到了唇邊。假如她們的相似之處不僅止於表面呢？辦公室門上的敲門聲讓她驚跳一下。敞開的門口站著的是一臉怯懦的派弟．拜恩偵查佐。「進來，」她將隨身鏡一把合上。「找個地方坐。」她小小的辦公室以往是檔案儲藏間，擺進一張辦公桌和兩張椅子剛好就滿了，但空間不足是今天最不值得她擔心的事。她希望派弟會有個好理由解釋他為何中途加入打斷晨間簡報。若是換成別人，她當場就會發飆了。近來，她努力成就的一切感覺上都開始崩解。他溜進會議時，她什麼也沒說，知道他稍後會解釋。

「遲到的事對不起，」派弟坐下來說道，露出一個虛弱的微笑。「之後不會再犯了。」

「你知道我有多討厭人家不守時，」艾美回答。「要是你連準時出現都懶，怎麼給其他人作榜樣？」

派弟的雙肩垂下，視線放低，除了沉默之外沒有其他回應。

艾美皺起眉頭。這事的起因不是單純的懶散。「怎麼了？有什麼事情是我該知道的嗎？家裡出了問題？」

「沒什麼，」派弟說。「只是車子壞了一個墊圈。」

「又來了？」艾美回覆道，看穿了他蹩腳的藉口。這已經是他本月份第四次在簡報會議遲到了。「還有，幹嘛圍圍巾？可別跟我說你會冷。」

「喉嚨有點痛，」他說，同時把圍巾繞著咽喉拉緊，撥弄著黑色羊毛材質的邊緣。

「你看起來有點躁動，」艾美說話時注意到他眉毛上的一層薄汗。她嘆著氣看看錶。想到眼前要面對的事，一股恐懼便如烏雲般籠罩她的早晨。「我想你會加緊處理這兩個案子吧？如果不會，現在就告訴我。」簡報會議在一個小時前，這段時間已經足以讓他補上漏掉的進度。調查行動已經緊鑼密鼓展開，失蹤將近二十四小時的妙莉．帕克命運堪慮。

派弟點頭，看起來很慶幸能換個話題。艾美從不指出他人的破綻，她的行事風格和她這個人一樣短小精悍。讓她失望的人不會有太多機會。要是派弟被踢出去，她會很難過，但是她已經受夠了替他擦屁股。如果他沒辦法整頓好自己，派克會把他調去其他部門。

派弟蹺著腿，一邊膝蓋撞到她的桌子。「真想不到妳去見了莉莉安．葛萊姆斯。她是什麼樣的人？」

「外在就跟所有六十五歲的女人一個樣。」艾美敲敲額頭側邊。「是這裡面的東西讓她與眾不同。」她宣布自己探訪葛萊姆斯的訊息時，簡報室裡起了一陣漣漪般的碎嘴耳語。一個連環殺手擁有猶如A咖女演員的名氣，實在是令人喟嘆。「我希望趕快把這件事結束，好讓我們專注在綁架案上。」

「噢，那個啊，」派弟說著臉色亮了起來。「小茉跟妙莉最好的朋友佩姬談過話。她說妙莉在暗戀一個叫麥可的六年級生。她正在調查了。」

「這些問話的工作應該由犯罪調查處負責，」艾美一臉陰沉地說。「為什麼我們現在才知道這個？」在艾美手下的警員調查這條線索之前，她哥哥的團隊已經在調查中取得了順利的開始。

「佩姬太害羞了，不敢轉述她們的最後一段對話，」派弟說。「就是女學生那一套，拿男孩子的事情互開玩笑。」

艾美不敢置信地搖頭。她的朋友遇上生命危險，她還有什麼好怕羞？「我們還是採信妙莉認識攻擊者的理論嗎？」早先的案件筆記指出了這個可能。

「她媽媽說若非如此她絕對不會打開家門。」

泰莎．帕克——妙莉的媽媽——的形象浮現在艾美心中。她上一次看到她，是在電視上重播的《龍穴》❸裡。「她一定擔心得要發瘋了，」艾美喃喃說道。泰莎出身貧寒，但如今已成為習於掌握主控權的女性實業家。「等我從監獄回來，安排去拜訪她一下。我們應該傍晚就會好了。」

「沒問題。」派弟鬆開領帶時瑟縮了一下。

「還有你的喉嚨也處理一下。醫藥箱裡有普拿疼。」

他駝著背走出辦公室，艾美則往後靠著椅子。派弟通常很認真負責，但是最近散漫了起來。

---

❸ Dragons' Den，英國BBC電視台的創業投資主題實境節目。

她的手機響起歡快的鈴聲，打斷她的思考。她皺著眉，在心裡記下要改個更符合她心情的鈴聲。鈴聲帶來的通話也沒有改善她的情緒。跟那個六年級生問完話之後，茱莉回來要開車載她去監獄接莉莉安．葛萊姆斯。「我立刻下去。」艾美說。她的嘴裡發乾，她從桌上拿了一瓶水，將常溫的液體倒進喉嚨。

她套上感覺沉重如鉛衣的外套。不把這件事做到底是不可能的，但如果莉莉安洩露了她的身分呢？難道這就是她這趟外出的目的嗎？她把空瓶扔進垃圾桶，瞥見她稍早丟棄的報紙。亞當的背叛仍舊刺痛著她，但她不允許自己被怨恨所磨耗。她會面對這件事，就像面對生命中其他齜牙咧嘴襲來的事物。她的視線落在她父親的照片，裝在相框裡擺在她桌上的顯著位置，每次看都讓她難忍悲傷的浪潮。「我不會讓你失望的。」她用幾乎細不可聞的話語承諾道。

✦✦✦

茱莉．巴克斯特的職位曾經是深受派克主任信賴的司機，絕對靠得住，不會洩露口風給媒體。她當時是制服警員，但派克深具發掘人才的天賦，鼓勵她讀書參加警探考試。就艾美看來，那是一項明智的建議。

「放輕鬆。」艾美坐進無標記的警車副駕座，微笑著說。「妳的方向盤要是握得再緊，就要扯下來了。」她們的行動經過精準計畫，這次出動也得到決策團隊的批准。

茉莉放鬆了手，發出一聲喘不過氣的笑。「抱歉，」她說。「這個案子太有名了。我無法相信我要載著莉莉安．葛萊姆斯到處跑。」她穿著細條紋襯衫和黑色長褲，配合職務打扮得光鮮整潔，但是發白的臉色和圓睜的雙眼顯示了她的緊張。

「把她當成隨便任何一個普通犯人對待就好，因為她就是。」艾美說，既是講給茉莉聽，也是在說服她自己。「只進行最低限度的對話。不要閒聊。就我所知，她會慢慢給我們找路的指示。我不認為她會嘗試脫逃，但妳還是要一樣警戒。」

「我想，如果她真的有告訴我們什麼，那就是我們走運了。」茉莉的安全帶喀的一聲扣到定位，作為句子的句點。

「她目前什麼都還沒說，」艾美提醒她。「複習一下，接了莉莉安之後，我會跟她一起坐在後座。一輛有標示警車會陪同我們來回位於艾塞克斯的目的地。我們抵達之後，會有一組後援的當地警力協助。」這些都在簡報會議時討論過，但艾美還是在心中把清單上的每一項再次打勾。

「我能否說一句……」茉莉一面說一面啟動引擎。「能加入這個小組我非常興奮。我真的很景仰妳和主任。」

「謝謝妳讓我知道。」艾美說。她在這份讚賞還有效時接受了。如果莉莉安脫口說出真相，她們回程的氣氛會變得相當不同。

茉莉將車慢駛出停車場，開向自動門，門滑開讓她出去。

「那台捷豹不錯。」艾美為了換個話題而說。她注意到那台剛打過蠟的紅色車子掛著新的車牌。

「噢，那台是派弟的。很時髦吧？我們幫他取了綽號叫摩斯探長。」

「是啊。」艾美含糊地說。派弟不像摩斯探長是熱門電視劇中的虛構人物，他有團隊要負責監管。一台新車不可能每個週末都故障。她在心裡記下，晚點要找他談談。茉莉左看右看，開到了路口，切進車流中的一個空隙。她對艾美露出欣賞的微笑，感覺已經等著跟她單獨對話很久了。

「我當初全程跟進妳那件約翰．米勒的案子，」茉莉說。「妳是怎麼辦到的？怎麼打進他們的內心？」她指的是一樁讓艾美獲得表揚的案件。一家四口慘遭謀殺，唯一倖存者是個十八歲的男孩。所有證據都指向父親，推測他射殺家人之後飲彈自盡，但是約翰．米勒身上有些怪異之處。這個案子被稱為「舉國震驚之重案」，艾美的前男友亞當在她的職業生涯中多次使用這個頭條標題。艾美像在拆解縫工拙劣的針線活，仔細分析證據，才從這個年輕人口中得到認罪自白，現在他的大半生都將在獄中度過。

對艾美而言，那整件事是場悲劇。「大部分的警察會犯的錯誤就是看事情的觀點不對。精神病態者的腦子跟我們運作方式不同，」艾美說。「受懲罰的威脅並不讓他們擔心。如果要他們合作，妳就得讓他們相信其中有利可圖。」

「妳就是這樣對付米勒的嗎？」

「是，」艾美說。「不過這並不容易，因為他起初是那麼有說服力。大家無法相信他做得出此等殘酷的行為。我是說，他殺光自己的家人……相信他父親精神失常犯案還比較容易些。」

「莉莉安．葛萊姆斯也一樣，」茉莉說。「真想不通這些人腦袋裡是怎麼回事。」

「別讓她看出妳感興趣，」艾美回應道。「她會利用妳的好奇心。說到底，她不是什麼流行巨星，她鼓動她丈夫強暴那些女人、丟棄她們的屍體，彷彿她們一文不值。」

「光用想的我就發抖，」茉莉扮了個鬼臉說。「我的意思是，我工作上也應對過不少令人難受的事，但是在那些罪行之外，還殺了自己的親生女兒……」

莎莉安的影像飄進艾美的心中。令她慶幸的是，號誌燈突然變換，茉莉猛踩煞車。

「我們匯報時再討論莉莉安。現在妳先專心開車。」艾美的這句話聽起來比預想的更尖銳，她壓抑的情緒正在尋找釋放的出口。

16

妙莉半睡半醒地躺著，緩緩吸氣，腐爛魚肉的味道鑽進她的鼻腔。黑暗包裹著她，一種輕輕的拍打聲舔舐著牆面，一左一右、一左一右，她的身體隨之搖晃。她用舌頭抵著口腔上側，揉揉睡意濃重的眼睛。她在哪裡？她眨著眼，嘗試坐起身時頭部傳來鈍痛。她摸索著疑似單人床的物體的冰冷金屬邊緣。「呼呼，」她一面想，一面摸著前額的瘀傷。模模糊糊地，她回想起她的貓好像出了什麼事。「哈囉？」她沙啞地說，喉嚨癢癢的。她在黑暗中眨眼，試圖習慣缺乏光線的環境。為什麼整個世界都在動？她每次嘗試站立，都被重力推回床上。

她迅速呼吸，努力察知周圍環境，尋找哪怕最細微的一絲光線。她放學、回家……然後電話響了。顱內的痛楚逼使她停止思考，她瞇起眼。這片刻正足夠她喘口氣、讓記憶浮現：她朝呼呼走了一步；一道陰影籠罩她；沉重的呼吸和一雙戴著手套把橡膠面罩壓向她的手。接著閃現的另一段記憶讓她四肢顫抖：她一度掙扎反抗，又踢又叫，但每一次呼吸都把她更拖往她無法逃離的黑暗。她隱約回想到她的項鍊被扯斷了，一隻手飛快伸向喉嚨。她父親買給她的那條項鍊不見了。那是她最貴重的首飾。他對她做了什麼？只有一件事她很確定：她已經不在考特瑞太太家了。她到底失去意識了多久？

她雙眼淚濕，檢查身上有無傷勢，發現自己沒事時大鬆了一口氣。他沒有碰她下面那裡。如果有的話她會知道的，對吧？抓走她的人是男的嗎？她其實也不曉得。她的下巴輕顫，試圖擬定出計畫的同時在黑暗中發出一聲嗚咽。她得逃出去，但是這個房間動個不停。宿醉就是這種感覺嗎？她在昏暗中窺探。她頭頂上方是不是有一扇窗戶？有一片方形木板釘在看似鏽鐵圓框的東西上，小小一道光從它的邊緣透出。她跪著爬到床的另一頭，將臉貼著冰冷堅硬的木板。輕輕的拍打聲再度傳來。水，她聽到的是水聲。她失去平衡感是因為腳底下的波浪。這番頓悟令她倒抽一口氣。那是舷窗，她是在一艘船上。她是跟綁匪單獨在海上嗎？一陣驚恐將她緊緊攫住。她周圍數英里可能都毫無人煙，而且她游泳也游得不太好。強忍的淚水終於潰堤，但她還是控制住啜泣聲，穩住呼吸，留意周圍的聲響。她應該大叫求救，還是保持低調？她眨掉眼淚，視覺適應了黑暗，看出盯在木板上的四根釘子的輪廓。如果她能把釘子拔出來，至少找到地方施力……她不由自主地發抖，濕氣穿透了制服、咬齧著她的皮膚。她爬下床時，床墊裡的彈簧發出了像是生鏽的嘎嘰聲。她四處摸索著這個空間的邊界。看起來她哪裡也不會去，她感覺不到往前的動態，只有左右搖晃。

她想著她的手機，放在制服外套裡，掛在樓梯扶手上。她那時候在想什麼。都是呼呼讓她把常識全都拋在腦後。為了她的貓，她什麼都做得出來。另一個念頭冒出：他一直在觀察她。他帶走呼呼，把她誘騙到相隔兩戶的人家。這不是隨機綁架。他會寄勒贖訊息嗎？這個念頭讓她不得不做的事情增加了迫切性：逃離這個地方，找到武器，掙脫控制。她拖著腳步前進，手指觸及一扇門的輪廓時停了下來。「拜託。求你了。」她唇間逸出這樣的字句，然後在她使盡全力拉扯門把時變成難受的呻吟。她又推又拉，用盡全身的力量，但門不肯退讓，她的希望逐漸消退。最後，她讓恐慌感主宰她，把拳頭往沉重厚實的門上用力敲打。「放我出去！救命！誰來救救我！拜託！」但她的抗議無人理會。她聽到的聲音唯有自己粗重的呼吸，還有下方拍打的水聲。她摸摸手腕，發現手錶不見了。綁匪除了她身上的衣服以外，什麼都沒留給她。要是他不回來了呢？要是他把她留在這裡等死呢？「哈囉？」她呼喊。「你在嗎？有人在嗎？拜託，誰都可以，請回答我。」她摸索著回到床上，再次將耳朵貼住舷窗。她有聽錯嗎？這可能嗎？遠方傳來的是警笛聲嗎？他們是要來救她的嗎？

17

艾美此生踏上過兩次終點未知的神祕旅程，兩次都與莉莉安・葛萊姆斯有所牽涉。回想起她第一次和社工人員同行，又一段記憶解放出來：他們坐在一輛多功能廂型車裡。在此之前的夢境中，她夢到他們乘坐的交通工具都是第二次世界大戰時期的坦克車。這個畫面正好符合她戰場般的幼年生活，但是也讓她懷疑起這些重現的意象是否可靠。先前被她僅僅視為噩夢的事物，她如今認定那都是事實——但是她的回憶有多確實？和莉莉安恢復接觸，使得這些回憶紛紛被誘引出籠，速率快得令人難以招架。她把第一趟旅程的回憶甩開。今天，不管怎麼努力，她都沒辦法從莉莉安身邊逃開了，在這台無標示的警用福特Mondeo轎車後座，一副手銬將她們束縛在一起。

莉莉安的存在消耗著她的心神，沉默得令她不安。艾美原先半是預期路程中又要重提往事，但是因為有她的同事在前座開車，她的生母信守諾言，指示茱莉・巴克斯特警探如何前往艾塞克斯之後便不再說話。艾美不會請求莉莉安提供完整地址，否則就讓她稱心如意了。保持沉默很好，她話說得愈少愈好。艾美希望她的合作並不是某種病態的遊戲。

莉莉安見到她時面露微笑，自此之後就隱藏住眼中興味盎然的閃光。她身穿T恤配牛仔褲，髮型今天看起來不太一樣，參差不齊的髮尾修剪成整齊的層次，圍繞著臉龐，灰髮不見蹤跡，變回了青春的紅木棕色。艾美好奇她是不是特別為了這個場合請獄中的髮型師幫她做頭髮。她曲線圓弧的顴骨在她年輕時頗富魅力，上面現在甚至還染著一絲絲胭紅的色彩。她期待會有媒體到場嗎？她想要拍張新一點的照片嗎？莉莉安透過車窗盯視，將外界的景觀盡收眼底，試圖與這個她失聯了數十年的世界接上線。

這就是監獄對妳造成的影響嗎？切斷妳和世人的連結？至少這是自業自得，在她做出那種事以後。艾美深深吸氣，接著立刻就後悔了。監獄裡不准用香水，但是今天艾美瞬間就辨識出一股體香劑的甜味，喚起了過往回憶，一股不受控的衝動。一段新的記憶滲入她內心：傑克開玩笑說他們家的男性訪客被莉莉安濃烈的味道給吸引。艾美當時聽不懂，但現在她肚子深處起了一股反胃感。一時之間，她明白了體香劑是特別買的，用來擾亂她的心情。

一進到車裡，艾美就解開將她們彼此牽繫的手銬，宛如臍帶一般。光是這個念頭就足以讓她想要尖叫。

「左轉。」莉莉安說，為茉莉指著方向。她們駛入艾塞克斯郡內的同時，艾美的眼角餘光瞥見莉莉安。那女人無聲地看著艾美的五官，尋找表情的變化，或也許微乎其微的不適徵兆。艾美一動也不動地坐著，呼吸短促。她不會讓她得償所願；她的思緒只屬於自己。

幾分鐘的時間在沉默中度過，布蘭特伍德的路標映入眼簾。艾美不認得這地方，畢竟芙蘿拉和羅柏離開艾塞克斯之後就沒再回去過，也沒有理由要回去，因為他們的家人多半都定居倫敦。她回想起有一次校外教學去濱海克拉克頓，她回到家時，爸媽是多麼坐立難安。她當時怎麼會曉得，他們是怕她遇到來自她過往生活的某個人。如果她父親現在能看到她，又會怎麼說呢？

「那邊，走伍德曼路。」莉莉安用冷靜而控制得宜的聲音說。

艾美試圖壓下她因為對方佔得上風而產生的氣惱。她大可直接告訴她們屍體埋在哪裡，或是至少在出發前給個地址，但她反而施展控制權，每次提前幾分鐘做出方向指示。她要帶她們去哪裡？

艾美不得不仔細閱讀的案件卷宗裡面，沒有出現過伍德曼路的地址。她有一股揮之不去的感覺，像是還有另一個祕密等著要揭露。艾美對抗著逐漸升高的恐懼感，清清喉嚨。

「這邊轉彎，進去墓園。」莉莉安帶著滿意的笑容望向艾美。

「墓園？」艾美回應道，額頭上困惑地皺出紋路。「是在開玩笑嗎？」

艾美用一種略感有趣的眼神注視著女兒。「妳想知道她被埋在哪裡，不是嗎？位置離這裡不遠，如果我沒記錯的話。」

艾美難以置信地看著她；茱莉急踩煞車時，她在座位上顛簸了一下。

「對不起，長官，」她怯怯地說。「是因為新的煞車皮。」

「長——官——」莉莉安故意拖長這個詞，眼睛瞇起，戲謔地露出笑容。

艾美又吸了一口氣，再次吸入莉莉安身上令人作嘔的甜香。她知道她在想什麼：這個葛萊姆斯家的小丫頭多麼徹底地騙過了全世界啊。

莉莉安的手指彎起勾住車門把手，艾美斥喝她別動。這是一場小小的勝利，後座兒童防護鎖啟動之後，她哪裡都別想去。

「介意我快速抽根菸嗎，老大？」茉莉說。她們兩人下了車，茉莉伸展著四肢。車程很長，又因為塞車拖得更慢。

「去吧，」艾美回答。「反正，在地方警局小組到場之前，我們也不能放她出來。」艾美一隻手靠在車頂，監視著車裡的人。陪同她們的警車漸漸駛近；艾塞克斯警局的制服員警尚未加入。莉莉安單獨一人時還不難應付，但很難說她會不會在這個她隱藏了這麼久的地點安排了人組團迎接。如此惡名鼎盛的女子和獄外有所聯繫，也不是不可能的事情。

艾美切換警用無線電的頻道，和艾塞克斯警局的主控室聯絡。員警向主控室更新動態，說他們就快到了。幾分鐘之內，他們的警車就停到了她旁邊。

「我沒有預期要武裝出動。」艾美說。一名身穿灰西裝的男子從車後座爬出。他有一股自信的架勢，與他的權威地位相襯，走近時微帶鬍碴的臉龐顯得陰沉。他在左右兩名武裝員警中間伸出手。

「溫特督察。」艾美相應地伸出手，灰眼冷冷注視著他。

「唐納文督察，」他以低沉但文雅的嗓音回應。他看起來三十五歲左右，身高比她大概多了半呎。「武裝出動沒問題吧？」他示意著兩旁的員警。他們穿得一身黑，沉默地巡查周圍。

她以禮貌的微笑回應。「沒，完全沒問題。」她往前靠近，以共謀般的模樣說話，心裡慶幸她的脖子不需要仰得太高。「我只希望這不會是浪費時間。我想也想不到會被帶到墓園裡來。」

唐納文匆匆透過艾美的車窗望了一眼。「妳永遠預判不了連環殺手——雖然就妳的名聲，我聽說妳已經很接近了。」

他的聲音很溫暖，聽起來幾乎能撫慰人心。她勉強微笑。以前的她會把這番話當成讚美，但今天，這只提醒了她，自己血管裡流動的是污穢的血緣。莉莉安在車裡耐心等著。

「我們開始吧。」艾美說，陽光讓她瞇緊眼睛。莉莉安從車裡出來時眨著眼，艾美抓著她的前臂，將手銬在她腕上扣住，她依舊不發一語。艾美頗歡迎另一組團隊在場，讓她感覺他們人數取勝，提醒了她自己是站在哪一邊的。

「往哪個方向？」她說，把莉莉安的注意力從武裝員警身上拉回來。那女人的臉色略略發白。他們即將面對的陰慘現實似乎與初秋溫暖的下午格格不入。

「那邊。」莉莉安說。她用右手指出方向，迫使艾美的左手也連帶舉起。那是一處美觀的墓區，碎石小徑兩旁植有綠樹。樹葉的沙沙輕響襯托出此地的安詳寧靜，但儘管如此看起來還是灰暗陰冷。艾美跟著莉莉安指的路，心裡希望自己不是只被帶來兜風的。

「我們為什麼要來這裡？」走了十分鐘的路、經過土裡冒出的許多座墓碑後，艾美說。「如果妳在浪費我的時間，我寧願妳現在就告訴我。」

莉莉安皺著臉讀著一座座墓碑上的名字。「她在這邊的某個地方。」

聽到她說得如此輕鬆隨意，艾美又新燃起一陣怒火。「妳到底在找什麼？」艾美說。她在對方拉動手銬時穩住自己的動作。

莉莉安直起身來，一面咕噥一面用一隻手按著下半身。「當然是芭芭拉・普萊斯了，妳要找的三具屍體當中的第一具。她就埋在這裡的其中一座墳底下。」

她的字句飄在空中，員警彼此互使眼神。

「妳的ㄈ——」莉莉安迅速糾正了自己。「傑克以前做過領現金的挖墳工。有一次他喝醉的時候，跟我說他把她弄到什麼地方去。是在一個叫派翠西亞．戈丁的人墓裡……」她皺眉。「不，是姓史波丁，對了。我來過一次，只是想親自確認，當時我就看到了那座墳。」

傑克．葛萊姆斯第一次接受警方訊問時不是這麼說的。根據他的說法，是莉莉安規劃了地點。「我們已經走遍了整個墓園，」艾美說。「妳確定——」

「就在那裡，」莉莉安插嘴道。「那棵樹下，我現在想起來了。」她笑得像是在遊樂場贏了獎。她拉著手銬，把艾美拖向那塊墓地。「傑克說他往下多挖了一呎，然後埋了屍體進去，隔天讓棺材把它蓋住。」她找到那座墳墓時，張開嘴唇輕喘著氣。「就是這座。」

「溫蒂．湯普森和薇薇安．霍登也埋在這裡嗎？」艾美說。

莉莉安搖頭，用未上銬的那隻手撥開眼前的頭髮。「不。但芭芭拉在。我告訴過妳，我會帶妳看她在哪裡。剩下的就看妳的了。」

「但是其他人……」艾美說。「溫蒂的母親……她時間不多了。」話說出口的那一秒她就後悔了。她明明立誓不要對這個沒心沒肺的人懇求。

莉莉安把頭歪向一邊，享受著自己握有的權力。「我很快就會把下一個人的地點告訴妳，但是溫蒂．湯普森的母親就等到最後吧。」

艾美對上唐納文督察的視線，看到他眼中滿懷希望的光芒。責任的重量落在她肩上，她還得要去通知相關的家屬。受影響的不只是被害者的家人，他們還必須得到許可才能挖開墳墓，往下掘到一呎深。除此之外別無他法；她只能希望死者的家屬會體諒理解。

莉莉安環視周遭，遮蔽眼睛避開陽光。「外面真好看，要不是在牢裡度日，這些東西妳都會看作理所當然。我的視力不好，妳知道，因為在光線不足的牢房裡住了這些年。」她閉上眼，深吸一口氣。「妳聞得到嗎？是樹和花。感覺得到陽光照在皮膚上嗎？」

「回去之前，妳還有什麼事要告訴我們嗎？」艾美說，對她置身寬廣戶外的喜悅不予理會。芭芭拉．普萊斯是永遠無法感覺得到陽光照在皮膚上了。

「妳只要記住，」莉莉安湊近一些，臉上亮起一副殘酷的笑容。「我信守諾言。妳欠了我人情。」

18

送莉莉安回去監獄之後，艾美坐在會議桌的一端，她的組員簇擁著她。她和唐納文督察的合作很有成果，她很感激他協助安排開棺挖掘工作。目前，她已經完成了她設定的目標。莉莉安用所知之事當作籌碼，跟她在監獄見面，但她的生母可不是什麼母愛爆棚的人。她的眼光瞄準的是更大的戰利品。問題在於，她要的到底是什麼？

莉莉安從不記得自己孩子的生日，或為他們做蛋糕。就算某些在難得的場合，他們有自家料理的飯菜可吃，分得的分量也都少到極點。大部分時候，他們是被甜味早餐穀片養大的，早、中、晚三餐都吃。在艾美閱讀案件卷宗時，像這樣的細節讓她有一種真實感。她回想起莉莉安在墓園裡說的，關於她遵守交易條件的話。她有股不自在的感覺。待在莉莉安身邊讓艾美想要把自己的皮膚刷洗乾淨，但她沒有餘裕休息。

員警集合參加午間簡報會議，艾美一心想要讓除了莉莉安．葛萊姆斯以外的事物填滿她的腦海。她看著派弟主持會議，更新綁架案的偵辦進度。雖然他脫了外套，但圍巾還是掛在脖子上。她希望他可不要是得了什麼病才好。這個小組容不得他缺席太久。

懸掛在天花板的投影機隨著咻咻聲開啟，將最新的監視錄影畫面呈現在銀幕上。派弟轉身指著投影圖像，大聲說話好讓每個人都聽得見。「據信這是嫌犯補充油料的加油站。」他停頓一下，確保他們的注意力集中過來。「那輛廂型車是偷來的，但算我們走運，車裡幾乎沒油了。這代表綁匪是個業餘人士，情勢對我們有利。」

他用手持遙控器換了下一幅畫面。艾美看著那張快照裡有個模糊的身影正在把汽油往廂型車側邊裡加。那人的臉部被黑色鴨舌帽遮住，鋪棉夾克和寬鬆牛仔褲讓身形難以辨認。加完油，那人就開車走了。

「我不敢相信他幹走一輛沒油的廂型車，」茉莉插話。她像艾美一樣立刻動起來投入這個案子。「那他是用什麼卡付錢？追蹤得到嗎？」

「是當天早上扒來的，」派弟說。「看著。」他按鍵播放監視錄影，只見那個人影在加油收費機前面東摸西摸。

「看起來是用無接觸付款，」艾美說，看著那人在機器前拿出一張又一張疊成扇形的卡片。「他可能有滿坑滿谷偷來的卡。」

「所以這人不只是普通的賊，」派弟說。「十鎊分量的油也代表他沒開多遠。」

艾美點頭。「除非他稍後換了交通工具。但我懷疑他沒有。從他的手法看來，像是個把自己送入困境的傢伙。在光天化日之下綁架女學生，對我來說不像專業人士的犯行。」

艾美停下來翻閱筆記。「我看到我們有個證人出面了。這部分進行得如何？」

派弟在停頓間調整圍巾，並對上她的視線。「有一位鄰居表示她隔著窗戶聽到尖叫聲，往外看到一輛洗窗公司的廂型車駛過。她把車身的公司名字抄下來，在今天報案。」

「為什麼等到現在？」艾美一面皺眉，一面翻閱報案紀錄的影本。任何調查行動中，最初的幾個小時都是最重要的關鍵時刻。

「那是她的臥室窗戶。」派弟對她投以狡黠的微笑，笑聲像漣漪般在室內傳開。「她本來應該在上班。但是她溜回家跟她的園丁享受了一段午後歡樂時光。」

聽起來像是派克主任的言情小說裡的情節。艾美點頭回應，表情一片空白。有個女孩的生命可能遭受威脅，她看不出這之中的幽默。

派弟按出下一張投影片，出現的是倫敦的地圖。「我們查到廂型車開過這邊列出的這些街道，但是之後它就像是消失了一樣。」

「家屬的部分進展如何？」艾美問道，並意有所指地看著史提夫．摩斯警官，他是被提名來與情資小組合作，看看能夠挖到什麼線索。他年紀四十出頭，在偵緝督察的職位上只待了六個月，就被抓到跟一個當班的假釋官上床。派克主任立刻降了他的職。經過一番斡旋，他才被帶進小組，艾美希望他身為資深警官的智慧能夠彌補他在親密關係方面糟糕的判斷力。他跑馬拉松跑得很勤，沙金色的頭髮和健美的體格時常吸引女性同僚的目光，但在這個小組裡不然。他們太專注在案件工作上，無暇分心。

「她媽媽是寡婦，」史提夫說。「『她』指的是妙莉。「她爸爸原是軍人。」

「他幾年前就死了，對不對？」艾美說，她記得電視新聞報導過。

「死在阿富汗。」史提夫點頭回應。「所以沒有疏遠的父親需要擔心。她跟家人處得不錯。

家裡就只有母女兩人。」

「但不是真的只有兩個人，對吧？」艾美說著將注意力轉向她家中扣押的物品清單。「只要她有辦法上網。」許多父母以為他們的孩子在名之為家的空間裡就是安全的，這個現象令艾美擔心。看到妙莉的面孔時，她的手指緊緣地抓住文件。一個金髮藍眼的女孩，笑得很開，牙齒上裝著牙套。但是她身上有股令人不安的特質。艾美心懷悲傷地發覺，自己是聯想起了莎莉安，她死時跟妙莉是同樣年紀。

「你們跟她的老師談過了嗎？」艾美說，儘管內心激動，仍努力維持自制。

史提夫臉色凝重地點頭。「我們跟她失蹤前四十八小時內接觸過的每個人都談了。她母親是上過電視，但絕不是在錢堆裡打滾的那種人。如果有勒贖的企圖，我們現在應該早就會聽說了。目前我們沒有任何實際的線索。」

「嗯，那我們的工作就是要去找出線索來，」艾美回答。「新聞發布會或許能觸發某些人的記憶。我看我們沒有別的選擇了。」在像這樣重大的案件中，艾美可以利用比自己所屬小組更多的資源，分為管理、情資、偵查和後援幾個組別。重案調查出動超過兩百名員警的情況也不少見，不過其中許多人都是被找來處理特定的任務。調查完成之後，他們就會回到各自的崗位上執行平常的職務。艾美的責任便是要確保一切順利進行，並且讓加班費控制在預算內。

廣播通知她辦公室電話接到來電。她為會議結尾，祈求偵查工作能有突破，因為妙莉多失蹤一天，她活著被找到的機率就隨之遞減。莉莉安手下被害者的家屬也經歷了這樣的感受嗎？即使經過這麼多歲月，她毫不懷疑他們的痛苦仍舊清晰如昨。她接起電話，撥給前台總機。

✦ ✦ ✦

「您的母親在線上，」蕾拉說。她的字句間夾雜著咀嚼聲，是她咬著臼齒處的一塊口香糖。「我問過能否等您稍後回電，但她說是急事，不能等。」

「把她轉接過來，」艾美說。她的內心升起一股憂慮。她接到的上一通來自母親的電話，是通知她父親病倒的消息。芙蘿拉從不會打電話到她辦公室。有什麼事不對勁。

「媽？」艾美說。「還好嗎？」

「都還好。」但電話那頭不是芙蘿拉，是莉莉安．葛萊姆斯那低沉而令人毛骨悚然的嗓音。

當莉莉安的話語沿著電話線爬來，艾美感覺自己的血液變得冰冷。

「又聽到妳叫我媽媽，感覺真不錯。」

「我以為是芙蘿拉，」艾美說。她的下巴相應地緊繃起來。「妳打電話到我辦公室，打的是什麼主意？」

「要給妳薇薇安．霍登的所在地。如果妳不想知道她在哪裡，我就把錢省了，這就掛電話。」

艾美嘆著氣關上辦公室的門，然後重重靠進她的座位。「我當然想知道。」她說。通話才開始幾秒鐘，她就已經亂了陣腳。

「妳找到芭芭拉剩餘的部分了嗎？妳現在可是成了貨真價實的英雄嘍？考慮到妳的身分，這還真是有點扭曲。」

如果換成是跟別人對話，艾美就會回答，在這樁案件裡會成為英雄的是她的主任，而不是她。他人的讚賞對艾美不具價值，而莉莉安只是在利用這個狀況扭著刀子傷她更深。

「妳打來是要給我地址？」艾美說，對她的評論選擇無視。唐納文督察最新的電子郵件中表示墓地死者的家屬已同意他們進行挖掘。但她不會如此告知莉莉安．葛萊姆斯。她很快就會在媒體上看到了。

「沒這麼快，」莉莉安說，她的聲音中帶著微笑。「有些條件要先完成。妳越快完成，就越快能找到妳的第二組遺骨。」

「她叫作薇薇安。」艾美斥道。她到底為什麼要跟這個女人說話？她痛恨莉莉安控制她。拿出妳的專業，她提醒自己。別對她有所反應。但是她的本能佔了上風，她忍不住要回嘴。

「噢，我記得她的名字，」莉莉安說。「我記得很多事。妳記得嗎，艾美？記得究竟是發生了什麼才讓我來到這裡嗎？」

艾美的指節抓緊電話，全身每束肌肉都緊繃起來。「我沒有時間談，而且我敢說妳的通話時間有限。所以把妳要的條件告訴我，不然我們就這麼算了。」

有幾秒鐘的時間，莉莉安沉重的呼吸在電話線上沙沙作響。她真的跟這個女人有關係嗎？真是個醜陋到令人難以忍受的念頭。

「我的要求不多，」莉莉安回答。「我們的團聚讓我很開心，所以我想妳可以再來一次……」

莉莉安停下來呼吸時，艾美插話：「妳要我再探訪一次，交換妳告訴我薇薇安和溫蒂的埋葬地點？」

「妳真的該改掉插嘴的習慣，」莉莉安責備道。「我可不是這樣教妳的。我的下一個條件，是個不一樣的團聚……」

艾美感覺自己的肩胛骨之間打了一個結，莉莉安像操縱木偶般吊著她。她在規定內講監獄電話到底可以講多久？她正要叫她有話快說時，她答覆了一個掏空她肺內空氣的最後通牒。

「我要妳去拜訪妳姊姊，曼蒂。別擔心，一切事情她都知道了。她等不及要跟妳重逢。」莉莉安的話中帶著不加掩飾的歡樂。

艾美張口結舌。當莉莉安重新出現，她仍然把除了莎莉安以外的親生手足屏除在腦海外。這是個餿主意。她骨子裡感覺得到。

「妳要我去拜訪曼蒂？」她一面說一面按摩著頸根。莎莉安是她的原生家庭中唯一真心愛過她的人。耳語般的記憶告訴她，她成長過程中和其他手足都很疏遠。她依稀回想起曼蒂的形象，她為失去莎莉安而哭時，曼蒂罵她「別再哀哀叫」。還有戴米恩，他雙眼黑沉，永遠一臉怒容，因為有人說她畫得好看就把她的圖給撕了。也許芙蘿拉說得對。她的心智一直在保護她，因為她知道這一天終會到來。

「妳知道，妳有外甥和外甥女了，」莉莉安說。「有好多空白要補上。妳們會面的時間安排在明天下午一點。」

「我要工作。」艾美僵硬地說。

「妳可真是個大人物啊，溫特長官。」莉莉安捲著舌頭吐出嘲諷的話語。「為了能得到二號埋屍地點，我相信妳一定可以休息個一小時去見妳失散多年的姊姊。我們成交了嗎？」

艾美嘆氣。莉莉安是怎麼做到的？讓她感覺像四歲小孩一樣無助？如果能讓另一個家庭獲得平靜，跟曼蒂聯絡會是這麼壞的事嗎？

「我會去，」艾美說。「但僅此一次。」

19

艾美豎起衣領，偏過頭躲避雨勢。腦子裡轉個不停的思緒讓她幾乎沒注意到惡劣的天氣。她往前直視，「狗與鴨」酒吧的燈光在陰暗中邀請似地閃爍著。艾美拱著肩，對抗著內心高喊要她轉身離開的聲音。多年來，她和犯人的搏鬥在她身上留下了具體的傷痕。身為偵查佐時，她有一次在攻堅行動中險些被嫌犯擊中。成為偵緝督察之後，她監管的案子中不乏精神病態罪犯涉案，他們的行為足以讓任何神智正常的人夜不成眠。她年復一年面對這一切，不曾退縮；但現在，她等著與自己的姊姊面對面，雙腿卻感覺軟得像果凍。面對莉莉安時，她至少知道該預期什麼樣的狀況。曼蒂則是完全無法判讀。

推開酒吧的雙扇門時，艾美的心顫了一下，門在她背後關上的叩咚聲傳達出一種終結感。東倫敦的白教堂區散布著許多間像這樣的傳統酒吧，是老舊的飲酒場所，也是社區的核心。

從諾丁丘過來的路上，社會階級的鴻溝不曾這麼明顯過。她突然吸氣時，迎面而來的是啤酒的苦味。現在無法回頭了。她告訴自己，這事很快就會結束，最糟的已經過去了。但她四下環顧時，心臟依舊跳得有兩倍快。她右邊有個禿頭的酒保在拉啤酒龍頭，肉肉的臉專注地皺了起來。有個中年男子坐著等酒送來，他被雨淋濕的邊境㹴犬繫在吧檯椅下。如果來杯軟性飲料很不錯，但是還沒確定會面時間多久就點單，似乎太輕率了。她走進去，鞋底踩著磁磚地有點黏黏的。曼蒂會不會生氣？受傷？驚嚇？是莉莉安把她逼來的嗎？她也對她祭出某種最後通牒嗎？艾美經過一排私人卡座，往鋪有地毯的區塊走，室內那個方向的盡頭點著一爐火，火焰散發出木柴與土壤的氣味，然而閒適的氛圍被一個嬰兒刺耳的哭聲所打破。看見一位女士俯身在嬰兒車上方時，艾美停下了動作。她立刻知道這個嬌小蒼白的女人就是她的姊姊。她看起來是四十五歲左右，棕色長髮間點綴著銅金色的挑染，臉上脂粉未施。「噓噓噓，」她說著從運動服口袋拿出奶嘴，塞進嬰兒口中。她抬頭看向艾美，用無比輕微的一下點頭表示認出對方。艾美發覺自己也做出相同的動作。

「曼蒂？」艾美一面確認，一面在包包裡翻找皮夾。

曼蒂點頭，雙眼掃視著艾美全身上下：她的頭髮、她的臉孔、她的衣著。

艾美直接從辦公室過來，身上穿的仍然是褲式套裝，羊毛長風衣前襟敞開。她用一隻手梳過頭髮，甩掉水氣，意識到自己看起來一定亂糟糟的。「我忘了帶傘，」她如此說，權充解釋。一片沉默。她放棄整理頭髮，深吸了一口氣。「能請妳喝一杯嗎？」任何能破冰的話都好。

「百加得蘭姆酒配可樂。」曼蒂平板地回應。她一面輕柔地搖著嬰兒車，一面警戒地打量著她爬上凳子的妹妹。她眼下的皮膚有睡眠不足導致的暗沉，無疑是拜車裡那個搗亂的嬰兒所賜。

「哇，慢著點，小傢伙。」艾美一面說，一面閃過一個朝她的腿衝過來的幼兒。他的臉頰通紅，肥肥的手指裡抓著塑膠飛機，搖晃地往嬰兒車跑去。

「小聲點，不然就等著挨揍！」曼蒂對著那個看起來不超過三歲的孩子怒斥。

靠著吧檯的艾美在心裡做了個鬼臉。情況不太順利。

艾美把她們的飲料端來，外加一杯給小孩的柳橙汁，她和曼蒂一起坐在爐火旁的小圓桌。嬰兒睡著了，曼蒂停下輕搖嬰兒車的動作，用手背掩住一聲呵欠。「抱歉，」她說。「我累死了。我整個禮拜都沒得睡。」

「他們多大了？」艾美說。她看著那個小男孩用吸管猛吸柳橙汁。

「傑可剛滿三歲。羅尼六週大。」

艾美點頭，試著盡可能不帶情緒地看待他們。現在要她視他們為血親是一項太過困難的要求。她本來要開口問羅尼是男生還是女生，然後打消了念頭。她和曼蒂是因為恐怖悲劇而聚首，她不是來聊天的。

「我不知道要跟妳說什麼，」曼蒂說。「這一切都太奇怪了。」

「我知道，」艾美回應。「我還在適應。」

曼蒂的唇間逸出一聲乾笑。「我真不敢相信，我跟一個要命的條子有親戚關係。每次想到妳，我都想像不出妳最後會是變成這樣子。波波嗶嗶珀比……是個偵緝督察呢。」她難以置信地搖頭，然後喝了口飲料。

那個名字讓艾美的背脊起了一陣不由自主的顫慄。她旁邊的火堆劈啪作響、吐出火花，彷彿吸收了她的不安。

曼蒂放下酒杯，任由自己的目光在艾美身上遊走。「看看妳，一副高檔的樣子，衣服時髦，還提名牌包。要是哈利看到我跟妳在這裡，不知道會怎麼想？」

「哈利是哪位？」艾美說。她希望別再有什麼糟糕的驚喜了。

「我老公。他以為我是帶傑可出來參加遊戲團體，」曼蒂回答，語調中帶著苦澀。「但是呢，我反而在週間跟一個條子坐在一起喝百加得蘭姆酒可樂。」她仰頭灌下最後一點酒。她用臼齒咬碎冰塊，抬起一隻手指示意酒保繼續上酒。他對著艾美挑起眉毛，她用動作示意她喝得夠多了。她的可樂幾乎一口都沒碰。「傑可可以吃包薯片嗎？」她問。一把他的名字說出口，她的臉色就蒼白起來。傑可，是跟傑克同音嗎？那是她們倆的生父的名字。

曼蒂抬手示意，要來兩包薯片。「也再來杯柳橙汁。」她對艾美露出狡猾的笑容。「妳不介意吧？我想妳錯過了他那麼久，算是對他有點虧欠啦。」

「沒問題。」酒保走近時，艾美拿感應式信用卡在手持式刷卡機上碰了一下，並以微笑取代道謝。

「妳記得我嗎？」曼蒂說著把頭歪向一邊，此時酒保用托盤端著她們的飲料回來。「因為我記得妳做了什麼。是妳向社工告了我們的狀。」

艾美垂下視線。她的姊姊和莉莉安．葛萊姆斯一樣心懷怨懟嗎？「我有些記憶陸續在閃現。」她小聲說。

曼蒂望向遠處，用雙手托著玻璃杯。她很瘦，瘦得皮包骨——這身材是艱困生活的副產物。她的話聲微弱，彷彿只是一邊思考一邊說出來。「如果妳沒在那時候跟社工說，我今天可能就不會活在世上了。」她的眼角積了淚水，被她眨眼眨散。「下一個就是我。我感覺得到。但是我太怕了，不敢開口。」她凝視著兒子，儘管剛剛嚴詞訓斥，現在眼中滿是愛意。「我知道我有時候是個大剌剌的八婆，但我絕不會傷害我的小孩。」她嘆了口氣，突然顯得非常疲累。「要是我當初有妳那麼勇敢就好了。如果我早一點說出來，莎莉安也許還活著。」

「不是妳的錯。」艾美說。熟悉的悲傷感像一顆球塞在她的胸膛，堵住她的呼吸，讓她的腸胃絞扭。所以說，她在年僅四歲時向社服機構通報了她的父母？聽起來儘管驚人，卻頗有真實性。曼蒂沒有將莎莉安的死怪在她頭上，令她鬆了一口氣，但她必須為此負責的感覺仍然揮之不去。

「所以妳才跑去當警察嗎？想主持正義？我想妳應該也沒遇過像我們老媽老爸那樣的人，對吧？」

艾美稍稍停頓，小心斟酌字句。「我沒有把傑克和莉莉安當成我的父母了。」她不能說謊或美化往事。她一想就不禁作嘔。雖然錯不在曼蒂，但重新建立關係、談論往日時光是她一點也不想做的事。「妳還……」她勉強擠出話來。「妳還會去看她嗎？」

「一個月去一次，像鐘一樣準時。我不得不。我一生都是在寄養體系度過。我只有她一個媽媽了。」曼蒂吸吸鼻子，上下打量艾美一眼。「我們有些人只能跟家人綁在一起，不管喜不喜歡。」她停下來在傑可嚼著薯片時揉揉他的頭髮。「媽跟我說了妳漂亮又高級的房子和高薪的工作。妳也沒有小孩燒妳的錢。」她用拇指比向背後的嬰兒車。「羅尼是我外孫。我女兒十四歲就被搞大了肚子。我家裡還有另外兩個小孩。總共六張嘴要餵飽，外加一個領失業救濟金的丈夫。」

「聽到這些我很遺憾……」艾美開口，但曼蒂正講得欲罷不能。「我們住在爛透的公宅大樓，好幾年前就該拆了。廚房裡有老鼠，而且六點以後我就不敢放小孩出門。」

「妳不能申請遷居嗎？」艾美曾經跟公宅單位打過交道，對於制度如何運作略知一二。

「我們正在試。但是排隊名單很長。香黛兒懷孕的時候，我以為我們的順位會提前。他們給了我們傑威克村的一個地方。我跟他們說我在艾塞克斯郡有太多糟糕的回憶了。我沒辦法回去那裡。」

曼蒂的表情在講起往事時變得剛硬。「妳過得倒是輕鬆。真是讓我很不舒服，坦白說。」

「這些事對我們都不容易，」艾美簡短地說。「妳不該單從表面判斷。」

「妳說起來可容易得很。老天啊……」她乾笑。「戴米恩對妳不知道會有什麼該死的看法？」

聽到她哥哥的名字，艾美的後頸寒毛直豎。這一切來得太多、太快了。她只能勉強攀附住原有的常態。「莉莉安有提到過戴米恩，但是她沒有要求我們見面。」艾美拿起玻璃杯啜飲可樂。冰塊融化了，在舌上嚐起來淡而無味。

「她會的，」曼蒂一面說，一面豎起一根手指代表警告。「但是在他面前可別鬆懈。也別帶妳今天這種名牌包去。不管妳是不是條子，他都會在妳走出門前把妳洗劫一空。」

艾美僵住了，眼中露出一抹不馴的火花。「不管妳怎麼看待我，我都可以保證，我完全有能力照顧自己。」

曼蒂輕笑起來，在瞬間跟她的母親相似得令人驚恐。「這就是我小時候那個妹妹。沒人可以指揮珀比。」

「我叫艾美。」她一面回答，一面把那杯可樂擺到一旁。傑可聽大人講話聽得無聊了，從凳子上溜下來，搖搖晃晃地走掉，把塑膠飛機舉在空中。尿布的邊緣從他的運動褲褲頭露出來，艾美心痛地對他感到一股同情。他應該要接受如廁訓練了。

曼蒂不感興趣地旁觀。「真是可惜，妳當我小孩的教母應該不錯。至少他們這些年來原本可以收到妳的幾份禮物。妳可真是逃過一劫呢，是不是啊？」

「這就是妳同意見面的原因嗎？」艾美說。

曼蒂聳肩。「妳是我妹妹嘛。家人不就是這樣嗎？」

「我們從來不是家人，」艾美哀傷地說。「只是兩個精神病態殺人犯的後代。」

「如果那天溫特先生看上的是我就好了，」曼蒂嘆氣，默默地接受了艾美的評論。她看看錶，灌掉最後一點飲料，然後下了凳子起身。「妳知道的，我有好多問題想問。但是問了也沒意義，對吧？妳的責任已經盡了。我會告訴親愛的媽媽我們有見面。」

艾美啪的一聲打開錢包，拿出三張二十鎊鈔票。「拿去。給孩子買點東西吧。抱歉我身上就只有這麼多。」她知道這會讓自己未來接受更多需索。沒有什麼能夠阻止曼蒂勒索她、威脅要去找媒體爆料。雖然此舉也會讓她自己成為全世界鎂光燈的焦點。

「這就是為什麼我沒告訴哈利我要來這裡。他會要我跟妳拿更多。」曼蒂依舊拿了鈔票，塞進運動服口袋深處。

「再見，曼蒂。」艾美說完轉身走出門。她今天還有另一個地方要拜訪。一個她承諾要遵守的約定。

20

一九八六年

「不要再哀哀叫了好不好？妳整晚都在吸鼻子，我睡也睡不著。」曼蒂嚴厲的低語聲切穿空氣傳來。珀比喜歡曼蒂的程度不如莎莉安。雖然她們年齡比較相近，曼蒂卻缺少另一個姊姊的溫暖和同情心。

「我想……想……想莎莉安。」珀比說。她的話因為口吃而斷斷續續。她很乖。自從和姊姊分離之後，她一滴眼淚也沒哭出來。但是她自此之後感受到的傷痛在內心累積，宛如身體的疼痛。她在姊姊「離家」之後出現的口吃症狀，讓她無助地承受曼蒂與戴米恩兩位兄姊的無情嘲笑。

「快去睡……睡……睡妳的覺啦，小貝比。」曼蒂嘲弄道。一抹陰狠的微笑爬上她的嘴唇，讓她的牙齒在黑暗中一閃。那是跟她母親一樣的微笑，瞇著眼，冷冰冰的，配上足以燒痛你、讓你別開視線的眼神。莎莉安走了之後，媽咪堅持要曼蒂跟她共用房間。曼蒂很開心不用再跟哥哥共處一室，隔天就把東西搬進來了。沒有人提起莎莉安，媽咪還警告珀比，當天早上「社工」來拜訪時，一個字都不准跟他們說。珀比不知道「社工」是誰，但是從母親緊繃扭曲的面容看來，他們絕對不是什麼好人。

✦✦✦

珀比輕手輕腳爬下樓梯時，廚房飄來一股陌生的氣味，逗引著她的感官。房子裡的每一樣東西看起來都不同於平常。表面拭淨的塑膠桌巾上擺著正式的餐盤，藍色花紋的盤子是從他們平常不准碰的櫃子上層拿下來的，每個盤子左右各擺著刀叉。檯面上的收音機叮叮噹噹傳出音樂。堆積如山的菸蒂消失了，紅白酒和烈酒的空瓶也全都清除乾淨。片刻之間，珀比懷疑自己是不是在別人家的房子裡醒來。之前他們去倫敦拜訪媽咪的親戚時就是這樣，她在車上睡著，隔天早上醒來時根本不知道自己在哪裡。她還記得所有的東西看起來都是多麼潔白，餐桌上放著給人吃的水果，食物有好多好多！冰箱裡的牛奶瓶沒有像他們家的那種臭味。至於庭院裡，種的是真正的花，也有樹，甚至有遊戲鞦韆，一點也不像他們家只有泥土和磚塊的院子。但話說回來，爹地翻土翻個沒完，那裡面怎麼可能種得出任何東西？她不止一次透過房間窗戶看到傑克在月光下挖土。珀比走向他們家敞開的後門，好奇現在院子裡是不是也有花了。細瘦的手指捏住她的肩膀，痛得她皺起臉。「妳要跑哪裡去？我半個小時前就叫曼蒂幫妳換衣服了。小丫頭，趁社工來之前給我回樓上去。」

「但是，媽咪……」珀比說。此時她父親穿過門走來，她的眼睛瞪大了。他的出現奪走了她本來要說的話，她飛也似地衝回房間。他穿襯衫打領帶，看起來不像平常的爹地。她上一次看到他這副模樣，是他把他的媽咪放進地上的洞裡那次。報紙上把那叫作「葬禮」❹，雖然實際發生的時候根本沒什麼好玩的。

「莎莉安在哪裡？」珀比在曼蒂扯著她的頭髮編辮子時問道。

「去妳的，小珀，我不是跟妳說過上千次了嗎？不准再提到她。她走了。她不會回來了。如果妳還想留在這裡，就好好學著把嘴閉上。」

「媽咪說社……社……社工要來。」為了找些別的話說，珀比如此回應。想到莎莉安讓她肚子一陣疼痛，整個身體都不舒服。

「沒錯。」曼蒂在辮子尾端綁上一條橡皮筋。「他們會來問莎莉安的事。」

「我……我要說什麼？」珀比說。她慶幸姊姊忙得沒有時間嘲笑她的口吃。

「啥都不說。她就是拍拍屁股跑了。」曼蒂抓著她的肩膀，把她轉過來。「還有，不要一副嚇得要死的樣子！」

但是珀比不知道要怎麼做出別的樣子。她一直都是這個表情。先是哈米，現在是莎莉安；下一個就要輪到她了嗎？

「那麼其他人……人呢？」珀比悄聲說，心裡感謝能得到姊姊的注意，就算只有今天。「那些晚上來的人？他們也是社……社……社工嗎？」

突然一陣尖銳的笑聲通過曼蒂的雙唇間。「別蠢了！他們當然不是。妳最好也別講到他們。

過來幫點忙，把這個在房子裡到處噴一噴。」曼蒂往珀比手裡塞了一個金屬罐，罐身前面有花的圖片。珀比瞇著眼睛試圖讀懂側面印的文字。

「是空氣芳香劑啦，笨瓜。不要噴到眼睛就是了。」

十分鐘後，她手裡的罐子被粗魯地搶走，而她母親前去應門。珀比僵硬地靠牆而站，低頭看著自己的鞋子。門口的兩個人走進屋內時，她冒險抬頭偷看一眼。兩人中的女性有著捲捲的黑色頭髮，長度不及腰部的梅紫色羊毛衫上別著胸針。男的那個看起來比她年輕，鬍子修得很整齊，身形又瘦又長。他走起路來輕微地駝背，好像習慣要彎腰才能走進房間。他們圍著廚房的餐桌時，珀比像生了根一樣站在門口，媽咪把事先買好的派放在桌布中央。珀比想到也許能分一口派，就不禁垂涎。因為媽咪、爹地和戴米恩清理房子的時候她被趕到樓上，她現在還沒吃早餐。

儘管珀比很想進廚房去，她父親銳利的瞪視卻讓她待在原地。有人提起莎莉安的名字，爹地微笑著解釋她只是離家出走了。

穿紫色毛衣的女人要求和珀比單獨談話時，媽咪看起來和珀比一樣驚愕。珀比被帶到客廳，在那個自稱瑪袞芮的女人說話時坐在沙發的邊緣。珀比喜歡她搽的淡粉色唇膏，跟媽咪週末時塗得歪七扭八的大紅色一點也不像。

「妳沒有惹麻煩，」瑪袞芮說。「我只是想跟妳單獨聊個五分鐘。」她用手勢比向她面露溫

❹ 原文在此處拆字為 "fun-er-al"，第一部分為代表「好玩、有趣」的 fun，讓珀比誤解。

和微笑的同事。「這位是湯瑪斯，他跟我一起工作。我們是來這裡了解莎莉安的狀況，因為她一直沒去學校。妳知道她在哪裡嗎？」

這個問題引起一陣驚恐，珀比把頭從左搖到右，吸住被上唇蓋著的下唇。她的手在袖子下握緊，雙臂交抱，想像爹地就在門的另一端。

「妳最後一次看到她是什麼時候？」瑪袞芮說。「妳記得起來嗎？」

珀比記得清清楚楚，但是那樣的事恐怖到言語無法形容。她發覺自己在顫抖，眼睛閉上，擋開朝她而來的問題。她憂慮的目光再次投往門的方向。

瑪袞芮和湯瑪斯互相交換了明白的眼神。「這樣吧，」她說。「我們到外面去，在車上聊一下如何？」

珀比一想，就瞪大了眼睛，臉色變得白如粉筆。媽咪和爹地叫她別跟社工說話。但是媽咪和爹地做了可怕的事。莎莉安沒有逃家。她死了。

這件事得要告訴別人才行。

21

車內儀表板上的時鐘發光顯示著令人安心的晚間九點五十分。提前行程計畫一步，為艾美帶來微小的一點撫慰。普萊斯太太在等她，如果遲到那可是萬萬不行。雨刷掃過車窗，她隔著起霧的玻璃向外看。結束這趟拜訪後，她就要下班，經過長達一小時的車程返家。與曼蒂會面之後，散落的拼圖歸位了。現在她才想起來她姊姊談到的那次社工訪視。她但願能讓時光倒流，回去擁抱四歲的自己，輕撫她的頭髮，告訴她一切都會沒事的。她開始感覺珀比是一個獨立於她的存在，但也依然是個她時時惦記在心的人。

踏出車外，夜晚的空氣觸及她的皮膚，猶如冰冷的親吻，令她心生感激。遠方有一輛救護車的警鈴高聲尖鳴。艾美聽過夠多緊急救難車輛的聲音，能夠區分不同種類。她望著磚造的三房雙拼別墅，和這條街上的其他所有房屋看起來如出一轍，但普萊斯太太的鄰居們恐怕都不曾經歷過亞伯特道三十五號屋內所發生的傷痛。七十一歲的琪蒂・普萊斯依舊住在她女兒遭到傑克與莉莉安・葛萊姆斯當街擄走時所住的這間房子裡。

就像許多失蹤兒童的父母一樣，她被束縛在自己的家裡，但願某一天親人會回家來。現在艾美來到這裡告訴她，她的女兒永遠不會回來了。

艾美走上布滿蝸牛爬行痕跡的門徑時，黑色金屬柵門的嘎吱聲讓屋裡的窗簾顫了一下。夜行的蝸牛大量出沒，她小心腳步，以免腳下傳來殼碎掉的可怕聲音。她想：如果是莉莉安的話可能會聽得頗享受。她以艾美向被害者家屬通知消息為條件，是個殘酷而嗜虐的要求。這項任務交給家庭聯絡官會好得多。她可以拆穿莉莉安的把戲，但她也感覺自己和受害者有某種連結。事發的時候，她在家裡嗎？她有摀著耳朵擋住她的尖叫嗎？芭芭拉．普萊斯當時年僅十六歲，在艾美眼中還是個孩子。一個開朗活潑的女孩，有著雀斑和紅褐色的頭髮，因為母親不准她參加一場派對導致母女吵架後，她從家裡跑了出去。傑克和莉莉安發現她在街上遊蕩，就把她騙上車載回家裡。艾美讀到過他們如何鎖定逃家的青少年，承諾提供當保母的工作機會與棲身之所，藉此引誘獵物上鉤。

根據唐納文督察表示，開墳挖掘的工作進行得相當迅速，死者的家屬對於被埋在他們親人之下的女子深表同情。也許他們既是想要幫助芭芭拉．普萊斯的家人，也是希望他們的親人能獲得安息。不論原因為何，他們要求程序快速完成，唐納文督察也絲毫不浪費時間。遺骸在棺材下方一呎深處被發現，如同莉莉安所說。芭芭拉的首飾和包包跟她埋在一起，有助於遺骸辨識。通知家屬之後，遺骸會接受進一步的檢驗，新聞稿也立刻會發布。

想到這些額外的公開曝光，艾美就不禁嘆息。莉莉安．葛萊姆斯又會再一次家喻戶曉。她知道自己必須停止這樣的思考，否則她會從內到外被侵蝕殆盡。她再吸了一口氣，準備好專注於她要傳達的消息。窗簾後透出電視機的藍色閃光，在艾美接近門口時迅速滅去。她才剛舉起手指按門鈴，門幾乎立刻就打開了。

「普萊斯太太？」艾美說。她的手指抓著識別證舉了出來。「我先前打過電話來。我是偵緝督察艾美．溫特。」

「請進。」略微駝背、腰身寬大的琪蒂．普萊斯約莫五呎七吋（一七〇公分）高，灰金色的頭髮燙成柔軟的捲度，臉上刻劃著悲悼的痕跡，穿著拖鞋的雙腳拖行的樣子像是關節僵硬的患者。艾美感到一陣同情，腦子裡的聲音悄悄說著這些痛苦正是她所屬的家庭造成的，她真想把那個聲音關掉。

她在地墊上磨磨腳，進了室內。「需要脫鞋嗎？」她看著腳下鬆厚的地毯問道。

「不用了，」琪蒂說，她倚著拐杖，聲音細弱。「進客廳來吧。我們全家都到了。」

艾美知道普萊斯家人口眾多，但是沒有想到那七個已經長大成人的子女都會到場。他們草莓金色的頭髮和長著雀斑的皮膚，活脫脫就是一家人。在三件組沙發上坐不下的幾位，就坐到扶手上，打從艾美踏進室內的那一刻，他們的眼睛就盯著她不放。艾美向他們點頭致意，目光落向芭芭拉的一幅肖像畫，栩栩如生得嚇人。畫掛在壁爐上方，兩旁各有一盞燈，在她的形象上投以溫柔的橘色光暈。芭芭拉的眼神含著疑問，艾美覺得那雙眼睛直直望進她的靈魂：妳怎能如此？妳怎能袖手旁觀，讓他們對我那樣做？

「你們找到她了嗎？」普萊斯太太的聲音闖進艾美的腦海。

一名中年女子站起來，搭了一隻手在普萊斯太太孱弱的肩膀上。她看起來就像牆上畫像中的女孩年長許多的版本。「讓這位小姐慢慢說吧，媽；來這邊坐一下。」她的注意力繼而轉向艾美，表情緊繃。「我叫瑪莉安，是芭芭拉的妹妹。她不見的時候，我只有六歲。媽已經等了好久，拜託告訴我你們找到她了。」

艾美報以感激的微笑，在她說出的每個字裡都灌注專業的精神。必須讓他們知道，這個案子正由能力精良的人員處理。她站在芭芭拉的畫像前方，一個宣布消息的合適位置。「如各位所知，我們透過莉莉安‧葛萊姆斯得知了關於芭芭拉埋葬地點的資訊，並且據此展開行動。我們相信尋獲的遺骸是屬於芭芭拉的。」

芭芭拉的手足們消化這項消息的同時，一股悲傷籠罩在室內。「謝謝，」普萊斯太太悄聲說。她抬起熱淚盈眶的雙眼迎視艾美。「我們什麼時候可以帶她回家？」

艾美已經準備好答案。「我們正在努力讓她可以盡快交還給家屬。」

普萊斯太太點頭。她接過女兒遞來的衛生紙，雙手顫抖不已。「我可以看看她嗎？」

「媽，我想這恐怕不是個好主意，」一個蓄鬍的男人說。他望進母親眼中，說話的聲音十分溫柔。「已經過了這麼多年，剩下的不多——」

「拜託，」她說，視線回到了艾美身上。「就算只剩骨頭，我也不介意。我需要親手摸到她，就再這麼一次。我不在乎會有多難過。拜託給我這個機會。」

艾美吸了一口氣，試圖理解對方此刻的感受——迫不及待想要和女兒相見，即使未來會噩夢連連也在所不惜。「花點時間考慮一下，」艾美說。「我們會盡量完成妳的心願，但是請記得，有時候好好留住我們對親人的最後回憶，才是最好的選擇。」

普萊斯太太放開手中的衛生紙。「我會考慮的。」她的聲音細如耳語，兩滴豆大的淚水落在她的格子裙上。「我永遠搞不懂，那對禽獸怎麼下得了手傷害我的小女兒。妳知道嗎，他們還會把自己的一個孩子帶出來誘騙被害者？要不是因為那孩子，她絕不會上車的。」

一個孩子？艾美還沒讀到檔案裡的這部分。她的腸胃揪緊。她指的是哪個孩子？他們在犯行中利用過她嗎？她的雙手緊緊疊握，指甲掐進掌心。所有人的目光都聚焦在她身上，她現在不能失態。「多想無益。我知道這算不上多大的安慰，但至少你們能夠辦場葬禮，正式告別。」

「謝謝妳，」普萊斯太太說。她沉重的哀傷填滿整個房間。「妳不知道這對我們的意義有多大。謝謝妳沒有放棄我女兒。」

「你們確定不用跟家庭聯絡官談談嗎？我可以安排他們來訪。」艾美知道他們先前婉拒了這個提議，但持平來說，普萊斯太太也不缺支持系統。

「不用了，」普萊斯太太說，並且起身送客。「這事結束了，終於結束了。」

艾美點頭。「之後會有新聞稿發布，但是如果你們能避免跟媒體接觸，我會十分感激。還有其他被害者牽涉其中，會造成許多人的痛苦，是個必須謹慎處理的狀況。」

「當然。」普萊斯太太說著擦了擦眼淚，衛生紙在手裡揉著。直到這時，艾美才發覺她的幾個孩子也跟著哭了。她用力吞了一下口水，感受到情緒步步進逼。

芭芭拉的妹妹瑪莉安說話了。「還有兩個人對不對？薇薇安．霍登和溫蒂．湯普森。妳覺得那個怪物也會說出她們的埋葬地點嗎？」

艾美嘆了口氣。「這個嘛，我們已經努力到了這一步，只能希望她會說。」

「我記得妳父親，」普萊斯太太說。「真是個高尚的人。他對我承諾說會找到她，他透過妳實現了這個承諾。」她握住艾美的手，手指觸感冰涼。「謝謝妳，」她噙著淚水說。「妳的作為一定會讓他引以為傲。」

「您——您太客氣了。」艾美說。舌頭吐出結巴的字句時，她不禁微微臉紅。恐慌感在她體內流竄，她猛然喘了一口氣。離開孩提時代以後，她就不曾再結巴口吃了。她抬頭挺胸，看向門口。

艾美點了點頭，再也無法信任自己說話的能力。滿心感激的家屬站起來跟她握手道謝，她自己走出門去，大大鬆了一口氣。她轉向撲面而來的冷空氣，情緒的重擔壓得她雙腿乏力。她的直覺沒錯：來這裡是個糟透的主意。

✦ ✦ ✦

坐在車裡，艾美做了個深呼吸，試著將往日回憶塞回原本存放的盒子裡。雖然盒子這個意象不盡正確——在她心中最顯著的是個染血的木箱，裡面有掙扎留下的指甲抓痕。那就是曾經裝著芭芭拉．普萊斯的木箱嗎？她目擊了綁架的過程嗎？她是否也無視過她的求救？「夠了！」艾美哭喊著，雙手按在額頭兩側。「放過——過我！」她往前將額頭靠在方向盤上，閉上眼睛，勉強又做了一次深呼吸讓自己平靜下來。她得在這個案子擊潰她之前拉自己一把。她在座位上坐直，啟動引擎，車內風扇在她試圖讓視野恢復清晰時吹出塵埃。她機械式地查看時間，在腦中複習明天的行程計畫，把自己拉回現實。回家的時候到了。這一切不久就會結束，她可以做回本來的她自己……不是嗎？

22

出於直覺，艾美在手按上客廳門之際停下了腳步。返家途中，她專注地想著曼蒂，因為拜訪普萊斯家的過程痛苦得難以回想，倒不是說她們的會面就有好到哪裡去。曼蒂只是被撈一筆現金的需求所驅使。不過，若是易地而處，艾美也會有相同的感受。只是艾美的職業生涯中見多了像曼蒂這樣的人，拒絕為自己的行動負責。這是精神病態者的典型特徵之一。曼蒂是真的關愛著莎莉安，或者只是想要跟她站在同一邊？在艾美近期閃現的記憶中，她是個嚴厲殘酷的姊姊——但也許當時曼蒂只是接受了母親的命令。她把關於姊姊的念頭推到一旁。芙蘿拉與人激動對話的聲音讓她止步在客廳門外。她慢慢壓下門把，她母親聲音中的急切聽來堪憂。

「她早晚會發現的……她已經承受夠多了。」艾美皺眉。芙蘿拉是在講她嗎？不然還可能是誰？

「我當然有理由驚慌，」芙蘿拉一面踱步，一面對神祕的通話者如此堅稱。「但我要怎麼辦？就這麼不管嗎？要是她發現了呢？」通話者回應時，這端一片沉默。

「你說得倒容易。你又不用……」

朵蒂從門縫瞥見艾美，瞬間發出興奮的吠聲，打斷了對話。艾美嘆了口氣。反正她也沒什麼力氣偷偷打探了，她整個人都被掏空。面對莉莉安、與曼蒂重逢，更別說那些受害者的家屬，她的夢中仍盤桓著她們的慘叫……也許芙蘿拉說得對，有些事情還是別知道比較好。她擁抱溫暖的客廳，抖掉外套，摺起來掛在沙發椅背上。她把朵蒂抱在懷裡，接受牠濕答答的親吻，然後把這條搖著尾巴的狗狗放回地上。今天她會讓這隻哈巴狗睡在床上，讓她起床時能得到一些溫暖。

芙蘿拉匆匆結束交談，掛斷電話。她的頭上戴著一組髮捲，睡袍的前襟敞開，露出底下全長的睡裙。她的睡衣、寢具、蠟燭、家飾都是從The White Company[5]買的，艾美常開玩笑說她都可以當那個牌子的股東了。

「現在打電話好像有點晚了，」儘管先前決定不要打探，艾美依然這麼說。「都還好嗎？」

在艾美灼熱的目光下，芙蘿拉臉色發白。「只是溫妮菲啦。她……」她停頓一下，套上扔在沙發旁的拖鞋。「她要幫她女兒辦場驚喜派對，要我幫忙。她買了個三層蛋糕，想借放在我這裡。」

「就是那個得了癌症的女人嗎？」艾美問道，回想起她病況緩解的消息。

「就是那位，」芙蘿拉回答，將話筒放回原位。「她有時候會跑來找她媽媽喝茶。我可不想要她在我冰箱裡發現那東西，偏偏它又那麼佔空間。」

「要是現在可以來塊蛋糕，我不會拒絕的，」艾美說。「我幾乎沒時間吃東西了。幫妳泡杯咖啡？」

[5] 英國中高價位居家用品專賣品牌，走極簡風格。

「不了，謝謝，親愛的。我要回床上了。冰箱裡有些家常蘋果派。晚安嘍。」她往前在艾美臉頰上輕柔地親了一下。艾美放輕動作拍拍她的背。她很早以前就知道，芙蘿拉想要一個可以給她又捏又抱的孩子。艾美在許多方面都無法滿足她的期望，但她還是一樣深愛她。她踢掉鞋子，把水壺裝了半滿拿去煮。廚房就在客廳隔壁，她發覺自己又遊蕩回來，眼睛盯著電話。芙蘿拉說她要去睡了。溫妮菲不會這麼晚還打來吧？艾美皺起眉頭。事情一定不單純。她拿起話筒，撥了一四七一追蹤來電號碼。她屏息等待回應。上一個撥號的是私人號碼。私人號碼？那麼就不可能是溫妮菲了。她接到一連串釣魚詐騙電話後，艾美曾建議她把號碼從電話簿上拿掉，但她當時決意要讓她的電話號碼保持公開。芙蘿拉說了謊，而且這不是第一次。艾美放棄了茶，伸手到廚櫃裡，幫自己倒了兩指高的琴酒。在杯子裡加滿來自冰箱的氣泡水之後，她坐在桌邊，心裡懷疑這漫長的一天究竟有沒有結束的一刻。

23

妙莉驚醒過來，猛眨眼睛。她睡著了多久？腐爛魚類內臟的臭味衝向她鼻腔深處，讓她皺起鼻子。現在有了光源，她的受困地點和先前看起來不同了。她看著舷窗，原本蓋在上面的木板不見了。那是什麼時候的事？她緩緩爬到床尾。食物的出現讓她心臟狂跳，像上緊發條的玩具。有人在她睡著時來過。她瞪大了眼睛。那扇門。她撐著搖搖晃晃的腿跑了過去，只穿長襪的雙腳讓她步伐踉蹌。門把在她手指下硬邦邦的，文風不動，她大叫出聲。她甩著手，甩掉了幾片鐵鏽。「放我出去！」她的哭喊在臭氣熏天的房間裡迴盪。上方有一台收音機播著八〇年代的流行歌，淹沒了她的聲音。

四下一看，她稍早的懷疑得到了證實。她身在某種船隻的底層甲板上。她將臉貼近舷窗，試著探看外面的世界。天花板很低，但她幾乎沒留意掃過她頭上的蜘蛛網。蜘蛛是她現在最不擔心的東西。沾著泥巴的玻璃只讓她看到外面的水體，沒什麼別的。她仔細審視周圍環境，呼吸加速。裸露的木板冷得她腳底發涼。她先前睡的床是狹小房間裡唯一的家具。

她打量著食物。一個特易購超市的鮪魚三明治和一瓶水，旁邊擺著一袋起司洋蔥薯片。她撕開包裝，把三明治狼吞虎嚥下肚。她討厭鮪魚，她吃了會起疹子，但現在她可沒得挑剔。她回想起她母親說的話，從中汲取力量。「要在男人的世界裡出頭，妳非當個女強人不可。」現在就是這樣的時刻。

她轉開瓶蓋，仰頭痛飲，水分舒緩了她乾癢的喉嚨，她如釋重負地喘了口氣。地板上飄起一股味道迎面而來。是尿臊味。她感覺好丟臉，但是她別無選擇。至少她在這個鏽跡斑斑的牢籠裡可以到處移動，為了活下去，她什麼都會做。別人總把她母親看成什麼名流富婆，但是妙莉知道她做了多少犧牲才來到如今的位置：在倫敦租房、送妙莉上私立學校。這些事物的標價都高到她們幾乎無力負擔。如果綁匪寄了勒贖信，她媽媽絕對達成不了他們的要求。

她手裡抓著水瓶回到舷窗邊。如果她能把舷窗玻璃打破……可以當作有用的武器，而且也許會有人聽到她呼救。但真到了那時候，她有膽拿碎玻璃去捅攻擊她的人嗎？她拿著塑膠瓶打向圓形窗戶，瓶子被反彈時，一股劇痛從她的手腕往上竄，而玻璃依然完好無損。門後傳來一陣拖行的聲音，令她停下動作。有人來了。她就要和襲擊她的人面對面了。她衝回床上，用毯子蓋住身體，潮濕的霉味入侵她的肺，引發咳嗽。

門栓被推開的尖銳聲響讓妙莉把雙膝縮到胸前，她第一次注意到那片小小的、看似鋼鐵材質的窗板，綁匪可以透過那裡觀察她。但是她由此看見的景象讓她的血都冷了。那個人戴著黑色塑膠面罩，一種乾乾的呼吸聲順著通氣管沙沙作響。那是個防毒面罩。為什麼？現在是有什麼毒氣攻擊嗎？妙莉的嘴巴張開，眼神對上了窗孔後的那雙眼，看到了昆蟲複眼般的一對鏡片，活像恐怖片裡的道具。妙莉吞下喉嚨裡升起的尖叫，搖晃不穩的雙腳往前一步，求對方饒命。「拜託，」她說。嚐到眼淚中的鹹味時，她才發覺自己在哭。「拜託放我走。我什麼都不會說出去，我發誓。」

面罩下的那雙眼睛漆黑而光澤閃爍，像兩塊發亮的煤。妙莉咬著下唇，拚命壓制自己的恐懼。她必須讓對方看到她很堅強、無所畏懼。她父親就這樣形容過她——無所畏懼，一股不容小覷的力量。只不過她今天沒有感覺那麼勇敢。

「放我走，」但她的話語出口時只是一聲哀鳴，在惡臭的房間裡迴響。「拜託？一定是搞錯了。」

綁匪冰冷剛硬的眼睛被面罩邊緣的陰影遮住，上下打量著她。妙莉心想：他的呼吸……。那艱困的喘氣聲通過呼吸器，以穩定的頻率拖沓著，讓她的背脊上竄起一陣寒顫。終於，他的喘息停了下來，開口說話。

「我會確保妳的安全……只要妳好好當個乖孩子。」防毒面罩又發出一次吸氣聲。綁匪詭異地透過單薄的目鏡窺視她，兩片玻璃鏡片染著淡淡的黑。

恐懼至極的妙莉退到船艙後方。水體突然波動造成的顛簸讓她伸手抓住木牆，一根木屑扎進了大拇指。「拜託，放我走。」突如其來的刺痛讓她皺起臉。「我不會告訴別人。我保證。」

「不准搗蛋。」綁匪的話語聽起來含糊而扭曲，讓她更怕了。「不然妳就完了。」

他是什麼意思？他要把她殺了嗎？他為什麼這樣盯著她？她的雙臂緊抱在胸前。儘管穿著制服，她還是感到毫無遮蔽。她是否應該慶幸對方戴著面罩？她曾經讀到過，如果證人能夠指認綁架者，被釋放的機率會因此降低。這到底是不是綁架？至少這個可能性好過於其他讓她嚇得半死的想法。

「呼呼，」她一想到就脫口而出。「我的貓呢？」

「在睡覺。只要妳乖乖的，就可以看牠。」話中因為呼吸而停頓。「如果妳不乖……」

「如果我不乖？」妙莉一面說，一面試著恢復平衡。

「我一向不喜歡貓。」句子最後以窗板猛力關上的聲音作結。

24

眉頭深鎖的派弟嘆了口氣，肩膀上壓著沉沉的重擔。昨天，他準備了藉口解釋脖子上的燙傷，才回去找伊蓮。警察這工作還是有用處的。他編了個故事，說有個毒蟲拿了土製噴槍招呼他，現在他在她心目中成了某種動作片英雄吧。潔若汀當然道了歉，而他拿出紳士的態度告訴她這整件事到此為止就好。他也不是沒有錯。是他造成他們的家庭破碎。他錯在把她逼得這麼極端。即使他們之間的愛早已耗盡，他現在又怎麼能拋棄她呢？他掃了門禁感應卡，開了警局大門。今天他會以組上的偵緝督察為榜樣。艾美．溫特意志堅強、態度專業，從不讓個人生活影響工作。她自從父親去世後就十分難過，但他知道最好別叫她開口談。

「進度還好嗎？」他對史提夫．摩斯警官說，同時將他的外套掛起來，撥掉肩部免不了的頭皮屑。史提夫老讓他覺得自己很邋遢。史提夫的西裝燙得整整齊齊，不像派弟的領帶現在已經沾上自製炒蛋三明治早餐的痕跡。

史提夫非常守時，永遠是第一個進門的。他是健康生活方式的擁護者，一向吃得講究，不菸不酒，但女色是他的罩門。他把旋轉椅轉過來面向派弟，臉上略過一抹略微煩躁的表情。

「很慢，就是很慢，」他說。「沒有新線索，倒是有一堆要命的工作。女王陛下今早去哪啦？又出門玩去了？」

「這樣說太不公平了，」派弟說。他知道對方講的是他們的偵緝督察。「她從莉莉安・葛萊姆斯那邊得到的結果很好。等消息上了媒體，決策團隊會對我們歌功頌德的。」

「少來，我們都這麼久的資歷了，」史提夫說。「你看不出現在是什麼狀況嗎？」

「跟我開示一下啊。」不管史提夫想說的是什麼，顯然都是他不吐不快的事。

「我為了點芝麻小事就被降職，她卻靠爸登上寶座。我啊……」他戳戳自己胸口。「我家是做工的。我可不是含著銀湯匙出生。」

「你今天的早餐是被人撒了尿嗎？」派弟說。他一面搖頭，一面讓笑容軟化他的表情。他跟史提夫是老交情了。他是個好警察，只不過天性悲觀負面。

史提夫在椅子上往後仰，打呵欠時下顎關節發出喀喀聲。「我感覺自己不進反退。我們奉命要專心偵辦綁架案，但是我們的偵緝督察自己卻追著個超過三十年歷史的案子。就只因為女王陛下想要這個光環。」

派弟抹抹下巴。他已經好幾天沒睡飽，一點也不想和以前一起當班的搭檔鬥嘴。

「這是個高關注度案件小組，溫特領導得不錯，」他疲憊地說。「沒有什麼比莉莉安・葛萊姆斯的案子名氣更大了。所以我們才不能搞砸。」

「我想你說得沒錯，」史提夫說。「我只是不懂這些職位為什麼就跑到了女人手上。男人管事有什麼問題嗎？」

派弟咕噥道：「情況已經跟我們剛到職的時候不一樣了。現在辦事不是全靠蠻力，講究的是觀點和見解。溫特和葛萊姆斯建立了連結。那女人還真的跟她講了些有料的。我聽說那真的是太奇蹟了。她現在努力想找到溫蒂．湯普森的屍體，好讓她媽媽能平靜離世。這算是有價值吧？」

史提夫嗤之以鼻。「在此同時有個十五歲的女孩被綁架，天曉得她遭到什麼樣的對待。」他戳戳面前的桌子。「溫特應該在這裡監管辦案。妙莉跟我女兒一樣大。如果這種事發生在我身上，我一定會瘋掉。」

派弟沒了耐性，臉上的笑容垮下來。時間太早了，而且他的脖子仍然痛得要命。「嗯，那麼就把你的力氣拿去辦案，省得在這裡跟我哀哀叫。與其私底下碎嘴，你何不去把你的想法告訴溫特？」

「因為她會去跟派克主任哭訴。你知道她們倆感情可好的。」

「這代表你一點也不了解溫特。她沒在哭的。連在她爸葬禮上都沒掉一滴眼淚，雖然我知道她受的打擊很大。你只是在不爽派克降你的職。可那是你自己耍蠢犯的錯。」

「我還以為我們又一起工作是件好事呢。」史蒂夫越過桌面，拿起空馬克杯要去泡咖啡。

「你這是在跟誰開玩笑呢？」派弟回答。「你才不是為了跟我作伴才加入這個小組的。你到底為什麼來這裡？」

史提夫聳肩。「我覺得這樣有助於洗刷我在主任眼中的印象，但現在看起來機會不大了，畢竟有溫特在她旁邊說三道四。」

「你要是改善一下態度，不要抱怨個沒完，可能比較有希望。」派弟回應道。大廳傳來一段廣播，但找的是別人。比起這樣小打小鬧，他比較想好好開始工作。

「你變了，」史提夫說。「我還記得你說過女人在警界沒有容身之處。」

「我錯了。」被提醒到自己年輕時發表過怎樣難聽又偏差的言論，真是讓派弟討厭極了。「我看過溫特實地出動。她表現很好。你要嘛與時俱進，要嘛另謀出路。」

「我本來要邀你晚上去喝一杯，但現在看起來是不必了。」史提夫臉上扭起一副嗤笑。「你老婆還在給你苦日子過？你脖子後面那燙傷可真不得了。」

派弟嘆氣。他趕著提早上班，忘了戴圍巾。「沒什麼。別出去講潔若汀的閒話。她經歷得夠多了——」

「你別擔心，」史提夫突然打斷他。「我很懂得別管閒事。」

派弟知道他的意思；他活動著肌肉，維持自制。他狀況不佳時，史提夫是他少數的傾訴對象之一，但那已經是好幾年前，他也已經走出來了。老朋友加入他的小組，他應該要高興。他和史提夫認識很久了，問題在於史提夫越來越憤世嫉俗。他也對派弟的祕密一清二楚。他有得選擇：他可以向史提夫低頭，或是把真相告訴他的偵緝督察。此刻，他得要專注於手邊的工作。

「你有什麼正面成果可以提上簡報會議嗎？」他換了個話題問。「我想情報分部那邊應該還沒給你消息？」情報分部是他們寶貴的資源，但是工作量超出負荷，報告要花上一段時間才能拿到。

「沒有跟這案子相關的，」史提夫回答。「社群媒體上有夠瘋狂，轉推和分享有成千上萬則，還一度成了熱門話題標籤：『#協尋妙莉』。那其中某個地方也許藏了線索，但我們何時才會有時間去找？有時候我感覺像是在白費力氣。」

「你眼前有比臉書和推特更重要的事情，」派弟說。「我們有個新警官明天起進組，蓋瑞・威克斯。他完成了偵查佐升等考試的第一部分，很積極要多累積一些經驗。」

「很好，」史提夫說。「我們正需要額外人手。我今天要去MAPPA的會議跟他們報告。」MAPPA指的是跨局處公共安全保護會議，討論的對象包含三種犯罪行為人：登記在案的性侵犯、暴力罪犯和警方已知的危險犯罪者。派弟很欣賞史提夫好好利用自己主動進取的特質，但是他被降職之後，一直不太能適應普通警官的身分。他不接受別人為他設定好的任務，反而幫自己創造事情來做。但既然史提夫有他的把柄，派弟還是隨他去比較保險。「只可惜沒有勒贖訊息。」史提夫離開座位前鎖定住電腦。「妙莉也可能遭到性販運，我們哪知道呢。」

「幹出這事的是個業餘的傢伙，」派弟一面說一面留意時間。「而且誰說沒有勒贖訊息呢？若要說把勒贖訊息保密的家長，泰莎絕不會是第一個。或者她自己就有參與。我看過她的財務紀錄。她的手頭不是特別寬裕。自從新聞爆出來，她的臉到處露出，對她的事業有益無害。」

「正是因此她才被列為案件關係人，」史提夫回答，同時望進自己的空杯子。「咖啡可不會自己泡好。要來一杯嗎？」

「我的喉嚨乾得好像駱駝的子孫袋，」派弟回答。「來一杯當然好。」他拱起肩膀，坐到他的辦公桌前。他不像溫特督察，享受不到獨立的辦公室，而是坐在室內最前方。他喜歡當團隊的一員。其他組員陸續進來之前，他還有很多事要做。至少寄一封電子郵件給溫特，能夠標記他提早到班的時間。他必須表現積極，不然，他的脖子就要在另一個層面上遭殃了。

25

艾美將電話拿近耳邊時，晨間和派克一起上健身房產生的腦內啡已經耗盡。她的手指抓緊話筒，用意志力逼迫自己說話。這個隨興所至的來電者讓她滿心懼怕，話語聲直直鑽進她腦中。艾美萬般不願把自己的直撥電話號碼留給莉莉安．葛萊姆斯，但她無法再忍受轉接電話時總機宣告她媽媽在線上。她提醒自己，她們的聯絡只是暫時的：一等到最後兩具遺體尋獲，她和莉莉安．葛萊姆斯的所有溝通就會終止。但是，令人不安的真相仍在她內心深處徘徊。如果她已不再知道正常為何物，她的生活要如何回歸正常？宣布關於芭芭拉．普萊斯的消息讓她感覺自己像個騙子。她沒有權利置身於那家人的房子裡。她的父母是為害眾多的連還殺手，她會不會連從事現在這份工作的權利都沒有？莉莉安的呼吸聲在電話線上窸窣作響，艾美覺得自己的這一天真是雪上加霜。

「是我，妳媽媽，」莉莉安玩味著這個字眼。「妳怎麼不說話呢？」

「希望妳是打來通知埋屍地點的，」艾美緊繃地回答。「因為我依約去見過曼蒂了。」牆上的時鐘在她們陷入沉默時發出肅穆的滴答聲。這陣沉默彷彿將延伸到永遠。她知道莉莉安會盡可能拖延。

「她告訴我了，」莉莉安在一聲算計精準的呼吸後說。「聽到妳們相處愉快真是令我開心。

她的孩子一定很高興有妳參與他們的生活。他們的生日禮物有點短缺，但要彌補妳的疏忽總是不嫌遲。」

「我時間不多。」艾美如此謊稱。她感覺辦公室的牆壁朝她越縮越近。她從辦公桌前起身，拉開窗簾，讓早晨的陽光照入；只要能減輕室內的壓迫感就好。她想得到的就只有剩下的埋屍地位置。她必須趁往事將她整個人吞噬之前，擺脫這個可憎的女人。

她們之間安靜了一拍，然後莉莉安再次開口。「既然妳這麼忙，我最好還是別耽誤妳。地址也許就下次再給妳吧，反正我也悶了這麼久。」她戲劇化地嘆氣。「不過，世事難料啊，如果我帶著這事進了棺材，那就太可惜了。我們誰也不知道自己還剩多久好活。」

「別走，」艾美回答。她討厭自己不得不有求於對方。「妳要帶我們去嗎？我要跟獄方安排嗎？」

「妳一直沒耐性，從小就是。」莉莉安不帶喜悅地笑了。「不用，老實說，上次去完我有點暈車呢。像待宰的母牛給人載來載去，這種事現在對我沒吸引力了。」

艾美聽出莉莉安聲音中的自憐，臉上沒了血色。「妳到處狩獵那些女孩的時候，倒是就不介意坐車。她們都相信了妳吧？我想是有小孩在場幫助了妳騙她們上鉤。」

停頓一下之後，莉莉安說話了。「我聽妳的語調好像有點敵意。有人讓妳不開心了嗎？」

讓我不開心……這樣說還真是輕描淡寫，艾美心想。儘管她奮力控制，脾氣還是逐漸爆發。「妳怎麼可以那樣？妳明知你們打算做出什麼事，怎麼還能把那些女孩當街抓走？你們帶的是誰？是我嗎？你們是不是——」艾美的舌頭感覺到一段結巴的語句即將成形，於是抿起嘴唇打斷自己的話。

「說真的，艾美，我試過要解釋，但妳不肯聽，」莉莉安插話。「傑克堅持要我帶妳去。他那是恐嚇，如果我不照做，妳或我就會受傷。」

「傑克不是這麼說的，還有證據——」恢復鎮定的艾美說。

「那是被栽贓的。妳很快就會發現，」莉莉安再次插話。「告訴我：妳是討厭我，還是討厭我這個概念？這麼多年來，我都被描繪成怪物，所以沒有人聽得進真話。雖然其他人如此，但我沒想到妳也會這樣。」

「如果妳以為一通電話就能改變我的看法，那麼妳的精神真是比我以為的更錯亂……」

背景傳來一陣突然飆罵的髒話，吸引了艾美的注意。莉莉安的聲音在她們的對話被打斷時緊繃起來。「滾開，」莉莉安對著後面某個呻吟著的人說。「我還有五分鐘！」她嘆了口氣，切換回她跟艾美講話時比較有教養的口音。「試著回想看看莎莉安身上發生的事。我絕不會傷害她。不是我下的手。」

艾美沒有告訴莉莉安，她已經回想起那部分了。地下室發生的事，是她最初重新浮現的記憶之一。她母親發現莎莉安癱倒在地上流著血。她失聲尖叫，用驚恐的聲音問傑克他做了什麼。稍後她把艾美從洗衣籃裡拉出來，叫她安靜。不管如何，別吵醒妳爸。

艾美坐在辦公室裡，看著塵埃在一道細窄的晨光中舞動。

「滾開，」莉莉安對等著用電話的某個人低聲說。「艾美，聽好我說的話，因為我是為了妳才這麼做的。妳可以在之前的同一座墓園裡找到薇薇安。她跟上一個墳地只隔了幾個墓。」

「但妳不是說……」說到一半的話懸在艾美唇上。

「如果我那時告訴妳，妳就不會去見曼蒂了，不是嗎？妳不明白嗎？我想要找回我的家。」

「是哪一個墳墓？」艾美說，對她的感性發言不予理會。

「去喬・佛萊徹的墓下面找她。我之所以會記得，是因為《搞笑監獄》[6]那齣喜劇裡有個叫佛萊徹的演員。想想我是怎麼進到這裡頭來的，可真諷刺不是嗎。」

一段回憶滲入艾美的腦海：反覆播放的監獄喜劇配樂。這的確很諷刺——也是艾美不甚愉快的回憶。當她以為自己掌握了局勢，莉莉安就丟出又一記變化球。她在玩弄艾美嗎？讓她記憶中來自往日的回聲將她永遠拖回過去？莉莉安若是聽到她像小時候一樣講話口吃、髒話不斷，不知會有多開心呢。

「屍體也跟之前一樣是埋在棺材的下面嗎？」艾美說。她的聲音聽起來非常遙遠。

「是的，」莉莉安匆忙回答。「傑克掘墓的工作只做了短短一陣子。妳應該感激妳沒被埋進去。我拚盡全力保護我的家人，到頭來坐牢的卻是我。」

「不是我造成妳坐牢，」艾美喝斥道。「我那時才四歲。」

「妳確定嗎？妳還沒回想起那一段嗎？想想社工來訪視的那天。想想妳說了什麼。」

「謀殺那些女孩的人可不是我。」艾美正氣凜然地回答。

「也不是我。但是事發之時，我們都在場，而被關的是我。妳不能再逃避了……」

「我要走了，」艾美說。她草草記下墳墓的名稱，筆尖深深壓進便條簿。「溫蒂在哪裡？也在同一個墳墓嗎？」

「不在。這次我說的是實話。」

「那麼在哪裡？」艾美鍥而不捨地說。「告訴我。」

但莉莉安的聲音變得冰冷。「我們不久後再聊。記住我說的話。」

❻ Porridge，英國BBC電視台一九七〇年代播出的熱門情境喜劇，以監獄為背景。

26

向派克報告過埋屍地點的進度之後，艾美需要換個環境。她的主任接下了專案資深偵查官的工作，艾美待在幕後正好自在。考慮到她和莉莉安的關係，如果由她擔任資深偵查官，退一萬步說，最少也會有利益衝突的問題。艾美和這個案子的牽扯依然讓她心煩得夜不能寐。她視工作如命。她應該從一開始就老實交代，但現在已經太遲了。

她將注意力轉向眼前人，心生一股超現實的感受。泰莎．帕克是芙蘿拉最愛的名人，家裡一直把《龍穴之創業投資》開在背景播放。不過泰莎今天不太像她在螢幕上的形象。她穿著寬鬆的針織套頭毛衣和褪色的牛仔褲，像是變成了自己的影子。她臉龐憔悴，扁塌的金髮從臉旁撥開，心中的恐懼和對女兒的掛慮清晰可見。艾美重新評估了她可能涉案的推想。「我們有好幾組員警不分日夜工作，」艾美說。對方要求她提供最新進展。「一旦有進一步消息可以通知，佛洛伊德就會立刻向您報告。」佛洛伊德的綽號叫「家庭聯絡官」[7]，是個出身西印度群島的年輕人，在這份職務上相對資淺。

泰莎點點頭，因為睡眠不足而浮腫的眼睛一眨也不眨。「我感覺好無助。佛洛伊德說你們自從新聞發布之後就被電話疲勞轟炸，但打來的大部分都是酸民。還有網路上的貼文……有些真是惡毒極了。」

此話不假，他們的組員正在設法移除最惡劣的那些言論。派克主任舉行了記者會，期望能得到嶄新線索，卻只讓小組工作負擔大增、被虛假的希望淹沒。電視節目《繩之以法》要播出犯罪過程模擬，盼能喚起目擊者的記憶。而最重要的是，艾美必須釐清她關於犯案是否有預謀的懷疑。

「都是冷血的言論，」艾美說。「跟貼文的人一樣冷血；但我們有在監控了。」她直到加入優先案件小組，才曉得網路酸民是什麼。重大案件總是會誘使他們從藏身的樹林裡爬出來，尋求興奮刺激。妙莉失蹤後的每一天，活著被找回來的機會都逐漸減少。員警挨家挨戶詢問之後，帶回了一條讓艾美很有興趣追查的線索。「有個東西要請您看看，」她說著打開公事包上蓋，拿出一個透明證物袋。袋上標示著取證的時間、日期和地點，載有證物號碼，以及經手證物的員警身分資料。艾美的資料也在上面，因為她在證物管理系統裡登記了借出。「這是我們在相隔兩戶的一處地址尋獲的。有可能是妙莉的東西嗎？」艾美將證物拿到光下：透明的塑膠袋後是一條斷掉的鍊子，可以清楚看到上面一個銀色的「H」字母，頂端鑲有一顆小鑽石。這是一項相當別緻的物品，艾美先前未曾看過。

泰莎一看到那件首飾就瞪大了雙眼。「是她的。是她爸爸在她十歲的時候訂做的。不管誰來說她都不肯拿下來。」

❼人名原文Floyd的首三字母正好是家庭聯絡官（Family Liaison Officer）的縮寫。

艾美點點頭。她在之前的照片裡看過這條項鍊，所以這個答案並不令她意外。「員警逐戶問話時，您隔壁兩戶的鄰居拿了這個給他們看。」艾美將項鍊放回袋中。稍後需要做正式的指認筆錄，但目前她的工作得繼續進行。

「哪一位？」泰莎臉色灰敗地問。

「考特瑞太太。我們推測她先前出門不在。她說她回家的時候在地上發現這條項鍊。由於沒有強行侵入房屋的跡象，我們在想妙莉是否去過她家。」

泰莎困惑地皺起臉來。「什麼？不，她沒去過。我自己去過兩次，一次是她的狗被安樂死的時候，一次是她出遠門時我去拿備用鑰匙。」

「噢，真可憐，」艾美說。「她養的是哪種狗呢？」雖然和調查完全無關，她還是不由自主地問了。

「那種跳來跳去、討人厭的約客夏小㹴犬，牠病了很久，她沒辦法自己面對……抱歉，」她蹙眉表示，「我希望專心談妙妙就好。她的項鍊怎麼會在那裡？」

「我們正想要搞清楚這一點，」艾美回答。「不幸的是，考特瑞太太似乎有點糊塗。員警報告說她有裝防盜警報系統，卻不記得出門前有沒有打開。警報系統公司也幫不上忙。妳知道誰還可能有鑰匙或是密碼嗎？」

「恐怕我是不知道的。」泰莎聳肩。「她有早發型失智症。我很訝異她還記得要把項鍊交出來。」

艾美在心中記下，要去找附近的鎖匠查看考特瑞太太是否打過備份鑰匙。她回頭專注於挑著牛仔布膝部線頭的泰莎。「我方便再請教幾個問題嗎？我希望多了解一下令嬡的人格特質。」

對於艾美而言，被害者遭受的情緒影響和案件調查具有高度相關，但在警方先前取得的陳述中，幾乎沒有人談及妙莉的心理素質。不同的人在淪為犯罪受害者時的反應各異，「戰逃反應」是真實存在的。她遇過某些受害者在有機會逃跑時愣住無法動彈，其他也有些在順從配合較為安全時偏偏選擇反擊。除非真的遇到，否則人終究無法真正預知自己在如此情境中的反應會是如何。通常，上過防身術課程的人比較有可能為了求生而反擊，鮮少接觸到暴力的人更可能由於恐懼而失能，想到這一點就令她難過。

「我什麼忙都願意幫。」泰莎抬起視線，此時一名女子拿著托盤進來。「這是我姊姊，愛倫，」她介紹道。「她來陪我待個幾天。」

愛倫和泰莎的長相如出一轍，只是多出幾條顯露年紀的皺紋。她微笑示意，放下托盤時臉側垂下長長的金髮。「請用，」她用北方腔調說，然後到她們倆對面坐下。新煮的咖啡香氣從馬克杯中裊裊升起，泰莎往自己那杯裡加了三顆方糖，然後才抬頭看艾美。「現在我只能靠這撐下去了。」馬克杯側邊印著「世界最讚老媽」，搭配的照片是泰莎溫暖地緊抱著妙莉。類似的照片也裝框擺在維多利亞式的壁爐上，牆上則有輸出布掛畫。

「謝謝妳。」艾美說著往自己杯裡加了一點點奶油，攪拌一下。「我能否請問……您的女兒都如何面對壓力？她擅長應付緊急狀況嗎？」

「妙妙和她爸爸很像：她很善於處理壓力。」泰莎的手指包覆住杯子。「她六歲的時候，《哈利波特》紅遍全國，她在學校被嘲笑得可慘了。但她不在意，她喜歡自己有魔法力量、跟別人不一樣的這種想法。」

「妳會用心思敏捷來形容她嗎？她擅不擅長判讀別人的情緒？」

「很擅長。」泰莎點頭。「所以我才相信她會平安。她是個聰明的孩子，又和她爸一樣強悍。不管發生什麼事——」泰莎的下巴顫抖著——「她一定能撐過去的。不管發生什麼事，我們都可以重新開始。」

愛倫靠向前，輕捏一下妹妹的肩膀。

「妳沒有收到任何索取贖金的訊息？」艾美緊鎖住泰莎的視線，尋找真相。「妳完全肯定沒有？」

「我用妙妙的性命發誓，完全沒有。要是收到，我會告訴你們的。」

「有人跟蹤過妳嗎？有沒有接到過任何可疑的電話、信件或是邀請？」

泰莎猛力搖頭。「沒有。我很保護家庭生活的隱私。我沒有在用臉書，唯一分享家人照片的一次是在聖誕節。BBC喜歡在節慶期間針對主持人做線上報導。但那是好幾個月前了。」她停下來，張口結舌地觀察艾美臉上的表情。「妳不會覺得他們就是這樣找到她的吧？如果他們計劃了那麼久，她就沒有機會活命了。」

「我們別急著下結論，」艾美說，努力保持語調平緩。「妳自己說過她是個心思敏捷的孩子。我們對情況還沒有更多了解，最好還是保持樂觀。」

「她也很會看人，」愛倫插話。「所以我們才想不通她怎麼會離開家裡。」

「妳完全肯定沒有外力入侵的跡象嗎？」艾美緊盯著泰莎，等待答案。

「確定。這真的很不像她會做的事。我們家的前門當時開得大大的，她的鞋子還脫在門廊上。她怎麼會到外面去？為什麼還走了兩戶遠？這完全不合她的本性。」

艾美皺起眉頭。如果妙莉像她們倆描述的這麼有責任感，那麼沒錯，這整個狀況都不合理。她看到門上的防盜鏈，還有木門上的貓眼。什麼事會讓一個頭腦清楚的十五歲青少年不顧警覺心跑到鄰居家去呢？「也沒有電話打來嗎？妳有沒有檢查過答錄機？」

「警察把她的手機拿去了，我也檢查過答錄機。妙妙之前都會——」她糾正自己。「一直都會在聽完留言之後就刪除。如果她當時聽了留言，就不會把它保留在答錄機裡了。」

「所以，她在妳下班回家前的這一小時都固定是獨處嗎？沒有朋友會跟她一起回家？沒有男朋友或鄰居在那個時段來訪？」

泰莎搖了搖頭。「她沒有男朋友……至少目前還沒有。我們的鄰居白天也多半要上班，她之前會跟她朋友佩姬一起走回家，但佩姬不會進來。」

艾美皺著眉，泰莎用過去式來講述女兒的行為，讓她全身一陣發毛。「妳們有養寵物嗎？」她問，同時從沙發扶手上撿起一根細細的白毛。

「噢，那是呼呼的，」泰莎用平板的語氣說。「我們六個月前開始養牠。」

「呼呼？」艾美的眉頭揪得更緊。這對她來說是新資訊。

「妙妙的貓。我記得我有跟警察說了，但也許我其實沒說。我現在一點也沒心思煩惱牠。」

泰莎垂下頭，用指尖抵著前額。「我整個腦袋亂糟糟的。」

「沒關係，慢慢來。」艾美回應道，盡可能地傳達出令人安心的氛圍。

「牠是妙妙十五歲生日收到的禮物。她們簡直一見如故。」

艾美環顧室內。「牠現在在哪？」她一定會被同事笑，講得好像她要把貓帶去問話一樣。但她的直覺要她繼續跟進。有時候最無關緊要的細節能夠引導你找到線索。

「不見了，」泰莎說。「牠一定是在妙妙離開之後從前門跑出去的。我一直在等牠回來，但連個影子都沒見著。希望牠沒被車撞，不然妙妙會傷心到崩潰的。」

這句話讓艾美腦中亮起一個點子。「妳們家有貓門嗎，還是呼呼白天都關在家？」

「後門上有個小小的貓門。牠每次只會出去幾分鐘晃晃，然後就直接回來了。牠以前沒有從前門出去過。老實說，我太擔心妙妙了，幾乎沒怎麼想到呼呼。」

艾美點頭。「妳說妙莉自己在家的時候從不會應門。如果她回家發現呼呼不在呢？她會出門去找牠嗎？」

「我沒有想到這點，」泰莎說。「但那樣她開的應該會是後門，不是前門，而且也不會沒穿鞋就出去。」

「她可能處在緊急狀態，」艾美說。一陣興奮感在她推敲這個理論的同時油然而生。「想想看。妳自己也說她是個聰明的孩子。有什麼事會讓她光著腳跑到外面？有沒有可能是哪個人把她的貓抓走了？」

「搞不好。其實……」她停頓了幾秒。「妳說的可能沒錯。我們家的地址寫在呼呼的項圈上。可能有人把牠偷走，然後來敲門，假裝是撿到牠。」

「看起來妙莉離開的時後有點慌張。我們的證人表示在快四點時聽到尖叫聲。嫌犯可能利用呼呼來誘使她離開屋內。」

「我越想越覺得妳說對了。如果換成其他的事，她不會去應門的。」泰莎說。

殺手有可能創意無窮。艾美沒有告訴泰莎，著名的連環殺手泰德．邦迪會假裝受傷求救，哄騙年輕女性坐上他的車。她一面仔細思考，一面喝完已經變冷的咖啡。「這只是個理論，」她說。「我養了一隻哈巴狗，叫作朵蒂。為了牠我什麼都會願意做。」

「妙妙超愛動物的。她想當獸醫。」泰莎的下唇微微顫抖，新的淚滴在眼中成形。「她會平安的吧？我沒辦法承受，假如……假如……」

「盡量別往最壞的方向想，」艾美說。「大部分的失蹤青少年最後都安全回家了。」但妙莉不是隨便一個普通青少年。她是個家庭生活和諧、謹慎冷靜的女孩，沒有理由要離家出走。

27

一九八六年

「妳在發抖，」瑪裘芮說。「妳還好嗎？」社會局派來的這位女士每次彎向前，身上都會釋放出一股柔和的花香，比起珀比噴的噁心空氣芳香劑好聞多了，更沒有芳香劑下掩蓋的味道那麼嚇人。

珀比試圖找理由解釋自己的顫抖，因為她母親就在門的另一端聽著。她望著帶有油漆痕的木門，想像莉莉安的臉貼在門的另一側。「冷……冷……冷。」她結巴地說，嚇得牙齒打顫。

瑪裘芮和湯瑪斯交換了一個眼神。「外面很晴朗，」瑪裘芮說，好幾個手環隨著她做的手勢叮噹碰響。「妳想不想去外面的車上？這麼好的天氣，關在家裡真是太可惜了。」

珀比睜大眼睛。社工要把她帶走嗎？但她什麼也沒說。她很乖。

湯瑪斯彷彿會讀她的心，溫柔地說：「我們哪裡也不會去，我保證。妳媽媽可以從屋裡看到車子，但我們講話的時候，不會有其他人聽得到。」

珀比的眼神飛快投向門口、又收回來，她不太肯定。她的雙臂緊抱在胸前，卻還是抖個不停。她的雙腿和手臂緊緊交叉，整個人好像打成一個大結。

瑪裘芮在沙發上移向她，碩大的胸脯左搖右晃。這位女士個子很大，比媽咪還高，但珀比喜歡這樣，她這樣看起來很強壯。她微笑起來，露出珍珠白的牙齒。「我們的車上有舒服的座椅，而且聞起來很舒服。」她又吸了一口氣，皺起鼻子。

珀比知道這位女士是太有禮貌了，才沒有說他們家的房子很臭。地板下冒出的臭味每天都變得更腐敗、令人作嘔。她吞吞口水，希望他們不要問她那是什麼味道。她知道那和弄髒的床單有關係，還有那些小姐消失之前爹地在地下室做的事。

湯瑪斯感覺到她的遲疑，靠向前悄聲說：「還是我把車子的鑰匙給妳好不好？我們在車上的時候，妳可以負責保管鑰匙。搞不好還有一些貼紙可以給妳玩——妳喜歡獨角獸嗎？」

珀比點頭，臉上咧開一個缺牙的笑容。她從來沒有過自己的東西。她誤會湯瑪斯了，她現在看出來他有張溫柔的臉，跟她父親根本不像。他攤開手掌，露出一串車鑰匙。珀比試探地去拿，享受著皮革鑰匙圈在手裡的觸感。

她拉著湯瑪斯的手站起來。他的皮膚很柔軟，不像她父親長滿粗繭的掌心。瑪裘芮的臉上綻放笑容，珀比看了就知道自己是個乖孩子。

「我們只會去幾分鐘。」她在珀比晃著車鑰匙時如此對莉莉安解釋。

莉莉安站在門廊上，證實了珀比的懷疑：她一直在偷聽。珀比懷疑著自己該相信誰，肚子不住翻攪。她母親的眼神利如匕首，嘴唇抿成一條橫劃的白線。「我不懂你們為什麼不能在這裡跟她談。」她說，不悅的情緒難以掩飾。

但瑪裘芮可不好打發。瑪裘芮比珀比的母親更壯，她用堅定的聲音說話時，珀比感到一股被保護的溫暖光輝。「如妳所知，我們有權與妳的孩子單獨談話。我們可以現在談，或是等法院命令將她交給我們監護。妳比較喜歡哪樣？」

莉莉安怒瞪著瑪裘芮，扠腰的雙手關節泛白。她們倆互瞪的同時，珀比把湯瑪斯的手抓得更緊。

「我相信妳不想要事情走到那一步。」瑪裘芮放軟了聲音。「我們只是跟珀比小小聊一下，過幾分鐘就回來了。」

「好。」莉莉安說，眼睛眨也不眨地目送他們離開。珀比慶幸她父親還待在廚房，不過她母親的目光已經如雷射般刺進她背後。直到她上車之後許久，目光的灼熱感仍縈繞不去。

「不用繫安全帶，」湯瑪斯說。「我們哪裡都沒要去。」他轉移視線。「妳喜歡我們這種窗戶嗎？它是染色玻璃，也就是說妳可以往外看，但是別人看不到裡面。是不是很聰明？」

珀比驚奇地看著車窗玻璃，顫抖平息下來。瑪裘芮對天氣的說法沒錯，車上溫暖又舒服。

「我來放點音樂如何？」瑪裘芮說。她把音量轉小，讓他們可以說話。這首歌曲唱的是巴士的輪子轉呀轉，珀比聽了稍微放鬆了點。她喜歡這輛車。車裡感覺很安全，聞起來還有餅乾的味道。她往窗外看，看到窗簾動了一下，她的心也隨之震顫。她提醒自己，沒有人看得到她，她像裹在繭裡一樣安全——至少目前如此。

「看我找到什麼。」湯瑪斯說。

珀比滿懷渴望地看著那張亮粉紅配白色的貼紙。但是她沒有立刻收下他送的這份禮物。別人免費給你東西的時候，通常就是想要你回餽些什麼。至少，那些來他們家拜訪的客人都是這樣。但曼蒂不是說社工跟訪客不一樣嗎？

「沒問題的，」瑪裘芮說。「妳可以拿。貼紙是妳的了。」

珀比試探地伸出手，接過禮物。車鑰匙安全地放在她的洋裝口袋裡，而且如果需要逃跑，她就坐在車門邊；她藉此安撫自己。音樂換成了一首輕快的鵝媽媽童謠，珀比在座位上放鬆下來。她撕下一張獨角獸貼紙，貼在洋裝上。玩了幾分鐘後，她害羞地對著湯瑪斯和瑪裘芮微笑。「謝……謝謝你們。」她說著，低頭看向一排又一排屬於她的閃亮貼紙。一回到家裡，曼蒂就會把貼紙搶走，不顧她哭喊著要討回來。但現在，貼紙是她的。她想到莎莉安，也想到她如果看到珀比收到了禮物會有多開心。

「妳很喜歡對不對？」湯瑪斯說。「莎莉安是不是也喜歡貼紙呢？」

珀比點頭，表情變得悲傷，心裡納悶他為什麼講到她時用的是現在式。姊姊走了，不管怎樣都沒辦法把她帶回來了。她愛她勝過媽咪，而且想念她想到心痛的程度。

「妳最後一次看到她是什麼時候呢？」瑪裘芮歪著頭說。但是珀比不喜歡這個問題，因為她最後一次看到姊姊的時候……她推開那個念頭，拚命忍住淚水，下巴微微顫抖。哭是不好的，莎莉安跟她說過。

「這裡的味道比較好聞，對不對？」湯瑪斯說。「你們有養寵物嗎？我家有一條狗，牠超臭的。牠叫作查理。妳想看看照片嗎？」

珀比點點頭，把目光從貼紙上拉開，看向湯瑪斯從外套口袋拿出的照片，是一隻毛茸茸白狗的上半身照，粉紅色的舌頭伸出嘴巴。

「妳有寵物嗎？」湯瑪斯問。

「有一隻倉……倉鼠，」珀比說。「哈米。」她很高興自己順暢說出了最後一個詞。

「噢，我喜歡倉鼠。牠住在哪裡呢？」

珀比搖搖頭。「牠不在了。爹地把牠壓死了。」她想起她最後一次去找牠的時候，她躡手躡腳爬進地下室，躲開她父親。莎莉安會死掉都是她的錯。媽咪告訴過她，社工會把壞人帶走，送到一個叫作監獄的地方。她不想去監獄。

「妳爹地也弄傷過其他東西嗎？」湯瑪斯說。

珀比點頭，心裡不知道僅僅點頭和搖頭是否也會讓人惹上麻煩。如果她沒有把話說出來，就不算有告訴他們任何事，對吧？她自顧自地這樣想通了，臉色亮了起來。

「他有弄傷莎莉安嗎？」湯瑪斯說，這次聲音放得更輕了。

珀比一上一下猛力點頭。她目不轉睛地直視他，好奇他是否值得自己的信任。

「問開放式的問題。」瑪裘芮對湯瑪斯悄聲說，但珀比不懂那是什麼意思。

「關於那件事，妳有什麼可以告訴我嗎？」湯瑪斯問，臉上刷地泛紅。

但珀比搖著頭，回去看著貼紙。如果她說出來，就要去監獄了。那裡住了壞人，也許比來他們家拜訪的那些人還要壞。珀比咬著下唇，吞回呼之欲出的話語。

「妳沒有惹麻煩，珀比，」湯瑪斯繼續說。「有人叫妳不要跟我們講話嗎？」

珀比點頭，然後爬下座椅去撿一張掉落的貼紙。

瑪裘芮在湯瑪斯耳邊悄聲說：「你不能引導她。得要問開放式的問題。」

「她嚇壞了，」湯瑪斯悄悄回應。「想查出發生了什麼事，這是唯一的方法。」

珀比爬起來時，瑪裘芮以微笑迎接她。「我們不是來傷害妳的，寶貝，我們只想保護妳的安全。」

安全。這個詞誘人地懸在空中。珀比最想要的莫過於能夠安全。「爹地，」她說。「弄傷了莎……莎莉安。」她又撕下一張貼紙，這張是有亮片的，她用一根手指把它舉高，她喜歡它反射光線的樣子。她專心致志注視著貼紙，讓話語從她舌上吐出。「他……」她吞吞口水，把貼紙準確地黏回原位。「他把她弄死了。」

28

艾美站在背景中，聽進日常的辦公室閒談。作為一個小型團隊，這些閒聊有助於他們面對強加而來的黑暗重擔。她喜歡小組的新成員：蓋瑞．威克斯警官只有二十五歲，但是自從加入警界以來，一直都進步良好。他總穿色彩繽紛的襯衫，很好認出來，開朗的態度也頗受歡迎。他先前跟茉莉共事過，很快就融入群體。艾美旁觀著她以笑聲回應他的打趣。

「嗯，那就是我們最後一次約會了，」茉莉說。「真會撒麵包屑。」

「撒麵包屑？那是什麼鬼？」蓋瑞在印表機前駐足，拿取最新的筆錄影本待讀。

「就是吊人胃口的意思，」茉莉一面按滑鼠一面說。「他們會撒一點麵包屑引誘你上鉤，而且不接受你的拒絕。但是你一旦咬了餌，他們就逃得無影無蹤。」

「這個嘛，如果妳跟小男生玩膩了，這辦公室裡還有幾個真男人喔。」室內另一端傳來史提夫．摩斯警官的提議。

艾美僵住了。她試著暫且不評斷史提夫這個人，但有時候他在她面前太過諂媚，雖然他看起來很樂於討好人，她卻不時逮到他在她轉身後就變了臉。他瞇著眼的瞪視令她措手不及。他這個人還有待觀察，她從茉莉尖刻的目光看得出來她也有同感。如果事態有了負面的發展，她感覺史提夫會是全小組裡第一個反咬她的。好好管理妳的團隊。一粒老鼠屎就能壞了一鍋粥。她記憶中浮現父親說過的話。就她聽到的說法，史提夫可是很有惹人生氣的才華。

「單身也沒什麼不好，」艾美說，發揮了自己的存在感。「不用忙著討別人歡心。」

「真的，」茉莉應聲道。「但我還沒準備好把暖床的任務交給熱水袋。」

艾美微笑起來。朵蒂就是她的熱水袋，但這項寶貴的資訊她不會和別人分享。「有進展要報告給我嗎？」她明智地將話題從性生活方面帶開。她一點也不想要讓史提夫接上話，雖然他的笑容在她加入對話時就已經消失了。他的年紀都足以當茉莉的爸爸，卻沒有因此而感到不妥。

茉莉在工作方面表現很好，但是在辦公場合聊天總是口沒遮攔。艾美不太願意管束她。她加入以來，帶給這個亟需放鬆的小組不少輕快氣氛。他們的工作日沒有午休，也沒有獎金和津貼。就算有幸吃得了飯，也是邊忙邊吃，電腦鍵盤上掉滿食物屑屑，馬克杯裡的咖啡放到變冷。已經有太多人的家眷被迫學習與他們的職責共存，要不然就是分道揚鑣。「加入警界，婚姻再見」這句話，艾美聽過不止一次。你要嘛以工作為配偶，要嘛讓它要了你的命。但不論如何，這裡就是她最理想的地方。

她繞到茉莉那一側的辦公桌，看著她在螢幕上叫出一連串的網站。社群媒體是茉莉的守備區，她備有若干假帳號，在有需要時拿來臥底滲透。

「網路上的相關動態很多，但有一個團體特別突出。」她點開臉書和推特，用「#協尋妙莉」的標籤搜尋。「看到了嗎？」她指著一大串的推文說。

#協尋妙莉　內心飢餓之際，我們全都以謊言為食。
#協尋妙莉　真相或許帶來短暫的痛苦，謊言卻永久不滅。
#協尋妙莉　否認真相也無法改變事實。
#協尋妙莉　寧願承擔真相的痛打，也不接受謊言的親吻。
#協尋妙莉　當你只想聽到謊言，便難以承受真相。

「這樣的推文有上百則，都是引用些關於真相的金句。」

「有些我認得。」艾美說，對著螢幕細看。

「大部分的金句都是網路上就找得到的。讓我擔心的是發推的這個團體——『真相守護者』。」

她開了臉書，上面有滿坑滿谷類似的留言。「這裡也有。他們信陰謀論信得很深，但是時不時也會猛咬某個事件死不肯放。」

「超過一萬名追蹤，」艾美說。「我想我們對他們不陌生吧？」

「沒錯，長官，」茉莉用上了偶爾會喊的正式稱謂。「我們接到過一大堆針對他們的暴力行為檢舉。去年，他們在一場非常失控的示威之後對一間墮胎診所縱火，死了兩個人。」

「我記得那件事，」艾美說。她回想起當時的新聞報導。「他們不是還打過一個收賄的議員嗎？」

「不勝枚舉，」茉莉點頭。「我在嘗試滲透進去，但他們對加入的成員審核很嚴。」

「如果他們有一萬個追蹤者，應該嚴不到哪裡去吧。」艾美站直起來，按摩著脊椎根部舒緩痠痛。她在心中記下備忘，有空時要跟派克再安排一次健身房時段。

「但那些只是追蹤者，」茉莉說。「他們有一個臉書私密社團，裡面的十幾個人負責實際行動。」她點擊社團名稱，在臉書上顯示為「私密社團」。

「他們是群狡猾的王八蛋，」她用氣音說。「他們彼此合作，提供不在場證明，幫對方的說詞撐腰。」

艾美點點頭，雖然社群網路的內部運作超出了她的理解範圍。「妳怎麼知道這些的？」

「從字裡行間判斷。我一直想弄到個入社邀請。」

艾美知道茉莉在跟她想一樣的事。為什麼「真相守護者」這種狂熱陰謀論團體會對一個十五歲女孩感興趣？她手機的連續鈴聲中斷了她們的對話，她大步走向辦公室，在響到第三聲時接起。

唐納文督察的名字閃過螢幕。她喜歡他，也許超出了應有的程度，但經過她和亞當的風波，她決定和男人保持距離。「溫特督察，」她接聽時說道，因為不想讓他知道她在手機上儲存了他的號碼。

「我們找到她了。」他的聲音很溫暖，因電話另一頭的微風聲有點模糊。

艾美停頓了一下，消化這個消息，但唐納文把她的沉默理解為困惑。

「抱歉，」他說。「我是唐納文。我在埋屍地點這邊，我們——」

「但不是才過了幾個小時嗎？」艾美插話。她難以相信他們挖出了薇薇安——也就是被害者遺體二號。

「我派了人待命等著開挖。」

「了不起。」艾美說。

「就算要全部挖遍，我們也會照辦。但我很高興她最後做了好事誠實交代。」

「你確定是她嗎？」

「我們找到她當時帶的包包，還有幾樣其他東西。目前這樣已經足夠了。」

「我得要通知家屬。」艾美一想到這點，一顆心就急速下沉。與普萊斯家的會面仍讓她深感罪咎，但是拜訪薇薇安．霍登親屬的事非安排不可。她已對唐納文明確表示：負責傳達消息的人必須是她。

「我不認為你們的預算有那麼高，」唐納文說。「他們去年移民到澳洲了。」

「噢。」艾美抬起右手扶在額前，努力思考下一步。「我們有他們的電話號碼嗎？」

「有，」唐納文說，「但他們已經知情了。他們有朋友到了墓園來。自從芭芭拉被發現之後，他們就保持密切關注。」

「別告訴我了。也傳到臉書上了嗎？」艾美哀嘆道。

「嗯，恐怕是的。媒體也到場了，真是群該死的禿鷹。我們拚了命才沒讓他們接近。」

「重點是你們找到她了。我真是感激不盡。」

「這是我的榮幸。我可不是每天都有機會在這麼大的案子裡推動進展。」

這對艾美而言不只是個案子，但她不打算告訴他。

「希望我們不久就會有溫蒂的消息。我會在這邊加緊施壓。我們保持聯絡。」艾美感到體內一陣絞扭。莉莉安會要求用什麼來交換這最後一項資訊？她肯定會把好戲留到最後的。

29

妙莉在睡夢中呢喃，感覺到一雙手在她髮間輕柔撫觸。每到週末，媽媽總會溫柔地叫醒她：摸摸她的頭頂，再擺一杯茶到她床邊。但當她醒過來，魚肉和腐朽木材的臭味就提醒了她這裡並不是家。

她彷彿從迷霧中浮出，頭痛不已。這不是正常的甦醒。她的舌頭感覺大到嘴巴容納不下，身體自發地不適。一雙戴著手套的手輕撫她的臉頰，往下摸到她的肩膀，最後把毯子拉到她腰際。妙莉一發覺現在是什麼情況，就放聲尖叫。她縮起膝蓋，在床上往後退。「別碰我！」她喊道，手抓著髒兮兮的毛毯遮在胸前。

綁匪不再透過窗孔窺視，而是坐在她的床緣。他透過黑色塑膠面罩吸進一口氣，空氣中響起一陣乾燥的沙沙聲。

「噓……妙妙要安靜。」又是同一個含糊而扭曲的嗓音，以及沙沙的呼吸聲。妙莉的心臟抵著肋骨狂跳，眼神掃視室內。如果她有辦法逃……她到得了門邊嗎？

「呼呼在這裡。如果妙妙乖乖聽話，呼呼就可以活命。」綁匪靠向床尾，提起一只寵物籠，裡面關著她心愛的貓咪。

呼呼看起來可憐極了，白毛上沾黏著一塊塊的污黃。牠一看到妙莉，就大聲喵喵叫，用爪子抓著籠門。妙莉表情扭曲地慢慢靠近籠子，撐著鈍痛的頭，從牙齒之間吸氣。

「妙妙在頭痛嗎？」綁匪說著拉開身上看起來尺寸過大的軍裝夾克。

他是男的，至少就她判斷是如此。他身上處處包得密不透風，幾乎無從判別。在極為短暫的幾秒鐘內，妙莉感覺到了希望。他看起來不是那麼強壯。既然如此，他是怎麼把她弄來的？事發的時候，埋伏在她背後的不止一人嗎？整個過程感覺都模糊又遙遠，但當她瞥見一把手術刀的刀柄，她的感官立刻敏銳起來。細細的刀身從綁匪的夾克口袋裡突出，看起來比獵刀更嚇人。逃脫的希望死滅殆盡，她垂下了視線。

隨著鋁箔剝開的聲音，兩顆止痛藥被放到了床上。綁匪彎身從地上拿起一個塑膠袋，放在她腳邊。又是食物。但她的貓怎麼辦呢？她打開包裝紙，撕下一塊鮪魚黃瓜三明治，向床邊的籠子伸出手。她依舊抓緊毯子，眼神看向綁匪尋求准許。

他點頭，面罩後的眼睛微微發亮。他出神地看著她把半個三明治從生鏽的籠柵之間推進去。籠裡固定著一個小小的鐵製容器。妙莉緩慢而謹慎地移動，將穿著長襪的雙腳踩在地板上。警戒地往旁瞄了一眼之後，她轉開水瓶，往鐵碗裡倒了不少分量。呼呼吞下最後一點麵包，帶著極度的乾渴跑去喝水。

妙莉忍住眼淚，退回床上的角落。她迅速觀察籠子，上面裝的是彈簧鎖，呼呼無法獨力打開。

「你是誰？」妙莉問。她不敢問他抓她要幹什麼，怕他不知道會說出怎樣的答案。

「不要說話。」他回答。外面一陣突如其來的風吹得船隻嘎吱作響、搖搖晃晃。妙莉本來都忘記了外面的世界，這裡只有她、呼呼、綁匪和她腦袋裡無休無止的頭痛。

「你是誰？」她又問了一次，急切地想要搞懂他的意思。綁匪靠向她，從口袋裡滑出刀子，她愣住了。她想跑掉，想猛搥那扇門然後逃出去。但是內心深處有些什麼叫她別動，半點也別動。當他將手術刀湊近她的臉，她呼吸短促，全身僵硬。「對不起，」她說著緊抓住毯子。「拜託別傷害我。」她緊閉雙眼瑟縮著，他輕鬆地割下一綹她的頭髮。他緩慢而刺耳地呼吸，將長長的金色髮絲收進口袋。

「下次妙妙不守規矩，呼呼就要挨刀子。」

妙莉猛然點頭表示願意合作。

他起身時，她想要問能不能把呼呼留在她身邊，但又想起他要求她安靜。他過了幾秒就消失無蹤，也帶走了貓，牠的喵喵聲充斥在船艙裡的空間，然後漸行漸遠。她一直等到聽見他的腳步聲踩在上方，才從床上起來。她爬到床尾，看到一個桶子和一包濕紙巾。他進出門的時候怎麼可能不吵醒她呢？她回想自己被綁走的時候，臉上被壓了一個面罩。他對她用了毒氣嗎？她不記得自己昨晚有睡著，只有蜷縮在金屬床上哭泣。

她往攤在床上的三明治包裝紙瞄了一眼。保存期限還沒有過。綁匪留她獨處的時間久到足以去買新鮮食物嗎？她堅決地咬緊牙關。哭哭啼啼的時間結束了。她不會留在這裡變成另一個統計數字。不管綁匪是誰，他都別想殺掉她的貓。

30

一如往常，艾美在與莉莉安通話時將辦公室關上門。她坐在桌前，頭垂得低低的，桌燈在室內投出一道陰影。

「妳想怎樣？」她怒道，沒有心情玩遊戲。

但莉莉安似乎對她不客氣的語調渾然不覺。「為什麼要讓妳的主任把功勞全端走呢？妳覺得自己不值得讚賞嗎？」莉莉安停頓一下，狡猾地換氣。「還是妳終於意識到真相了？」

「我們如何處理調查不干妳的事。妳什麼時候要給我溫蒂．湯普森的所在地位址？」

「我親愛的珀比，」莉莉安說，藉機用她的舊名稱呼她。「總是這麼沒耐心。我還在等妳為前兩個人的消息向我致謝呢。」

「致謝？不就是妳把她們埋在那裡的嗎。」艾美難以置信地搖頭。莉莉安的良心微渺到幾乎不存在，說服她幫忙的唯一方式，就是讓她相信自己有利可圖。「湯普森太太來日無多了。如果妳在她死前告訴我們溫蒂的下落，想想那會讓妳在媒體上看起來多光采。」

「別忘了假釋委員，」莉莉安回應。「他們也會因此留下好印象。尤其是如果他們知道我在外面有個女兒樂於支持我。」

「曼蒂？」艾美嗤之以鼻。「她只是勉強忍受妳。」

「我們倆都知道，我不是在說曼蒂，」莉莉安說。「好了，妳要鬧脾氣鬧一輩子嗎？我在幫助妳的事業，但妳一點尊重都沒表現出來。妳還想要我給妳什麼？想吸我的血嗎？」

「首先妳可以告訴我，妳為什麼打電話來，」艾美說，不理會她的陳腔濫調。現在時間晚了，莉莉安打來一定有其理由。她到底怎麼有辦法用電話？「妳要給我地址嗎？」

「噢，少來，妳知道事情沒那麼簡單。我不能就這麼交出我保守多年的祕密啊，總不能沒有回報。」

「什麼回報？」艾美說，希望她們的對話盡快結束。

「再一場家人團聚，」莉莉安回答。「妳一定料想得到吧。妳和戴米恩該重新熟識一下了，你們有很多事好聊呢。」

「我假設他已經知道了？」艾美說著從桌子另一側把一支筆滾過來，翻開便條本要記下地址。

「當然。妳明天就去見他。別跟我說什麼工作走不開的廢話。妳的派克主任因為這件事成了當紅炸子雞，妳不管要什麼她都會給。」

「地址呢？」艾美說。她不打算反駁；她沒有看過派克如此得意。再說，她越快把這場會面解決掉越好。近來，她感覺莉莉安入侵了她生活中的每一個層面。她吃不下，睡不著，分分秒秒都反胃到不行。她只想要一切回復到以往的模樣。但是她早該知道，莉莉安不會讓事情那麼好辦。

「我要他到妳家去，」莉莉安說。「我對外面世界的發展很感興趣。我要聽聽妳跟妳親愛媽咪的大小事。」

「門都沒有。」艾美的聲音堅定。

「我想是有的喔。如果妳還想幫那個姓湯普森的賤人找到她女兒的屍骨。」

「妳真是令我作嘔，」艾美啐道，再也忍不住怒氣。她看過溫蒂・湯普森在新聞上的照片，是個漂亮的十二歲女孩。她的情緒溢於言表。「妳知道妳是多噁心的人渣嗎？」

「我也愛妳喔，親愛的女兒，」莉莉安輕輕帶過回答。「我會數到三，可別以為我是在虛張聲勢，一點也不。這件事牽涉的代價比妳想的更高。」

艾美梳理著思緒，沉默籠罩在兩人之間。莉莉安吸了一口氣說：「明天是他的生日，所以我想要妳幫他泡茶，做司康配鮮奶油。我們這裡頭沒什麼好東西，但我很想聽聽你們的下午茶如何。」

「妳要我扮家家酒，好讓他跟妳報告？我才不幹，」艾美說。「妳不屬於我的人生。」

「但現在說的不是我，對吧？」莉莉安隨即回答。「是妳的哥哥——妳的血親。他不曾對妳不利。這一切都不是他的錯……除非妳要說他是共犯。那樣一來，妳也算是。」她的話語間點綴了一陣笑聲。「妳不能逃避一輩子。如果妳棄他於不顧，妳就是天下最虛假的偽君子。」

莉莉安的話中隱含著某種真確性，在艾美聽來深刻入骨。「我會幫他買星巴克的糕點。不要就拉倒。」

「那就算了，妳的湯普森太太就要在不知道女兒下落的情況下死掉了。妳能想像嗎？凝望著虛無的深淵，知道小女兒能夠安息所帶來的慰藉就這麼被奪走。」

停頓了一拍之後，莉莉安再度開口。「真可惜事情要這樣結束了。我想三分之二的成功率還不壞吧，就像那首歌說的[8]。我告訴妳，我覺得可以慷慨一點，給妳三秒鐘決定。」

艾美抹抹臉，拉扯著皮膚。她真希望能踏進別的某個人的身分裡，去到任何除了這裡以外的地方。這就是多年來羅柏試圖保護她免於面對的事物嗎？這女人真是個怪物。但是她又有什麼選擇？

「一。」莉莉安開始倒數。

艾美吞吞口水。她真的有辦法邀戴米恩踏進她母親的家嗎？她的舊套房已經轉租出去了，她沒有別的地方可去。

「二。」莉莉安的聲音切穿她的思緒。

那麼，芙蘿拉呢？她會需要設法讓她離開家裡一個小時。但話說回來，溫蒂·湯普森的母親呢？她難道沒有資格得到平靜嗎？來自這個犯下恐怖暴行的家庭，艾美於她有所虧欠。

「三，」莉莉安說。

「好，好，我做就是了！」艾美對著電話大吼。她吸進一口氣，心裡咒罵著自己的失態。她知道莉莉安喜歡對她造成影響。「只有我跟戴米恩。我不要讓我媽攪和進來。」稱芙蘿拉為媽媽讓艾美獲得一絲滿足。

「成交。」莉莉安回應道。

「等等，」艾美在她掛斷電話前說。「他要怎麼知道去哪裡見我？」

「他明早會打電話到妳的辦公室，妳到時候就可以把地址給他。誰知道呢，妳之後說不定還會感謝我。我曉得我把家人間的距離又拉近了一點，晚上也會睡得更好。」

艾美搖了搖頭。她生母可以變換的臉孔比蛇髮女妖還要千變萬化。「妳不能現在就把溫蒂的所在地告訴我嗎？我們時間不多。」

「哼，湯普森太太倒是很有時間一直上報紙上電視呢，」莉莉安說，彷彿她在某種層面上成了這整件事之中的受害者。「真成了個小咖名人。她死了我倒高興，妳也該高興，畢竟她那樣污蔑我們家的名聲。」

「對她慈悲一點吧。妳可以現在就結束這一切。」

「慈悲？」莉莉安嗤了一聲。「都是因為她，我才在媒體上這麼招人痛恨。因為她，和她那個兒子。可憐的溫蒂她媽，彌留得有夠久。如果要問我，我看那根本都是裝的。」莉莉安對著電話潑罵一番，怒火高漲。「去它的，這事件裡的受害者是我才對。想保護家庭完整的也是我。」

艾美舔了一下嘴唇，嚐到膽汁湧上喉嚨造成的苦味。與莉莉安對話引發她生理性的反感。

「我要走了。除非妳還有別的事要告訴我……」

「我等不及要聽妳和戴米恩相處得怎樣。妳不知道我願意付出多大的代價，只為了讓我的家

---

❽ 指肉塊合唱團的〈Two Out of Three Ain't Bad〉一曲。

人好好在一起。總有一天妳會懂的。」

話筒掛上，線路上只剩雜音，艾美納悶著莉莉安・葛萊姆斯的妄想究竟有多嚴重。她為何如此執迷於讓艾美和親生兄姊相識？真的只是為了得到假釋委員的好感以換取寬待嗎？近期的事件在媒體上聲量很高，報章利用無辜生命淪喪的故事牟利，但有些報導則寫出莉莉安的人生中些許堪憐之處，呈現了不同的觀點。深夜時段的電視節目爭論她是否應該因為悔罪而得到同情。艾美想要對著電視尖叫，叫他們想想那些被害者，想想莎莉安。奇怪的是，他們提到無辜的被害者時，鮮少提及她姊姊的名字。她是有污點的，他們全都是。一股無助感迎頭衝來。她討厭處理陳年舊案，她總會有種空虛感，因為案子裡已經沒有可以拯救的人了。艾美能做的就只有為無聲的死者代言，盡她所能幫助案件所牽涉的家屬。她關掉桌燈，坐在陰影中獨自思考。重整往事帶來的是一種獨特的痛苦。

31

「今天上班很累？」伊蓮一面問，一面按著派弟的肩膀，試著把僵硬處推散。

「真不知該從何說起。」派弟在伊蓮魔術般的手法下輕聲呻吟。他很高興能回到家，坐在他們小小的廚房桌邊。他的晚餐在烤箱裡加熱，肉汁搭配爐子上煮滾的烤牛肉。他遲歸了三小時，但是伊蓮一如往常地體諒理解。他滿足地嘆息一聲，啜飲罐裝啤酒。跟她在一起，讓一切都變得可堪忍受。她的手指滑過他脖子時，他痛得皺起臉。

「對不起，」她說。她在他頭頂親了一下，粉紅色毛衣掃過他的臉頰。「那燙傷要過一段時間才會好。我還以為你是在高級又安全的辦公室工作呢。」

派弟微笑著又擠出一句謊言。「親愛的，妳了解我這個人，看到架就想打。」

「真的，看看你都帶了多少瘀青回家。你的偵緝督察怎麼想呢？」她轉身去攪拌肉汁。由於廚房的空間限制，她始終離他不遠。

「她有事心煩，魂不守舍的。」他重重嘆了口氣，手指握緊啤酒罐。「我不知道她最近是怎麼了。我是說，她一直喜怒不形於色，所以這次不管是什麼事，一定很影響到她。」

「工作壓力？」伊蓮說。她關掉瓦斯，戴上隔熱手套。

「我看她辦過比這更棘手的案子。妳知道嗎，今天她開會報告講到一半竟然結巴了。真是奇怪。」

「她可能只是舌頭打結吧，」伊蓮說。她背對派弟，把烤盤拿在空中。「莉莉安・葛萊姆斯的案子一定帶給她很大壓力，何況她父親又剛過世。」

派弟看著她將晚餐盛盤，感激她的智慧之言。「也許吧。」

「妙莉・帕克沒有消息嗎？」她說。「我想這也是雪上加霜。」

「妳怎麼知道我們在辦她的案子呢？」派弟說。他握著刀叉的手揪緊了。他努力避免在枕邊閒話中洩露口風。規則很清楚，尤其是針對廣受矚目的案件：禁止與同事以外的任何人討論工作內容。

伊蓮將餐盤放在他面前。桌上放著一束鮮花，是他對她表示的一點小小謝意。她拉出一張椅子跟他一起坐著。她有一次說，照顧你的另一半是件給人滿足感的事。她這麼說太好心了。事實是，他的廚藝糟糕透頂，所以只好在其他方面多寵著她。正是因此，當她為他備上食物，他覺得要拒絕回答她的問題實在太難了。

「你是在高關注度案件小組，所以很顯然這算是你們的案子……不是嗎？」她托著下巴，旁觀他把牛肉堆到叉子上。「我想你們還不知道她在哪裡嘍？」

「真好吃。」派弟一面說，一面嚼著偏硬的牛肉。牆上的鐘在兩人之間一秒一秒地大聲滴答響。

伊蓮吸了一口氣，藍眼中閃耀興味盎然的光芒。「如果你想換個話題，說一聲就好了。我的病人沒有多少趣事好談，但如果你想聊聊擦澡和放屁，我奉陪。」她在私立醫院兼職打工貼補家用，這份工作又一次證明了她善於照顧人的天性。

「對不起。」派弟咧嘴笑道。「妳對我太好了。妳實在不用煮飯的，我可以在回家路上買個炸魚薯條就好。」

「不麻煩的。我三點就下班了，煮飯也讓我有點事做。再吃點蘋果派會太晚嗎？」她問，並且看了牆上的時鐘一眼。

「永遠不嫌晚。」儘管已是深夜，派弟仍這麼回答。

「對了，妙莉還沒有任何消息。」她為他費心做了這麼多事，感覺還是該給她個答案才對。「我們檢查過了證人陳述、監視錄影，也做了犯案現場還原和報案窗口。妳知道我們得到多少條確切線索嗎？」

伊蓮挑起眉毛。「洗耳恭聽。」

「一條也沒有。至少實打實的線索是沒有的。我們從相隔兩戶的鄰居家電燈開關採到一枚指紋。案發現場遺留了一條項鍊。有個鄰居聽到尖叫聲，看到一輛廂型車開走，但之後就……沒了。她就像人間蒸發似的。」

「那塊就算了吧，親愛的，看起來跟舊靴子一樣硬。」伊蓮說，看著他在戳盤子上的肉。微波爐傳來「叮」一聲的幾秒後，一碗熱騰騰的派和自製卡士達奶油就擺到了他的鼻子下。伊蓮從抽屜拿了第二根點心叉，給他盛了好大一份。「真是個可憐的女孩子，她媽媽一定難過極了。你知道，報紙上全都在寫，要不是報導她的事，就是緊盯著莉莉安．葛萊姆斯。真不知道你是怎麼辦到的，我光想就發抖。」

「很美味，謝謝。」派弟說，用湯匙指著點心。

「希望你不會飽到睡不著。」伊蓮說。她接收到了工作話題到此為止的暗示。

派弟溫柔微笑一下，然後大快朵頤。晚上讓他睡不著的東西比蘋果派糟糕多了。明天，他就得回到潔若汀身邊。他吞嚥時感到喉嚨一緊。他過著雙重生活，知道這樣是錯的，卻還是太快陷入了愛情的旋風。真難相信，他竟然才認識伊蓮一年而已。派弟又吃了一口，品味著以愛意做成的點心。他不但自私，更是個懦夫。他和潔若汀的婚姻會四分五裂是他的錯。他們的寶貝女兒喪命也是他的錯。如果伊蓮知道他是什麼樣的人，她還會要他嗎？要是沒有了她，日子就不值得過下去了。也許潔若汀感覺到他在準備離開。至今為止，愧疚和羞恥都把他綁在家裡。她有廣場恐懼症，他怎麼能丟下她一個人？但是此外還有一項更重大、更醜陋的事實：過去這幾年來，他太太一直在毆打他，暴力程度逐漸升級。其實他害怕不已，不知道該何去何從。

32

艾美拿起茶匙，在西裝褲的褲腿上擦拭，再擺回桌面。茶匙光滑閃亮，其他的餐具亦然，但就是有哪裡不對勁。跟戴米恩見面感覺不對。不只是他們共同經歷的往事令她不安。芙蘿拉的話一直在艾美腦中循環播放，她說她的兄姊「受創太深」無法接受收養。這段話也和莉莉安不惜代價維持家庭完整的說詞彼此融混。為什麼把他們帶到一起這麼重要？莉莉安最終的目的到底是什麼？她說要取信於假釋委員一事聽起來是真的，但是一股不祥的預感警告她，事情並沒有這麼單純。

她昨晚又失眠了，今早拚了命要專注工作。如同莉莉安所預測，派克主任欣然准許這次會面，只要是跟案件有關都可以。正面宣傳帶來的後續效益讓她滿面笑容，但是他們的壓力在於找到最後一個埋屍地點。至於妙莉又是另一回事了。有更多警探被徵召來協助，艾美今天稍晚也會和特警開會。她和戴米恩的午餐時間安排了三十分鐘，她希望這場必定讓雙方都頗感不適的會面最終會有價值。

過去的事已經結束了，再也不能傷害到妳，她提醒自己。但要是戴米恩不作如此想呢？她看了看錶，心生些微煩躁。他遲到了七分鐘。一陣來自記憶中的回聲浮現：莉莉安打趣說他總有一天連參加自己的葬禮也會遲到。學校老師寄信來抱怨戴米恩總是上課最晚來、下課第一個走。四歲時的艾美死命想和哥哥姊姊一起去學校，但是被迫待在自己房間。她不止一次拿著破布娃安[9]的玩偶在窗邊玩，窗外就是她父親拿著鏟子掘土。

艾美沉浸在回憶中，同時試著撫平亂翹的頭髮，把紅木色的髮絲夾在指間滑過，彷彿她的手是整髮電棒。她一鬆手，頭髮立刻彈回原狀。門上突然的敲擊聲讓她驚跳起來，她起身前看了一眼她準備好的餐桌。

她做了個深呼吸，打開門，臉上不帶情緒，姿態挺直。戴米恩垂著肩站在她面前，她認出他來時感到一陣刺痛。他凝視她的樣子彷彿在看一個陌生人，她請他進門之前，他尷尬地在門階上拖著腳步。他的棕色捲髮剪短，臉上的鬍子好幾天沒刮。他身形瘦削，沒有父親的堅定神態，但是五官仍然和傑克有著令人發寒的相似。他長得比艾美高，舉動卻顯得笨拙，身上穿的是T恤和牛仔褲。

「請進。」艾美微笑著說。互相介紹寒暄在此沒有必要。「還有，生日快樂。我準備了些茶點。」

戴米恩跟著她走進廚房，深色的眼睛左顧右盼，把整間房子的每一吋都看遍。空氣中充滿了咖啡香，還有附近麵包店買來的司康香氣。諾丁丘到處是高檔的烘焙坊、熟食店和咖啡廳，所以不難買到。桌上的碟子、鮮奶油和果醬旁邊另外放著一壺新鮮柳橙汁。

他拉出椅子，等她入座之後才坐下。

「你喝咖啡嗎？」艾美說。她不習慣如此緊張的感覺。「如果你偏好喝茶，我可以去泡。」

「妳有烈一點的東西嗎？」戴米恩回應道，臉上表情緊繃。

「抱歉沒有。」艾美謊稱。她在他來之前把烈酒全都藏了起來。也許他只是想壯個膽，但是她希望他們的對話能夠簡短扼要、在清醒狀態下進行。

「那咖啡就行了。」他平淡地說。

艾美倒飲料時抬起視線，對上了他不信任的目光。她習於在他人放下防衛時仔細觀察。戴米恩轉開眼，拿了一個司康到盤子裡，先抹果醬後抹奶油，接著咬了一口。艾美等他吃完才拿自己的。在如此詭異的情境中，閒聊並沒有意義，戴米恩顯然也不是個健談的人。她覺得不如乾脆直接切入重點。「你為什麼提議在這裡跟我碰面？」自從接到要求，這個問題她就不吐不快。

戴米恩聳聳肩，吞下他分成三口吃完的司康。「在這裡有何不好？這裡不就是妳家嗎？」

「是我目前住的地方。我的套房轉租出去了。媽不知道這些，我希望繼續保持現狀。」她說服了芙蘿拉去髮廊待一兩個鐘頭。她的哈巴狗朵蒂睡在她的房間裡。艾美不想要她過往生活的任何部分和她的新人生互相碰撞，而且她相信朵蒂不會喜歡這位新來的客人。

戴米恩大聲喝著咖啡，然後對艾美投以疑問的眼神。「這是她的主意，不是嗎？」她這個哥哥只比她大幾歲，但飽經風霜的皮膚看起來就像個注定一生勞苦的人。

「不，我指的是我的養母，」艾美回答。「我爸最近剛過世，她吃了很多苦。我不想讓她更

❾ Raggedy Ann，英美一九八〇年代流行的娃娃，做成紅髮小女孩造型。

難過。」

戴米恩微微偏了一下頭，盯著她看。「妳以我們為恥。」

艾美現在知道，稍早在他聲音中聽見的輕蔑不是她想像出來的。他來這裡的時候就滿心惱怒。他的攻擊性升高了，從一堆餐點中拿起三明治之後用摔的放上盤子。

她迅速編派出一段答覆。她絲毫不想爭吵。「一切都發生得太快了。我還沒有機會跟她解釋。」她倒了咖啡，用銀湯匙攪拌。「你多吃點吧。我知道我準備得太多了。」當她的目光與他交會，她臉上的笑容隨即消去。

「真是高級。」他說著咬了一口三明治，嚼了兩下便吞下去。

艾美嘆了口氣，本來就微乎其微的食慾現在也沒了。爐台上方的時鐘一秒秒走過，她在椅子上不安地變換姿勢。「我不知道該說什麼。你很明顯在生我的氣，但我不知道自己做了什麼。」

戴米恩用手背擦嘴，臉色漲紅。「妳念私立學校、做高薪工作，這些我全聽說了。妳忘了妳的根。難怪妳不想跟我們這種人接觸。」

「聽起來像是有人在挑撥，」艾美說，心裡納悶莉莉安是如何得知她的教育背景。「我不會為我是什麼樣的人而道歉。我們全都得學習把破碎的生活拼回原狀。」

「只不過有些人學得比其他人輕鬆。」

「但你不認識我，對吧？所以你也沒有立場批判。」

戴米恩唇間發出苦澀的笑聲。「妳只是因為迫不得已才跟我見面。」

「沒有人強迫我。我是在嘗試彌補我們的家人過去造成的某些傷害。」艾美可以感覺到過去幾週累積的壓力在反撲，脾氣逐漸浮躁。「如果你對你的人生感到憤怒，不如把重點放在那個原本應該保護我們安全的人身上。」她等待對方回應，但沒等到。「我親眼看到傑克謀殺了我們的姊姊。」艾美喘了口氣，恢復鎮定。「但是我可沒把傷痕當成榮譽勳章。我感謝把我撫養長大的人，驕傲地從事著能夠改變他人生命的工作。」

戴米恩沉默地看著她。他拿了咖啡壺斟滿自己的杯子，茶匙碰撞瓷器的聲音響徹室內。「好一番漂亮話。」他停下來喝了一口。「但是妳有兩個姊姊、一個哥哥，妳原本可以試著聯絡。問題是，妳只在乎妳自己。」

「警察把我帶走時，我才四歲。把那一切阻擋在外是我繼續度日的唯一方法。再說，這也不只是拿起電話或是搜尋你的地址這麼簡單。」

「妳知道媽媽在哪裡，」戴米恩說，嘴唇勾成一副獰笑。「噢，我指的是我們真正的媽媽。被妳害得坐牢的那個。」

艾美難以置信地搖頭。戴米恩真是執迷不悟，這就像對著一堵磚牆講話。他積聚了心中所有的恨意和怨懟，導往她的方向。問題在於，他責怪的是個四歲小孩。很明顯，莉莉安一直在灌輸他有毒的思想。氣氛越來越凝重，艾美忍住想要離開現場的衝動。

「我明白。你生氣是因為我被芙蘿拉和羅柏收養。」她嘆氣。「我多希望他們能收養我們全部三個人。也許事情就會有不同的發展。」

戴米恩深深皺眉。「我生氣是因為妳背叛了我們的媽媽。妳知道那封信寄出去之前，她琢磨了多久嗎？她還去上了英文課，免得讓妳嫌她丟臉。她整天都在談妳。她說她怕妳會拒絕。我叫她試試看，因為我所記得的珀比是很在乎家人的。結果看起來我搞錯了。」

艾美張口結舌。「你是認真的嗎？你真的原諒了她過去做的事？」

「當然，她可是我媽媽。如果妳好好聽她講，妳就會知道那都不是她的錯。」

「她是個殺人犯，」艾美說，臉龐有熱流湧上。「那些性愛派對，那些被她邀到我們家裡來的人。你難道要說那都是我想像出來的嗎？」

戴米恩把杯子放到一旁，說話時表情誠摯。「那是爸做的，全部都是。她就跟我們一樣怕他。她不該坐牢的，我們得把她救出來。」

「你說把她救出來是什麼意思？」艾美不敢置信地說。「她有罪。你沒辦法反駁那些證據。」

戴米恩搖搖手指，指甲咬得幾乎露出指肉。「如果她是被誣陷的，就可以反駁。她當時準備要離開他，她跟婦女收容機構都安排好了。但妳偏跑去跟社工大嘴巴亂講，如果妳再多等一個禮拜……」

「啊，我現在懂了。這就是她要我們見面的原因，要討論提出上訴。現在一切都明白了。」艾美面露微笑，但一雙灰眼中怒火騰騰。「這個嘛，不可能，我不會讓它發生。」想到莉莉安獲釋出獄，她全身的血液就不禁發冷。

「真相必須公諸於世。」戴米恩說著從椅子上起身。

艾美站起來，字字堅定地說：「你可以把我說的轉告她：她有罪，我希望她在牢裡關到天荒地老。」

「妳自己告訴她，」戴米恩回應道。「她想要妳再去探視一次。這次妳不會想錯過的。」

「我不會再去探視了，」艾美回答，並走向前門準備送客。「這是個爛透的主意。我達成我這一方的條件了。她別想再逼我給她什麼。」

戴米恩的笑容宛如剃刀般銳利，眼神冰冷。艾美抬起手伸向門栓時，他抓住她的手腕捏緊。「如果妳重視妳的工作，妳就得去見她。」

艾美用盡了全副的自制力才沒用膝蓋撞他胯下。「手放開。」她抽回手腕，然後將門打開。「我要你立刻離開。」

「真相令人難以承受，對不對？當妳只想聽到謊言。」戴米恩怒瞪著艾美，然後將門大大推開。外面的天空積著烏雲，孕育著尚未落下的雨水。

艾美失神地站在原地。他說的話她曾經聽過。她的雙手顫抖著，從口袋裡掏出手機在推特上搜尋。她要找的那段引言閃現在螢幕上。

#協尋妙莉　當你只想聽到謊言，便難以承受真相。

艾美臉色發白。戴米恩和妙莉的失蹤有關聯嗎？她往路上看去，但他已經不見了。她隔著西裝外套摸索車鑰匙。該是回去工作的時候了。

33

回到辦公室，艾美的腦袋裡充滿了矛盾紛亂的想法。戴米恩說下一次去監獄探視是什麼意思？她發的這頓脾氣可能損及她獲知溫蒂下落的機會，但是聽戴米恩為莉莉安辯護，實在像是被針刺進皮膚底下一般折磨。她原本以為這一切就要結束了。她的腳步聲迴盪在辦公室走廊上，心情陰沉得如同這個沒有窗戶的空間。兩側的辦公室裡，員警分組工作，全心專注於各自的下一樁案件。但是當艾美的個人生活與工作混雜，專注這件事對她來說就沒那麼容易了。如果派克主任知道了內情，她會怎麼說？更重要的是，她下一步會怎麼做？戴米恩關於真相的說詞也讓她惶惶不安。他不像是講話引經據典的那種人，除非他事先特別查過。他和妙莉的失蹤有關聯嗎？但為什麼會有？他怎麼會做出那種事？需要對他做個背景調查，但是一旦執行就會把他跟案件連在一起。她能夠承受可能查出的結果嗎？她做了個深呼吸，擁擠的思緒朝她進逼。她因為將母親送進監獄而被怪罪，她還能對自己的哥哥同樣那麼做嗎？

她對同事們點頭招呼，加入他們的行列。看到茉莉．巴克斯特警官彎腰去撿一張紙、史提夫．摩斯警官在她背後咧嘴笑著說話，她瞇起了眼睛。他的話不在艾美聽力範圍內，但茉莉站起來時滿臉漲紅。

「茉莉，能跟妳說句話嗎？」艾美說。史提夫臉上的笑容垮了下來，帶給她一股滿足。她原本決心要用人不疑，卻發覺自己對他的好感與日俱減。

茉莉跟著艾美走進辦公室，本能地在背後關上門。她坐上旋轉辦公椅時，手裡緊抓著一張紙。

「都還好嗎？」艾美說著坐在辦公桌對面的座位。「妳剛剛在外面看起來有點不自在。史提夫在找妳麻煩嗎？」

茉莉圓圓的臉頰現在漲成鮮豔的粉紅色，不安之情溢於言表。「沒什麼，」她說。「只是同事間打打鬧鬧。妳知道那種情況的。」

「我知道以前是什麼情況，」艾美堅定地說。「但是那種情況不必然要永遠維持下去。」艾美的父親致力於減少工作場所的性別歧視。他率先鼓勵檢舉，使得男女員警都從中受益，新的訓練內容也強調警界已不再容忍逾矩行為。但是某些老派的警察，例如史提夫，在這方面學得很慢。

「那不是什麼我應付不來的事，真的。如果我遇到問題，就會來找妳的，但他只是有點友善過頭罷了。」

艾美皺起眉頭，試圖解讀她的言外之意。「他對妳有過不適當的碰觸嗎？」

「沒有，」茉莉說著，眼神垂到了腿上。「至少不是刻意的。」她吞吞口水。「他也許有擦邊碰到我一兩次。」

艾美突然間鼻孔擴張，吸進一口氣。她可萬萬不想要小組裡有個騷擾犯。「妳想提出控訴嗎？」

茉莉的臉上閃過一陣恐懼。「拜託，長官，我不想把事情鬧大。他可能根本不曉得自己有做錯什麼。」

「噢，他清楚得很，」艾美抿著嘴唇回應。「我會給他記上一筆。」

「拜託不要，」茉莉說，她的表情彆扭起來。「我是說，我老是隨便亂開黃腔，我媽都叫我小心被人誤會。如果我提出性騷擾控訴的事傳出去，就沒有人要跟我一起工作了。」

「太荒謬了，」艾美回答。「如果我們不挺身反抗，要怎麼阻止這種事呢？那個老蠢蛋都是能當妳爸爸的年紀了。」

但是茉莉相當激動。「我很感謝您關照我，但是老實說，這沒有什麼好控訴的。他只是急著融入大家。被降職之後調到新的組別，一定不好受。前一分鐘還是督察，下一分鐘就成了一般警官。」

「那是他自己的錯。他能待在這個小組已經很幸運了，而且他如果想努力融入，必須要用正確的方法。我會找適當的時機跟他談談，但不會指名提到妳。」

茉莉鬆了一口氣。「謝謝您，長官。」

「盡量少叫我長官吧。感覺有夠老的。」艾美微笑道。「記得，如果妳有事要談，我辦公室的門永遠開著。」在如此高的工作壓力下找時間談話相當困難，但她父親總是能做到，艾美也將之視為自己的要務。

「我會記得，」茉莉說。她的手機在口袋裡響了一聲，她讀訊息時雙頰泛起紅暈。她眼裡有股淘氣的光芒，用嘴形悄悄說：「是約會軟體。看起來我今晚不用跟熱水袋一起睡啦。」

她離開時艾美還在微笑。並不是所有的警察都這麼隨意分享私人生活。但是茱莉和艾美一樣有個當警察的父親，即使在官階較高的同僚身邊也能保持輕鬆態度。從茱莉的表現看來，她可以判斷史提夫的行為已經越界，而且就算講過幾句有色笑話，也不代表她就是個隨便的人。艾美也知道，史提夫如果發現茱莉是同志，一定會感覺自己離譜透頂。

「辦公室政治啊。」她把腦中想的話說了出口，然後長嘆一聲。她站在窗邊瞪視史提夫，知道他感受得到她集中火力的目光。是啊，你儘管翻白眼吧，她發現他的動作時，心中如此想。翻一翻可能就找得到你的腦子了呢。她稍後要跟派弟談談這件事，並且密切觀察這兩人。她辦公桌上的電話響了，她轉開視線。此刻，她最想要的就只是杯濃濃的咖啡，還有坐在桌前整理行程計畫的時間。派克主任的名字出現在螢幕上，她的心跳漏了一拍。

「長官，」艾美尊敬地說。「有什麼事交代嗎？」

「很多事，」派克回答。「我剛剛跟莉莉安・葛萊姆斯進行了一段相當有趣的對話。」

艾美愣住了，緊緊抓著電話。下午和戴米恩的會面並不算順利，莉莉安是因為她沒有敞開雙臂歡迎他而生氣了嗎？她打給派克把艾美的真實身分告訴她了嗎？她小心斟酌字句，費盡心力掩飾她的憂慮。「妳跟莉莉安談過話？為什麼？」

「我接通電話時，也問了自己相同的問題。她想要我們再安排一次外出。她會把溫蒂・湯普森的埋屍地點給妳。幹得好，妳和她兒子見這一面肯定很有成果吧。」

派克語調中的熱切讓艾美知道一切都還好。她假定他們是在咖啡廳裡見面，艾美也沒糾正她。

「滿奇怪的，」艾美照實表示。「他想討論幫莉莉安上訴的事，我告訴他這機會渺茫。我是很高興她同意告訴我們溫蒂的下落。」

「那絕對不是件簡單的事，」派克回應道。「他們一定是整家人都瘋了。」

艾美僵住了。「我還是不懂她為什麼要打給妳。」

「按她的說法，她知道溫蒂的母親已經『一隻腳進了棺材』，所以每一秒的時間都很寶貴。我們已經在跟獄方安排，讓妳今天就可以陪同她外出。」

「這麼快？」想到要再次跟莉莉安見面，艾美的肚子就翻攪起來。她能夠在同一天內面對原生家庭的兩個成員嗎？「我和一位特警，維多利亞．桑莫督察約了開會。她負責過一些受到高度關注的失蹤人口案件，得到理想結果。」

「重新安排時間吧。妙莉的案子有專人好好處理。」派克切換到領導者模式，每個字都說得堅決。「我託了好多人情才讓莉莉安今天暫離監獄，她堅持要由妳陪同。」

她當然堅持嘍，艾美苦澀地想道。她就是忍不住要在人傷口上撒鹽。「是的，長官。」艾美答覆。她可以提一下戴米恩關於真相和謊言的論調帶給她的擔憂，但她尚且不知這是否有真憑實據。她的手撫過記事本，劃掉她跟維多利亞的會議，在下方寫了莉莉安的名字。

「我什麼時候該出發去監獄？」艾美問，筆懸在空中。「我們有司機嗎？還有後援人力？」

「都安排好了，」派克回答。「妳一個小時內就要出發。但我還需要妳先去見一個非常重要的人。」

34

「謝謝妳過來，」葛拉蒂絲．湯普森說。她按下升降床按鈕時，看起來虛弱無力。她不像艾美所預期的待在醫院，而是接受居家特別療護。她的兒子約翰隨侍在側，處理她的一切需求。他的年紀比艾美小，留著一把大鬍子和棕色短髮。艾美無法想像在如此悲傷的陰影下成長會是什麼樣的感覺。

「我知道妳是個大忙人，但我還是想見妳……」葛拉蒂絲的語句在她停頓換氣時渙散。她眨著眼，即使是這樣的小動作對她而言顯然也十分吃力。「想感謝妳所做的一切。妳父親真是個好人，他承諾要把我家溫蒂找回來。而找到她的不是別人，正是妳……我太高興了。」她伸出一隻手，艾美試探性地握住。

通常她都將人際接觸保持在最低限度，但是今天狀況不同。她現在無法去想自己真正的血緣，她不能用那樣的邪惡來污染這趟拜訪。她溫柔地朝著對方微笑。要緊的是說出必須說的話，她不能剝奪葛拉蒂絲所剩不多的寶貴時間。位於一樓的客廳被改造成利於出入的臥室，有著柔軟的地毯和寬大的凸窗，空氣中飄著鮮花的香氣。花瓶旁邊放著一張裝框照片，影中人是十二歲的溫蒂。她的笑容淘氣、金色捲髮柔順，純真得令艾美泫然欲泣。

「我只高興我們終於有所進展，」艾美清清喉嚨說。「我們會帶她回家，我毫不懷疑。」

「我的時間不多了，親愛的，」葛拉蒂絲說，露出知之甚詳的眼神。「我努力盡量能撐多久就撐多久。」

「我很抱歉。」艾美小聲說。這次她完全無言以對。

「知道溫蒂的遺體得以安息，我就能平靜了。也許等我死後，還能再跟她相見。」

「妳的家人調適得還好嗎？」艾美在約翰告退離開室內時說，她已瞥見他眼中含著淚水。

「還好。」葛拉蒂絲微笑道。「我今天有幸見了我的外孫們。我跟我女兒說，我的墓碑要提供免費WiFi，這樣他們才會更常來看我。」

艾美的輕笑讓房間裡亮了幾分。

「妳笑起來真好看，」葛拉蒂絲說。「像妳這樣的年輕小姐，要跟那麼多恐怖的人打交道，我真不知道妳是怎麼辦到的。」

實話是，艾美深受這項工作吸引，但現在她驚恐於自己對連環殺手的著迷。同類相識。她的笑容淡去了。她拍拍葛拉蒂絲的手，近乎透明的薄薄皮膚下露出血管的網絡。「一有消息，我就會讓妳知道。我們要到艾塞克斯去，那裡的茵格雷夫有個林地墓園，風景很美，種了花，還有一片草原。很有可能溫蒂就是被埋在那裡。」她調查到傑克曾在茵格雷夫工作過幾個月，但她只能祈禱自己不會讓葛拉蒂絲失望。

「我也希望，」葛拉蒂絲說，聲音逐漸顯出疲態。「她喜歡鄉下。她跑出去的那天就是要去那裡。她老是往外跑，但一定在一天之內就回來，對她來說就像玩遊戲一樣。」

「我知道，」艾美說。她看著葛拉蒂絲的眼皮闔上，體力逐漸耗盡。「妳先休息吧，這樣我打來通知的時候，妳就會元氣充足了。我保證會盡我所能帶她回家。」

「如果出了什麼意外……我想要我的小女兒跟我葬在一起，這樣她就永遠不會孤單了。」

艾美如鯁在喉地點頭。她吞嚥一下，臨走前最後一次輕握葛拉蒂絲的手。

葛拉蒂絲的呼吸輕淺，彷彿就在她面前逐漸消逝。艾美傾身在她耳邊悄聲說出她父親多年前曾許下的諾言。「我會把她帶回到妳身邊。」但是這些字句感覺空洞不實。她第一次在工作上做出可能無法實現的承諾。

35

一九八六年

媽咪說得沒錯，社工是壞人，他們現在要來拆散她的家了。穿著厚重靴子的腳步像鼓聲一樣打在地下室的階梯上，讓珀比嚇壞了。他們一開始來敲門時，媽咪試圖把門鎖上，但是他們強行闖進來。戴米恩和曼蒂已經跟著社工上車了，但是珀比掙脫跑回屋裡。

警察搜索地下室時，一切看起來全都失控了。警用無線電的雜訊聲響起，有警察在說他們發現了遺骸。臉色發白、沉默不語的爹地舉起雙手，警察銬住他的手腕。他們的手銬不像媽咪和爹地在地下室用的那種，而是真正的手銬。他們說爹地被「呆捕」了是什麼意思？為什麼他一句話都不說就離開了？

珀比的心像籠中鳥一樣顫跳，她跑上樓梯，進到她以前和莎莉安共用的房間裡。她拉開燈芯絨床單，抓起底下的破布娃安。她用指尖描過玩偶身上用線繡出的心臟，這是她和姊姊的最後一項連結，當她母親的吼叫從樓下傳來，她還有這個娃娃讓她緊緊抓住。她將鼻子貼在布料上，閉上眼睛然後深深吸氣。如果她吸得夠用力，仍然能嗅到姊姊殘存的氣味，但是今天無法，她今天聞到的只有恐懼，還有她們家底下埋藏的腐臭味。她好想哭，但是莎莉安最後說的話言猶在耳。

別出聲。別哭。不然妳也會完蛋。那些話全都顛倒混雜，她記不得每一句警告的順序，但是其中涵義依然清晰。哭是不好的。但她的眼淚依然就要奪眶而出，她可以感覺到淚水就在眼皮邊緣底下，她忍住不哭的同時下巴發抖起來。她緊閉雙眼，吞回眼淚。媽咪今天就沒有哭。媽咪在生氣，非常生氣。也許她應該像媽咪一樣。她抱著娃娃，踮著腳下樓去。一隻手溫柔地搭上珀比的肩膀，她轉過頭去，和造成這一切的罪魁禍首四目相對。是那個社工。

「親愛的，妳不該這樣子亂跑。」瑪裘芮伸出手。「妳不用害怕，我會帶妳去安全的地方。」

珀比的灰眼瞇了起來。她改變心意了。她現在就在安全的地方，她在家裡。她的肚子裡醞釀起熱流，熾烈的怒火取代了悲傷。她突然對眼前的這個女人湧上一股恨意。「滾妳媽的蛋，」她大叫，從她雙唇間傳出的每個字聽起來都好陌生。「臭婊子閃邊，我才不跟妳走！」

一陣尖細銳利的噪音傳來，讓珀比嚇了一跳。那是她母親在門口跟試圖拖走她的警察拉扯。「妳跟他們說了，珀比！妳為什麼跟那些王八蛋說了！」

珀比瞪大了眼睛。雖然從小就聽著莎莉安所謂的「髒話」長大，珀比卻不常跟著講，因為莎莉安不贊同。她現在覺得自己高人一等，像是穿上了一副盔甲，面前這個女社工目瞪口呆的表情顯示她的話產生了正中紅心的效果。媽咪贊同珀比，媽咪對他們的看法一直都是對的。珀比沒頭沒腦地罵，把她聽過的每個髒字都複述出來。她手臂狂揮、雙腿亂踢，在瑪裘芮試圖抓住她時扯開嗓門大叫。

「嘿，喂，小姑娘，妳再這樣下去，妳那個娃娃的頭就要被妳甩掉了。」溫柔的話語輕聲傳來，珀比望進面前這名男子暖棕色的雙眼。珀比把破布娃安拿近，檢查它是否完整。她暫時靜止下來換氣，打量那個警察的模樣。他跟其他人看起來不同，皮膚是深色的，頭髮比她看過的任何人都蓬。

「我叫道吉，」他溫和地說，蹲到跟她一樣的高度。「妳叫什麼名字呢？」

「珀……珀比，」她說著握了握他伸出的手。她的視線越過他的肩膀，看到媽咪和爹地現在都不見了。全家除了她以外一個人也不剩，還有被埋在附近某個地方的莎莉安。

「很高興認識妳，珀比，」道吉說。「妳吃過早餐了嗎？瑪裘芮她弄了很棒的奶油吐司喔。如果妳乖乖的話，她還會再給妳一杯新鮮柳橙汁。」

說時遲那時快，珀比的肚子咕嚕叫了起來。但是還有一件事讓她裹足不前：她不能丟下姊姊。「莎……莎莉安，」珀比結巴地說。她的口語順暢度受到壓力高低影響，而現在她的壓力高到突破天際。

道吉將手放在珀比肩膀上。「我們會照顧她，我保證。我等到她才會離開，而且路上我每一步都會陪著。」他搖頭嘆息。「她不能留在這裡，親愛的。她該到更好的地方去，妳也是。」

珀比點頭接受他的善意。他能理解。她轉身面對瑪裘芮，將自己的手伸進她的大手。看到她在對方手上抓出的傷痕，一股罪惡感席捲了她。她在發脾氣的時候一點也沒有口吃，但她還是個壞蛋，就像媽咪和爹地也是壞蛋。所以警察才要把他們帶走。她哀傷地看了道吉最後一眼，然後讓瑪裘芮把她帶回車上。可是，她接下來會怎樣呢？曼蒂和戴米恩已經被載走了。她沉默地將娃娃摟近胸口；她要把娃娃改名叫莎莉安。媽咪警告過她不要跟社工講話，說她會再也見不到家人。但是那個爆炸頭好人警察說的話正是她需要聽到的。她隔著車窗，看到更多警車停在她家外面。鄰居們現在紛紛站到人行道上，警察拉線封鎖路段時叫他們退後。莎莉安會被找到的，而媽咪和爹地再也不能傷害任何人了。可是她接下來會怎樣呢？

36

艾美試著壓下自己的情緒，但是憤怒從內向外吞噬著她。一如以往，她坐在無標示的警車後座直視前方，努力避免吸入莉莉安身上甜得令人作嘔的體香劑。這是充滿反差感的一天，在今天之內先後見到莉莉安和葛拉蒂絲，徒增她的嫌惡與愧疚。光是要消化戴米恩的來訪就已經夠難了，他們的相會釋放了她的又一段回憶——她在警察突襲家中的時候被社工帶離。戴米恩對莉莉安堅定不移的信任，讓艾美懷疑莉莉安的說詞是否有幾分真實。這值得進一步查證。打給監獄聯絡處的一通電話證實了她一直以來的懷疑：莉莉安對戴米恩謊稱自己在獄中上課，一如她謊稱她在社工介入之前已經跟婦女收容機構聯繫。起初負責調查的員警針對莉莉安的主張查得很詳盡。她提及機構員工也證實沒有接到來電——但是戴米恩不會知道這些事。她還對她編造了什麼謊言？又是因為什麼原因？

莉莉安與傑克是一對危險的組合，是兩個以不同方式應對外界的精神病態者。他們不假思索地從被害者身上恣意掠奪。儘管莉莉安主張自己無辜，艾美仍然確知莉莉安對案件中牽涉的家庭沒有半點同情。她的頭側向車窗，用眼角餘光監視莉莉安。他們快速駛經艾塞克斯時，路旁的樹木融成綠色與棕色的一片模糊。白天只剩下短短幾個小時，但是還有比夜晚更迫切的事物正在逼近：死神已經快要上門帶走葛拉蒂絲．湯普森。艾美已經將通往茵格雷夫墓園的路線默記起來，當莉莉安給出走向另一條路的指示時，她的心猛然一沉。

「我以為我們要去茵格雷夫？」艾美說。她回想起她當天稍早對葛拉蒂絲的承諾。

「妳哪來的這個想法？」莉莉安回答。她的聲音帶著輕快的興味。「妳身為警察的技能帶妳走錯方向了嗎？」

艾美抿緊嘴唇，試圖掩藏自己的失望。「妳為什麼下手？」但她忍不下這個疑問。「溫蒂那時十二歲，只是個孩子。妳為什麼抓走她？我非知道不可。」

「那是傑克幹的好事，」莉莉安表情空洞地說。「他是個禽獸。我告訴過妳，妳不能怪罪在我身上。」她往前靠，給了駕車的警官進一步的路線指示，然後才坐回座位。負責駕駛的是一位艾塞克斯警局的警員，由唐納文督察派遣過來，因為茉莉有事抽不開身。

「再說，」莉莉安額外補充。「如果是我殺了溫蒂．湯普森，我現在就不會告訴妳她在哪裡了，不是嗎？」

她的說法在艾美聽來沒什麼道理。「但妳先前也沒告訴過我們她在哪裡。妳隱瞞了這麼多年。」

「一直到我見到妳為止。我原本可以拿這來交換更高級的牢房、錢、舒適的床，但我沒有。我做的這一切都是為了妳，為了讓我的家人團圓。」

艾美舉起手指抵在唇上，做出「噓」的示意，憤怒的視線從莉莉安身上轉到司機的後腦。她絲毫不想讓關於她們關係的細節傳出去。

「是妳問的。」莉莉安怏怏不樂地聳肩。

她的確是問了，而且她需要知道的遠遠不止於此。她靠近莉莉安，嚴厲地低聲說：「戴米恩說的『當你只想聽到謊言，便難以承受真相』是什麼意思？」

「妳覺得他是什麼意思呢？」莉莉安神祕地說。她聽了那句話似乎不感訝異。

艾美皺起眉頭。她早該知道不能期待得到解釋。「他跟妙莉．帕克的案子有關嗎？她是個失蹤人口……」

「我知道她是誰，」莉莉安插話。「但妳去問戴米恩不是更好嗎？」

「所以妳的意思是說他跟案件有關了？妳知道多少？」艾美的腦子飛快地嘗試連接起一個個節點。

「我是說我一次只能專心做一件事。」她對著艾美微笑，然後指示司機開上一條泥地小徑。一輛警車跟在他們後方隨護，由唐納文督察率領的制服員警後援人力也在路上。

艾美調整坐姿，試圖恢復鎮定，同時隔著濺上泥點的車窗往外看。「這是什麼地方？」她在車子顛簸駛過凹凸不平的路面時問道。

「傑克工作過的一座農場。他做過各式各樣的怪工作，墓園那份差事沒維持多久。」

「我們要去人家的住宅？妳應該先提示我們的，我們需要和地產所有人談過。」

「已經空了好多年了。」後輪壓到一個坑洞，使得莉莉安在座位上彈了一下。「地主住在西班牙。我知道。」

「妳怎麼知道？」艾美說著，望向遠處的農莊。

「我們以前是朋友。我們的……興趣相近。」

艾美的眉毛挑了起來，忍不住多問一句：「他們也謀殺兒童嗎？」

「當然沒有，」莉莉安從容地說。「他們是搞交換伴侶的。我們一起找了不少樂子。但是他們搬走之後，傑克還是能進來農場。我記得他把埋掉溫蒂屍體的地點告訴過我。我感覺糟透了，可是我也無能為力。」

艾美聽著莉莉安說話時，內心的嫌惡逐漸增長。「感覺糟透了」是你把別人的深淺色衣服混著洗的時候會說的話。「他有強暴她嗎？」艾美說。這些字句在她舌上感覺污穢不堪。

莉莉安哼了聲氣。「妳父親喜歡挑戰各種方面的界線。」

他們在農場道路上顛簸行進間，艾美的思考方向逐漸陰暗。為什麼這個女人做出這麼多惡事之後還活在世上？她努力抵抗衝動，以免她打開車門把莉莉安推出去。她不相信莉莉安自稱的無辜，莉莉安參與罪行的程度就跟傑克一樣多。

漫長的泥土路車道將他們帶向一間破舊的石造建築，還有周遭雜草蔓生的土地上散布的幾間外屋，外圍以一排排大樹作為圍籬，陣陣強風試煉著抖動的枝椏上生長的秋葉。通過農場大門時，艾美瞥見一面飽經風霜的「擅闖者小心槍擊」標示牌歪到一側。下了車，她向主控單位報告進度，要求她手下的警員對農場的持有人進行調查。如果溫蒂當初被帶來這裡，他們很有可能也涉案。

「又見面了。」唐納文督察走近艾美的車子時說。她已經叫莉莉安待在車上，等待警員搜查此地。這次會是莉莉安最後一次離獄外出，考慮到戴米恩不久前的言行，她希望避免任何意外狀況。

「謝謝你快速行動，找到芭芭拉和薇薇安，」艾美一面回應，一面吸進一口怡人的鄉村空氣。她看看錶，十分慶幸他們進度超前。

「希望今天來這一趟會有豐碩的成果，」唐納文說。「我們真是合作無間。」他面露微笑，雙手插在長褲口袋。他的西裝看起來很新，艾美也頗中意他身上隨微風飄散的鬍後水氣味。她清了清喉嚨，臉頰泛起紅暈。

「沒錯，嗯，天黑前我們只剩幾個小時，讓她出來，聽聽她有什麼話說吧。」

她打開車門，扣上將她們倆牽繫在一起的手銬。這趟旅程和她們第一次同行、幾乎互不對話的時候截然不同。現在旅程已經接近終點，真是萬幸。

「這邊。」莉莉安說。她熟門熟路的樣子的確像是來過這裡。她踏著自信的步伐，帶他們來到一間蓋著鐵皮浪板屋頂、現已年久失修的外屋。在強勁的風勢下，屋子發出響亮的呼咻聲、嘎吱聲。搭配上荒涼的景色，那詭異的聲音就像不得安息的亡靈。艾美把被風吹亂的頭髮往後撥。幼小的溫蒂也曾走在這片土地上嗎？或者她被帶來的時候就已經死了？

看樣子，喜歡「挑戰界線」的人不只傑克．葛萊姆斯一個，這裡還有其他好幾間外屋。不過，莉莉安沿著泥濘的小徑而行，似乎很清楚埋屍地點在哪裡。莉莉安帶路繞過屋後時，一名制服警員走上前隨同監視。他們在陰沉鬱悶的氣氛中走著，艾美的鞋跟陷進軟土中，一行人的前方有兔子被嚇得大步跳走。艾美心裡還想著溫蒂的母親；她希望他們會走向長滿綠草與秋花的山丘，但是拐過彎時，她看見的景象怵目驚心。

那個垃圾堆是泥地上挖出的一個又深又大的坑，鏽蝕的農用機具散放在周圍的地面，帶有一種後末日的感覺。這不是艾美所描述的、鳥鳴啁啾的柔美鄉間。這就是個垃圾坑。她仔細思考接下來的發展，一陣噁心感洶洶襲來。

「她在下面那裡，」莉莉安說。她拉動手銬，把艾美的左手也扯到空中。「在一個舊冷凍櫃裡。」她的視線穿過坑裡的枯樹和長滿青苔的岩石。「那裡。你可以看到它凸出來。過了這麼多年都還在。」

「天啊。」唐納文督察悄聲說。

艾美感覺自己驚恐得雙腿發軟，膽汁湧上喉嚨。為什麼當初的調查員警沒有發現這個巢穴？又一股更強的噁心感席捲而來。她面對過許多謀殺案，以及各種慘絕人寰的罪行，但是那些犯行都不是出自她的血親之手。現在她被綁在莉莉安身邊，體內的情緒洪流讓她難以承受。

她感覺雙腿就要撐不住時，一隻手穩穩地扶住她的手肘。

「這邊的土被翻得有點軟吧？」唐納文說，並幫她恢復平衡。「妳有帶雨靴嗎？」

他幫艾美保住了顏面，她對他露出感激的微笑。他們都知道，讓她站不穩的原因不只是不適合的鞋子。如果他知道她和旁邊這個女人的關係，他或許就會放手讓她摔倒了。

「他們把這裡叫作天坑，」莉莉安說，聲音中毫無感情。「他們以前什麼都往裡面丟：石頭、家具、任何燒不掉的東西。」

「還有溫蒂嗎？」艾美回應道。「拜託告訴我妳不是說真的，溫蒂不在裡面。」

「妳要我帶妳去她所在的地方。我可沒保證場面會是好看的。」一抹笑意爬上她的嘴唇。「至少現在妳可以回去告訴老葛拉蒂絲她在哪裡了。」

艾美咬緊下顎。所以她是因此才樂意幫忙：莉莉安想要葛拉蒂絲在死前得知自己十二歲的女兒慘遭凌虐之後被丟進垃圾堆。她內心有某個東西應聲斷線。

「妳這個邪惡的賤人，」她低吼著，往莉莉安胸前一推。「妳這骯髒的人渣。」她甩開唐納文放在她肩上的手。他喊了她的名字，但他的聲音聽起來非常遙遠。

「穩著點。」莉莉安說。她神情緊張地退了一步，但是沒看到土裡凸出的樹根。

艾美被手銬往前拉，壓在莉莉安身上，兩人都隨著一聲悶響跌倒在地。艾美手忙腳亂地壓制她，抓著她的手腕按在地上。莉莉安的頭往坑緣靠近，她們的體重壓得土壤逐漸崩散。「妳就是要她知道對嗎？就算到了現在還是要在傷口上撒鹽。妳是禽獸，妳這邪惡的——」

莉莉安的雙眼倏地睜大。「我說，珀比，妳沒有立場——」

但她的話被艾美蓄勢待發的拳頭所打斷。

37

艾美絞著手，在葛拉蒂絲的房間外等著進去。屋裡很暖，對她來說嫌太暖了。去過農場之後累積的疑問不斷折磨著她的心神。那裡的地主也加入了戀童癖集團嗎？考慮到他們棄屋而去的狀況，或許不無可能。

她回想起自己的行為，羞恥感就一湧而上。用怒急攻心來形容她都還太輕描淡寫，當時的一切就是多到不堪承受，莉莉安幸災樂禍的笑臉成了最後一根稻草。幸好唐納文督察在她出拳之前拉住她。犯罪現場鑑識人員迅速趕到，在強光燈和草率搭起的帳篷下，他們找到了答案。由於密封在不透氣空間，溫蒂的遺體保存得比許多埋在地下的屍體更完好。

艾美送莉莉安回獄的途中沉默不語，不論對方怎麼嘗試與她開啟對話。她的思緒反而飄蕩到那些持續浮上她意識表面的回憶中。她真的是在那麼多年前第一次見到道吉嗎？那個親切善良地安撫她、向她表示會一路陪伴莎莉安的人。她想到自己曾經承諾每週要去拜訪，但忘了今天是星期幾。她失約了嗎？她的日常規律一點一滴崩解，莉莉安入侵了她生活的每一個方面。不過事情很快就會結束了，對吧？儘管室內相當溫暖，一股令人毛骨悚然的不祥預感仍然沿著她的脊椎森冷地流下。

接近葛拉蒂絲的房門時，艾美停住了腳步。她怎麼能讓葛拉蒂絲在臨終前得知自己的女兒被人那樣棄置？她再一次自覺像個騙子。她沒有權利來到這裡，更無權向她傳達這項消息。她的手按在門上，迎面看見的景象讓她吃了一驚。他們家的人原本就告訴她不管白天晚上，只要有消息儘管打來，但她進房時只見他們圍在床邊，讓她心中祈禱自己沒有來遲。

他們往旁退開，讓出一條路讓艾美來到葛拉蒂絲身邊。她的狀況比起當天早上大幅惡化，讓艾美看了感到震驚。她現在的每一口呼吸似乎都要費盡力氣。她的兒女在旁等待消息，臉上掛著眼淚。葛拉蒂絲輕輕睜開眼，她的皮膚觸感猶如羊皮紙，她張開乾燥的嘴唇說話，但是聲音微弱到讓艾美必須俯身過去聽。

「妳找到她了嗎？」她細語道，同時探向艾美的手。

「找到了。」艾美輕按一下她的手指。從表面上看來，莉莉安盡己所能協助警方，但是艾美知道她的行為出自非常黑暗的動機。艾美想起了他們發現的那具彎折的、小小的遺骸，封在冷凍櫃裡，埋在滿坑滿谷的垃圾下。當初若是傑克單獨行動，溫蒂絕不會上他的車而當街被載走。艾美無法想像他們在終結她的生命之前對她做出過什麼樣的獸行。她自己當時也在場嗎？這個想法令她反胃。想像溫蒂的遺體如此被封存在廢棄的冷凍櫃裡，這種事對任何人來說都太難以承受。

「全部都……告訴……我。」葛拉蒂絲說。從事這份工作以來，艾美第一次有所準備要說謊。

✦✦✦

離開房間時，她如釋重負喘了口氣，沒有發覺葛拉蒂絲的兒子約翰跟著她。他出聲叫住艾美，拇指勾在卡其褲的腰帶環上。

「你們不是在森林裡找到溫蒂的，對吧？」他哀傷地說，哭紅的雙眼注視著她。

艾美清了清喉嚨，口中的話語感覺沉重如岩石。「我很抱歉，」她說。「埋屍地點的細節稍後會對外公布，但是我看不出此時讓她難過有何益處。」

「這個……我只是想說聲謝謝。至少她現在內心能得到平靜。」他嘆著氣捏捏鼻梁。「我知道你們有你們的程序，但是等時候到了，她想要把溫蒂的遺骸跟她埋在一起。」

「我明白。」艾美點頭。依照葛拉蒂絲的狀況判斷，時候不遠了。

「我不知道妳是怎麼辦到的，竟然能讓那個禽獸開口。我們努力了好多年。妳真該看看我們這些年來寫的信收到多麼可怕的回覆。對她這種人來說，監獄太便宜她了。應該以其人之道還治其人之身才對。」他說話時，臉上橫過一道雷雨雲般的陰影。

「希望你們現在可以走出來了。」艾美說。她在內心暗罵自己老套的用詞。沒有任何字眼足以療癒他們所承受的痛苦。

「我該回去房裡了，」約翰說。「她的時間所剩不多。」

走回車上的途中，艾美駐足仰望血紅色的天空。是某種預兆嗎？代表溫蒂與葛拉蒂絲的靈魂今夜都將安息嗎？她查看手機，往回瀏覽未接來電。她撥了唐納文督察的號碼，說話時帶著微笑。她不由自主地對他展現出溫暖，也因他的堅強而心感慰藉。

「我把消息帶到了，」她在他接聽時說道。「你有空說話嗎？」

「如果是跟妳說話，我隨時有空，」他答覆道，句子最後跟著一聲呵欠。「抱歉，我人還在現場。我才剛跟派克主任報告了進度。」

「你有說到早先發生的事嗎？我是說，跟莉莉安的事。」她走在水泥步道上，希望講出的話聽起來沒有她自己感覺的那麼愚蠢。「我失控了。我不知道自己發了什麼瘋。」

「那是人之常情。妳只是做出了我們其他人內心想要做的事。我看到她臉上的笑容了，她是故意刺激妳的。」

「我只能希望派克也是這麼覺得。」

「我不覺得這有什麼要緊，」唐納文回應道。「就我們所知，是莉莉安絆到樹根，把妳一起拖倒。妳沒有做錯事。」

「我不知道該說什麼才好了。」艾美努力抵擋情緒的浪潮，聲音顫抖起來。

「我們應該見面討論一下……」唐納文輕笑道。「我不是說討論那個。」

「你確定嗎？」艾美露出微笑，很開心能有機會逃避她的問題，即使只是短短幾個片刻。

「出來喝一杯挺好的。」

「過了這樣的一天，喝一杯對我肯定有幫助。但等我晚上趕工完，店一定都打烊了。」

「下次約吧，」唐納文說。「不過我有件事想問妳……」

「一個晚上就有兩次拷問。」艾美微笑道。「放馬過來吧。」

「我是在想，為什麼莉莉安會叫妳珀比？」

38

妙莉身上的每根骨頭都在痛。躺在受潮的床上讓她猛咳不止，所以她坐起來睡，背靠著金屬床框，油膩糾結的頭髮垂到臉上。她的思緒在黑暗中狂奔漫遊，眼睛哭得紅腫，希望似乎都已喪盡。在夜裡，伴隨著輕柔的水流拍打聲，她的父親對她說話了。那是夢，一定是夢，但是他的話語在她心中清晰明確。

「妳的心裡住著獅子，妙莉。振作起來，讓我聽到妳的獅吼。」

他第一次說這句話時，她十二歲，吊在高空飛索上，索纜離地五百英尺（一五二公尺）、全長一英里（一點六公里），據說那是最接近於飛行的活動。爸爸一向鼓勵她克服恐懼，那次經驗留下的回憶也一直帶給她力量。

她必須努力撐下去，因為警察短期內是不會找到她的。她稍早聽到的警笛聲以一種奇怪的規律持續傳來，她一定位於喧鬧市街的聽力範圍內。在月光下，她搜遍了禁閉空間裡的每一吋，尋找任何一種堪用的武器。她手上被木屑刺進的位置還在痛，被刺出的凹洞周圍的皮膚又紅又腫。她用幾滴寶貴的清水洗淨過，但是結痂的皮膚下已經積了黃色的膿液。但她現在也沒空多想，時間寶貴，她可以聽到父親的聲音在告訴她要繼續努力。

她縮在床柱旁，因為花了好幾個小時轉鬆生鏽的長螺絲釘，指尖隱隱作痛。螺絲釘本身也許效用不大，但如果她能打破舷窗玻璃……螺絲在她手指之間鬆開了，她不由自主安心地喘了口氣。

上方的地板傳來腳步聲，她聽了整個人僵住。綁匪的行動遵循著一套規律：夜裡放她獨處，早上和傍晚各回來一次帶食物給她。但是妙莉不能對這樣的待遇習以為常，今天也許就會是他來把她解決掉的日子。「拜託，」她咕噥道，把鬆脫的螺絲轉下來。嘎嘎嘰嘰的腳步聲越來越近，綁匪逐漸接近門外，恐懼之情讓她加快了動作。

門栓從門上拉開時，她將螺絲釘緊握在掌中。她的雙腿發麻，在她努力起身時癱軟下去。起伏的水流使得船身搖晃，把她甩向放在地板中央的桶子。尿液從翻倒的容器中灑出來，妙莉挫敗地低吼。阿摩尼亞的臭味滲進地板，在她周圍飄出，讓她嗆住。

他逐漸靠近，她緊繃地蹲著退回床墊上。他的腳步踏下階梯時，她的心跳一顫，喘了起來。她試著讓慌亂的呼吸恢復規律。

呼呼在樓上喵了一聲，妙莉強忍住淚水。她得採取行動。她的貓如果缺乏適當照顧，沒辦法再活多久了。腎上腺素狂飆的她把枕頭拍鬆，用床上的毯子蓋住。如果綁匪以為她在睡覺，或許能幫她爭取到一些時間。他會殺了她——還有可能是先姦後殺。困在潮濕腐敗的木造空間裡，她有的是時間思考。斷片和隨後的頭痛，代表他在下藥迷昏她，所以他才會戴防毒面罩。他在為某些事做準備。不然他怎麼知道她頭痛，還在她開口前就拿出止痛藥？她看著仍然半滿的尿桶。一個計畫成形了，她一秒都不再多等。就算她在海上，綁匪可能還是有手機。她閉住氣，手抓住桶子邊緣，踮腳走到門後。他進門時，這招聲東擊西會很有用，讓她有機會逃走。她想到他口袋裡放的手術刀，但是除了這個計畫以外的唯一選項就是屈服。她咬緊牙關，準備為了保命而奮戰。門緩緩打開了。她握緊的拳頭中，生鏽的螺絲釘夾在食指和中指之間向外突出。

39

道吉將輪椅倒退，打開前門迎接艾美進屋。「妳看起來像見了鬼似的。妳還好嗎？」

一縷夜風鑽進了門廊。艾美關上背後的門，將門鏈滑過溝槽，她的沉默代替了千言萬語。

「是不是出了什麼事？」道吉說。「小姐妳說點話啊。」

「我沒事。」艾美嘆道。「你確定現在聊天不會太晚？」

稍早道吉回覆她的簡訊，叫她下班後過來一趟，她很開心。因為失眠的關係，他絕少在凌晨三點前上床。

「我很高興有人陪，」道吉回答，推著輪椅進到客廳。一如往常，這裡散發著溫暖好客的氣氛，有劈啪作響的爐火和偏暗的燈光。咖啡桌上攤開著一本書，茶杯旁放了吃到一半的消化餅。

「外套脫了吧，」他說。「來爐火邊坐坐，我給我們倆倒點喝的。」艾美對他露出淡淡的微笑，舉起裝著一瓶蘭姆酒的紙袋。「這次我來。我不能一直消耗你的酒。」

不出兩分鐘，她就在爐火旁暖著腿，手裡捧著玻璃隨行杯裝的蘭姆酒。她喜歡冰塊在玻璃杯裡碰撞的樣子，讓她想起她父親以往在家偶爾享受的小酌時光。

「今天工作很辛苦？」道吉說。他臉上刻劃著憂慮的線條。

艾美意識到近期一連串事件的重大程度，聲音顫抖起來，讓她自己聽了都嚇著。「我不……

不知道還能找誰談，」她說，感覺到自己話間些微的結巴。這個狀況近來逐漸頻繁，在生理上反映了她試圖抑制的壓力。她停下來啜飲蘭姆酒，讓酒精的暖意潤滑她的語句。「我很不想帶著這個話題上門，但我感覺要是不說出來，我就要爆炸了。」

「想必妳說的是那位討喜的莉莉安．葛萊姆斯了。新聞台上到處都在播，報紙記者也追得不亦樂乎。」

艾美點點頭，回想起警局外聚集的那些記者。顯然，他們再度開始想方設法和獄中的莉莉安談話。這讓正在向道吉報告近況的艾美又被一陣擔憂所刺痛。

他難過地搖頭。「妳怎麼不來跟我說呢？妳不該自己一個人承擔的。」

艾美聳了聳肩。「實在是糟透了。就在今天之內，我跟戴米恩．葛萊姆斯見面喝茶，從監獄領莉莉安外出找溫蒂．湯普森的屍體，然後把消息帶給溫蒂垂死的母親。在處理這所有一切的同時，我還要督導偵辦一個十五歲女孩的綁架案。」以及，稍早被唐納文督察問到莉莉安為何叫她珀比的尷尬問題時，她還得找藉口敷衍過去。

「就算在正常狀況下，這也超出了任何人的負荷能力，但考慮到妳的背景……」道吉話沒說完。

艾美理解地點頭。「那些家屬都非常感激，可是……」她突然停下來，吸了一口氣以調適自己面對冰冷殘酷的現實。「想到我血管裡流著那樣的血緣，我就無法忍受。我的父母是連環殺手。」她凝視著火焰，回顧稍早發生的事。「我今天情緒失控，差點對著莉莉安的臉揍下去。要是我也遺傳了相同的基因怎麼辦？」

「別傻了——」道吉開口要說。

「我開始回想起來，但是隨著每段回憶出現，我自己的一部分就跟著失去。」艾美插話。「最糟的是……」她停下來啜飲蘭姆酒。「我不知道對我這份工作而言，我是不是個夠好的人。」

她緩緩呼氣，擔驚受怕地看著道吉，怕自己會看見什麼樣的反應。但是她多慮了，因為他臉上唯有慈祥與同情。

「如果妳父親在，他會怎麼說呢？」道吉說。「我指的是妳真正的父親，教會妳分別是非善惡的人。」

「我不知道，我們沒談過這件事。」艾美搖著頭說。「當然，他收養我是出於善意，但如果他發覺我會變回以前的樣子，那又怎麼辦？」

「以前的樣子又是指什麼樣子呢？」道吉對她諄諄善誘。「妳離開那個地方時才四歲，不過是個小小孩。」

「我記得……」艾美說著，一抹笑容短暫浮上她的雙唇。「我也記得你，記得你人有多好，你告訴我你會陪著莎莉安。」

「妳記得那個啊？」道吉雙眉一挑，想起這段往事讓他發出低沉的輕笑聲。「我想那天也沒有太多個頂著爆炸頭的警察跑到妳家去。」

「沒多久之前你才說，就我的出身而言，我能有好的發展真是難得。」

「那只是我不經大腦的傻話。」道吉為自己的粗心翻了翻白眼。「妳是羅柏和芙蘿拉的傲人成就，妳超乎他們的期待，讓他們再光榮不過。他們剛帶妳回去的幾個月比較辛苦，但妳和當時的那個孩子再也不同了。」

「大概吧。」艾美不太信服地說。

「妳會覺得我跟四歲的時候繞著我媽裙子跑的小孩是同一個人嗎？我是被生命中的經驗和自己周遭的人所形塑的。妳是個強悍的領導者，艾美，也許妳確實受到妳的過去所影響，但並不是因為妳著迷於連環殺手，而是因為妳感知到其中的不公不義。」

聽了道吉的話，艾美點點頭。「我一直知道我和別人不一樣。也許如果我利用這份認知來做正確的事，能夠帶來好的結果。」

「沒錯，」道吉回應。「妳大可以撕了莉莉安的信，一走了之，但妳沒有那樣做。妳為了幫助案件中的相關家屬，犧牲了自己的安寧。」

「謝謝你，」艾美說。「我需要聽人跟我這麼說。這整件事最難熬的部分，就是沒有人能談。」

「妳跟芙蘿拉講過嗎？」道吉說。

「我不想害她難過，」艾美回答。「她已經吃了夠多苦了。」

「但妳也是。最好還是別一直悶著。妳再怎麼壓抑還是有個極限，超過了就會掀鍋爆炸的。」道吉拿起酒瓶要幫艾美斟滿，但是她用手蓋住杯子。

「我不用了。我該回去的時間到了。」她喝乾杯中的酒，把杯子放在咖啡桌上，然後瞄到了今天的報紙頭條。「看到沒？」她一面說，一面嫌惡地搖頭。「報紙寫說『布蘭特伍德人魔』回心轉意了。事實上她根本沒有悔意。她假裝想要讓她的家人團圓，但那全是謊言。」

「妳沒讓這些事上報紙真是奇蹟。妳的主任還是不知情嗎？」

「如果她知道了，你覺得她還會讓我辦這個案子嗎？」艾美半笑不笑地說。「我要跟莉莉安斷絕聯絡的時候，風險會最大。」根據經驗，艾美知道家暴受害者最脆弱的時間點，就是在他們試圖離開施暴者的時候。「她不會讓我說走就走。」

「妳得一刀兩斷，就算只是為了維持妳的神智正常。」道吉往前探身，丟了一截柴薪到火中，它劈啪作響、吐出火花。

「我很害怕，只要想到……」艾美臉色發白地凝視火焰。「想到我永遠變不回本來的自己。」

「那妳就會進步。妳比自己想的更堅強。妳要掌握控制權。」

「你說得對，」艾美說，並且起身要告辭。「我明天要去監獄探視。我會告訴莉莉安，我再也不會見她了。」

「每次跟妳說話，我都知道我們做了正確的選擇。」道吉含糊地低聲說。

「什麼？」艾美說。

道吉挑起眉毛，似乎很驚訝自己的話被她聽到了。

「沒事，只是自言自語，」他回答。「噢，還有，別忘了把我新的室內電話號碼存起來。我的手機沒有隨時開著。」

「新號碼？」艾美回應。

「對，我換了私人號碼，預防推銷電話。要不是賣保險，就是問我有沒有遇到事故。問得有點遲啦。」他說。

「你可以幫我寫下來嗎？」艾美回話。「我手機沒電了。」

「不用，」道吉說。「妳媽知道號碼。」

艾美轉身去取掛在沙發椅背的外套。她原本不知道芙蘿拉跟道吉還有聯絡。她轉回去面對他，眉頭蹙緊。「如果碰上什麼問題，你會告訴我，對吧？」

「我當然會。」道吉微笑著說。「我沒事。」

但是艾美說再見時，對他的話不盡相信。那是當晚第一次，道吉無法直視她的雙眼。

40

黑暗籠罩下，莉莉安在牢房中踱步，一面咬著指甲一面思考。每個人都像棋盤上的棋子，等著由她移動下一步。的確，她沒有預期到艾美會那樣突然爆發，但看來就算她當上偵緝督察，忍耐力還是有其極限。但假如早知如此，莉莉安仍然不會改變自己的作為。去到外面的世界真是令人心曠神怡，她感興趣的不是野外生物、也不是吹在她身上的秋日微風，重遊那些女孩的葬身之地讓她重新體驗了那些時刻。她微笑起來，輕閉上眼瞼，深深吸了口氣。噢，那些小女孩多麼甜美純真，終結她們的生命真是無與倫比的愉悅。她多麼想念那些縱情享受的日子，探索著黑暗、交給它完全的支配權。在一開始，她貪得無厭的丈夫傑克還以為玩玩三人行就是他的極限了。她在後來的歲月中可真是讓他開了眼界，帶領他認識肉體的歡愉。

她甚至鼓勵他殺死自己的親生女兒，在他耳邊悄悄說她已經準備去向警察揭發他們。當時莎莉安已經開始發育，吸引著他們家常客的注目。曼蒂平凡無趣、其貌不揚，莎莉安卻甜美誘人。她不能容忍家裡有個比她更耀眼奪目的女人。但她小看了珀比，這個家的叛徒猶大。

莉莉安未能接受傳統的教養，她在身體條件成熟以前就接觸了性事，於是只能學習一種方式與之對應——利用控制權，使他人屈服於她的意志。確實，監獄裡多的是容易操弄的傻瓜，當訪客看到她的臉，挨揍造成的瘀青恰好就能激起同情心。就算有點難受也值了。重獲自由、回味青春的想望是再迷人不過的。據戴米恩所說，網路開啟了廣大無邊的可能性，過去她只有作夢才想得到。有APP可以為你鎖定想要見面上床的「砲友」，有線上同好團體會對她說的每個字洗耳恭聽。她主張自己的「無辜」這麼多年，原本幾乎已經放棄獲釋的希望，但當她讀到羅柏．溫特的死訊，腦子裡就孵育起了一個計畫。

她躺在床上，眼神直視但對眼前景物視而不見，心頭想的是她的孩子們。呆米恩和慢蒂，她為他們取的綽號讓她自己輕聲笑出來。他們很容易操縱，但不幸都遺傳到他們父親的腦袋。直到艾美出現，才為她帶來希望的火光。她一個一個在他們身上下工夫。戴米恩混入了「真相守護者」，在裡面為他可憐蒙冤的母親爭取支持。用那個團體當作代罪羔羊是明智之舉。但儘管她喜歡玩弄戴米恩，他對獄中的她並沒有什麼幫助。至於曼蒂，她很樂意對母親言聽計從，只要最後能弄到幾個錢。現在輪到艾美，幫她在葛拉蒂絲．湯普森的棺材釘上最後一根釘子，帶給她片刻的滿足。聽到女兒的屍體被她丟在冷凍櫃裡，肯定會要了那個賤人的命吧？

她享受著妙莉．帕克綁架案的細節，打算給艾美幾個關卡闖闖。等艾美的利用價值被榨乾、妙莉成了屍體，再來徹底解決掉她。她的女兒把他們出賣給社會局的時候，就已經選了邊站，現在總該面對自己行為的後果了。她的朋友、家人，最後還有她的事業——莉莉安不把這些毀滅殆盡誓不罷休。但她得先重獲自由才能見到那一幕。睡意漸濃，莉莉安的眼皮沉重了起來。她發出一聲滿足的嘆息，幾乎能夠聞到自由的味道，只要一切順利進行，自由必將降臨。她手上還有一張王牌。

41

妙莉全身上下都在顫抖。她準備出擊，手裡緊抓著桶子，雙腳穩穩踩在地上。她太專注於觀察門後的人，尿液的臭味已不再困擾她。她能爭取到足夠的時間逃跑嗎？門隨著嘎吱聲打開時，她先把桶子往後一拉，然後朝著綁匪頭上甩過去。她搶得出奇制勝的先機，把他推倒在地，然後跌跌撞撞地通過門口、跑向樓梯。他倒地時，頭撞上金屬床框，讓整張床搖晃作響。

妙莉拚命催促雙腳一前一後推進，氣喘吁吁地爬上階梯，但是她的脫逃路線被梯頂關閉的活板門阻擋了。「不，」她倒抽一口氣。由於缺乏食物和飲水攝取，她推著木門時非常吃力。

「妳這……賤人！」下方傳來被面罩掩住的吼聲，他手忙腳亂站起來時把木材壓得哀鳴。

妙莉想到那把割斷她頭髮如同切奶油的利刃，她非逃出去不可。她寧可跳進水裡碰運氣，也不要面對試圖逃跑帶來的懲罰。握在指間的螺絲釘粗糙扎人，但是她絕不能放開。她使勁一推，感覺到活板門動了。只要再推一下……

「給我回來！」她背後傳來粗聲大喊，一隻戴著手套的手鉗住她的腳踝。妙莉把那隻手踢開。「救命！」她尖叫，祈禱能有人聽見。「來人啊，拜託救救我！」她往下看著戴面罩的綁匪。目鏡內側沾上了血，蓋住他的左眼。他像負傷的野獸般齜牙咧嘴，拽著她的腳踝要把她往下拉回去。

妙莉的肌肉因為施力而顫抖，一把推開活板門之後，她探頭出去。新鮮的氣流撲面而來，把她的頭髮吹到臉前。就快成功了，她心想。她抓著門緣，掙扎爬上階梯。她看見關籠的呼呼就在門邊，一聲嗚咽脫口而出，但是她的腳踝被戴著手套的手拉住、開始往下拖扯。她尖叫求救，抓緊門板以維持平衡，不停左右轉頭。但是她舉目所見只有船隻的艙壁。她在哪裡？她得把自己拉上去。「救命！」她把肺裡吸滿空氣大喊。她腳上沒有穿鞋，光用踢的沒辦法阻擋綁匪太久。一聲尖銳的「喵」回應著她的焦慮。妙莉的心為了她那隻被關在籠裡的虛弱貓咪而揪痛。她伸手勾住籠鎖。如果她跑不掉，她也要設法讓呼呼逃出去。遠處傳來的車聲告訴她，他們一定停泊在離陸地不遠處。她撥弄著籠子，拚命要把門栓拉開，腳還踏在活板門下的階梯。但是綁匪朝她撲過來了。

「救命！拜託誰來救救我！」妙莉大叫著，恐懼讓她的每個字都變得尖利刺耳。她爬上甲板的奮戰正要落敗之際，呼呼的貓籠門打開了。「噓！」妙莉對她的寵物大喊。「走！快出去！」然後突如其來的拉力把她扯回下方，下巴撞上活板門邊緣。

她的舌頭被上下排牙齒咬住時流出血來，但她絕不會不戰而降。

綁匪大聲喘著氣，把她拖回床上。

妙莉吐著帶血的唾沫，在他的掌握下扭縮，死命放聲尖叫。她的手指握緊仍然抵在掌心的螺絲釘，如果她能刺中他的脖子然後拔腿就跑……如果她沒刺中，她知道接下來會怎樣。

冰冷的刀刃按住她的臉頰，讓她停下了動作。

「安靜，不然我就割穿妳的嘴。」他吁喘著，試圖吸到氣。

妙莉放低了手，將鏽螺絲釘放進裙子口袋。「拜託別傷害我。」她輕聲說，並且把流出的血水吸回口中。

42

晚間簡報會議耗盡了派弟的精神，他覺得自己幾乎無力面對接下來的安排。關於潔若汀的念頭整天陰魂不散地纏著他。為了彌補最近的遲到，他在公務方面努力振作，現在則是處理家務事的時候了。

潔若汀的生活一向被焦慮所籠罩，但他們以往都還能過得去，直到那可怖的一天來臨。他提議他們倆再嘗試生個孩子時，得到的是毫不掩飾的敵意攻擊。他記得很清楚，她朝他揮刀而留在他大腿上的傷疤也還在。當然，她不是刻意為之；只是時機不巧。她當時正在削馬鈴薯皮，聽了他的話就揮出刀去。在她而言，他的這個提議就近似於詢問他們能否再度同床共枕。他們爭論到面紅耳赤時，她說出自己對他感到多麼噁心反感，從此把他驅逐到客房裡。

派弟轉彎開進他們家所在的那條路。那一天，潔若汀對他的拒絕比他自行包紮的傷口帶給他更深的痛。但是每一次他收拾行李，她都堅持要他留下。她需要他——要他付帳單、清掃房子、打理庭院、買食物。跟伊蓮在一起讓他學到，溫暖的關係誕生自相互愛慕與尊重。現在潔若汀該靠自己的力量站起來了。

他並未事先計劃要回家這一趟，但他迫不及待要把事情談清楚。所以他才帶上了他一直藏在辦公桌抽屜裡的一疊支持服務宣傳小冊。今晚的目標是要讓潔若汀尋求適當的幫助，唯有如此他才能離開。她一定也有所感覺。不然她為什麼會老是這麼多疑又善妒？

他大嘆一聲，將小冊子塞進大衣口袋，然後走上他們家雜草蔓生的車道。看到這幅令人抑鬱的景象，讓他再次意識到自己多麼放任生活的各方面敗壞。有時候，活在幻想中比起面對事態惡化的程度容易多了。他摸索尋找打火機，屈服於自己的渴望，速速點了一根菸來放鬆神經。香菸末端圈狀的橘色火光讓他想起潔若汀曾在他手背留下的一個傷口，是他們吵架後她抓到他偷抽菸的結果，灼傷的凹疤現在已經淡去。

他們可以賣掉房子，拆分收益，給潔若汀找一間舒適的小套房住，也許還可以讓她養隻寵物，只要別是貓就好：她討厭貓。真難以相信，她曾經是個倫敦地產開發商。他們的房子是自有的，這件事值得小小慶幸。他當偵查佐的薪水就那麼點，但如果她住到小一點的地方，他應該足以提供援助直到她重新自立。要是他當初沒把繼承來的遺產拿去買那輛新的捷豹就好了。那是為了暫時撫平他的喪父之痛——也是他衝動性格的典型表現，另一項激怒潔若汀的特質。他摁熄菸蒂，看了看時間：快要十一點了。她不到十二點不會上床睡覺，可為什麼他進門時屋裡是一片黑暗呢？

「潔若汀？」他喚道，朝著樓梯仰起臉。「是我，我回家了。」但是無人回應。陣陣寒意讓他稍微聳高了肩膀，於是他按下暖氣計時器。門後放著今天收到的信件，旁邊還有潔若汀的一雙靴子，鞋底邊緣沾了新鮮的泥巴。她什麼時候出門的？整間房子陷入沉默，只聞牆裡暖氣管線加熱的細微聲響。「潔若汀？」他再喊了一次，脈搏隨著逐漸增長的恐懼而加速。要是她弄傷了自己該怎麼辦？他今早才跟她說過話，當時一切似乎都還好。他緩緩步向廚房，感覺腳上的鞋子沉重如鉛。女兒的死亡帶來的罪惡感已經掏空了他，他無法承受再失去潔若汀。

他打開燈，眼見廚房空無一人。水槽裡堆了一整天份的髒碗盤，裝滿的垃圾桶發出腐敗食物的臭味。派弟將手掌靠近電壺，壺身是冷的。他將鑰匙插進後門時，發現門鎖住了。

檢查過浴室和客廳之後，他逼迫自己上樓去。她會不會躺在床上，手裡握著空了的藥瓶？也許她留下遺言，告訴全世界這都是他的錯。若是那樣，也不多不少是他罪有應得。

他深深吸氣，站在樓梯口，所幸除了潮濕的衣服外沒有聞到別的氣味。潔若汀太害怕踏足室外，不敢去用曬衣繩，但為什麼她不開暖氣呢？派弟始終困惑於她表現出的這種想生活在陰慘環境中的欲望。一如往常，臥室裡的窗簾是拉上的。仍然滿心惶恐的他找遍了一個個房間，直到最後才迫使自己走進她的臥室。他慢慢轉動門把。房間角落的桌上，一台電腦發出微光。派弟訝異地挑起眉毛。「哈囉？」他喊道。他看到她的床鋪睡亂了，但床上沒人，小小鬆了口氣。

「潔若汀親愛的，是我，派弟。」這樣自報名號似乎很愚蠢，但要是她以為有小偷怎麼辦？帶著這個想法，他開了燈；儘管不願承認，但他非常恐懼自己的太太。

他查看完床底下，一面悶哼一面揉著背，直起身來。他切換到警察模式，在房間裡進一步尋找線索。

他的眼神投向梳妝台上他沒看過的化妝品。還有那台電腦，她一直聲稱她搞不懂科技。她這麼多年來都在騙他嗎？他晃晃滑鼠，喚醒螢幕。「妳到底在搞什麼？」他用氣音喃喃說道。

過了幾秒，他就調出她的瀏覽紀錄。眼前所見令他倒抽一口氣。這麼多年來，他還一直自以為了解她。派弟搖了搖頭，他真是大錯特錯。

43

跟道吉聊過之後，艾美享受了她整個星期以來睡得最好的一晚，感覺確確實實像是肩上的重擔被拿下了。她很堅強，她能夠應付這一切，她沒有錯。儘管在內心精神喊話，她來到辦公室門外時仍然躊躇不前，只把門開了一吋就不敢進去。

看到派弟坐在辦公桌前，她既安心又訝異，她知道他在努力彌補他近來的鬆懈，但現在畢竟才早上六點。

「誰把你踢下床了嗎？」她的笑容在看到他狼狽的模樣時消退了。他眼下有暗沉的黑眼圈，身上還穿著昨天的衣服。

他從外套口袋裡掏出領帶——黑色的，正面有企鵝圖案——著手繫上。「我剛進來，正準備燒水。妳要喝杯什麼嗎？」

「等一會。我需要你先幫我個忙。」她扮了個鬼臉，想到待會要說的話就怕得要命。

「出了什麼問題嗎？」派弟說，唇上勾起一股微笑。他夠了解她，猜得到她要請求的會是什麼。

「有蜘蛛。」艾美說完大聲吐了一口氣。「我辦公室裡有一隻蜘蛛，怪大隻的，簡直見鬼了。你可以把牠弄走嗎？」

「遵命。」派弟笑著拿了一個杯子，還有一張從抽屜取出的卡紙。不出兩分鐘，那隻入侵者就被人道遣送出了她的辦公室窗戶。

艾美用力關緊窗戶，以免牠又想舊地重遊。她設法把自己的蜘蛛恐懼症藏得不為人知，只有派弟曉得，有此需求時，他總是很樂意負責趕跑蜘蛛。「如果你敢講出去……」她跟著他回到電腦旁時，拖著一句說到一半的話。

「妳就會把我宰了。是啦，我知道。妳在我手下見習時我沒講，現在妳是我頂頭的偵緝督察了，我更不會講。」

艾美對他投以狡黠的笑容。「我正想跟你單獨談談。現在看起來時機正好。」

他面對著螢幕點頭，手裡把領帶打結繫好。「我在把未完成的任務資料調出來，」他認真地說。「等我有機會整個讀一遍之後，就可以跟妳報告。」

「不是要談工作的事。」艾美把一張旋轉椅拉過來，坐在他旁邊。「這是誰坐的？」她坐在椅子上雙腳懸空，摸索著高度調整把手。她拉動把手讓椅面下降，機械部件發出小小的嘶氣聲。她心滿意足將雙腳平踩在地面。

「是史提夫的問題嗎？」派弟說。「我跟他聊過了。他說跟茉莉的整件事情都是誤會。他保證從此以後會保持距離了。」

「哼。我不像你對他那麼有信心。」艾美跟史提夫之前的同事談過，聽到的說法令她不太樂見。「你知道他上一個單位裡的人管他叫什麼嗎？搔癢先生。如果他再越線……應該說，如果他再靠近那條線，他就準備轉調去入監執行組了，速度會快到他反應不過來。」

這不是空口恫嚇。入監執行組處理的都是小偷小摸的輕罪，通常是見習警員待的地方，史提夫絕對打死也不想落到那裡去。「總之，」艾美說。「我想跟你談的不是那個，至少現在不是。」

「我洗耳恭聽。」派弟將電腦上的視窗縮到最小，轉過來面對她。

「我可能不該過問太多，但是我感覺你家裡可能出了點問題。」

「算是說得沒錯。」派弟摸摸長了鬍碴的下巴。「但我已經在處理了。妳承擔的事情太多，別再為我操心了。」

「你可是我的左右手。不管是什麼事，你都可以跟我講。」她抬起單邊眉毛，做出「有話快說」的表情。過了幾秒，派弟投降似地呼出一口氣。

「妳知道潔若汀有廣場恐懼症。」他停了一下，艾美理解地點點頭。「這個嘛，昨天晚上我回到家，結果她不在。」

「我懂了，」艾美回應道。她回想派弟跟她說過的家裡的狀況。他們很辛苦，但是直到最近這陣子，她都以為他們還算捱得過去。「她還好嗎？」

「她沒事。但是她說她已經好幾年沒出過門了。她騙了我。」他繼續說下去前，先環顧了空蕩的辦公室一周。他們上方的樓層已經有清潔婦開始工作，吸塵器傳出呼嘯聲。「說好了，在我搞清楚之前，先別把這事傳出去。」

「繼續。」艾美說。

「我們分房睡。到昨晚我去她房間找人之前，我都不知道她有電腦。」他深深嘆氣。「我看了她的瀏覽紀錄。真是該死的讓我不敢相信。」

「人在自己家裡私下會做的事嘛……」艾美對著他聳了一下肩。「女人也會看A片的。」

「但不是A片，」派弟答道，並且咕噥了些關於性慾缺乏之類的話。「都是些臉書社團和陰謀論網站。她是網路酸民。」

這是艾美最沒料到派弟會說出的答案之一。這場對話的目標原本是要提出家庭暴力的問題。她知道他說的車子故障問題都是編造的藉口，就像他對身上那些瘀青和傷口的解釋。但這一點完全不在考慮之內。「我不懂。」她不由自主地說，等著他解答。

「她很毒舌，很惡意。她加入的那些網路社團，他們會鎖定某些目標，然後發表推文和臉書留言。還有那些陰謀理論家，都在談幽浮、說貓王其實沒死。她真是發神經了。」

「等等，」艾美插話。「她有加入『真相守護者』嗎？她有用『協尋妙莉』的標籤發過推特嗎？」

「除了那個之外也有別的社團。她抽屜裡有一本筆記簿，裡面列了上百個網站。難怪她什麼事都沒在做，她日以繼夜都掛在那些網站上。」

「你有說什麼嗎？」

派弟搖頭。「還沒有。」

「她去了哪裡？」艾美回應道。「你說你回家時發現她不見了。」

派弟聳聳肩。「我不知道。我把車子停在轉角，一直等到她回家，隔了幾分鐘才進門，她一點也沒講到出去的事。」

「有新狀況再跟我說。」艾美表示，心想派弟不知道是多麼害怕，才會採取那一連串策略。要關切他傷勢的問題到了嘴邊時，她辦公室的電話卻響了起來。

「我最好還是接一下，」她說。「你要不要去泡個咖啡，我們等等可以繼續聊？」

「我去燒水。」派弟在他們同時起身時微笑道。「但是我差不多講完了。」

艾美一面接電話，一面提筆草草記下晚點要再找派弟談。寫備忘筆記讓她感到慰藉，儘管她原本就不太可能忘記。

電話是前台轉接來的，艾美等著莉莉安惹厭的聲音出現。

「啊，早安，我本來不曉得您會不會在。」這通電話並不像艾美所預期的來自監獄。「我是蜜雪兒·包德溫。我這邊是獸爪動物收容所。」

「早安，有什麼事嗎？」艾美回答之後屏住氣息。她膽敢期待什麼好消息嗎？

「我這裡有一隻白色波斯貓，符合妳提供的描述。嗯，雖然說是白色……牠像是上過戰場似的，脫水又營養不良，但老天保佑，牠會撐下來。」

「妳在哪裡發現牠的？」艾美全副戒備地說。那有可能是妙莉的貓嗎？

「牠是被民眾送來的，說是發現牠在金絲雀碼頭周圍遊蕩。我在牠的項圈上看到地址，但我想到妳詢問過，就想說直接打給妳好了。」

「我真的很高興妳有打來。」艾美微笑道。「那個地址……就跟我給妳的地址一樣嗎？」

「對，一樣。妳要通知飼主嗎，還是我來？」

「我來吧，謝謝。如果我派個警員過去，妳方便做筆錄嗎？還有……妳能否先不要幫牠洗澡？我知道這聽起來很怪，但是我也想先讓我的犯罪現場鑑識人員過去看一下。」

「當然好，只要能幫得上忙。」蜜雪兒回答。

「噢，還有，如果妳能幫忙保密，我會非常感激。」艾美笑得更開了。「真高興呼呼沒事。」

蜜雪兒保證她很樂意配合。艾美掛斷電話，無聲地對空揮拳。呼呼還活著，而且逃出了監禁處所。這也許只是一項小線索，但艾美有股良好的預感。有時候，小到不能再小的種子反而會帶來最大的成果。她拿出手機，查找一位她萬分敬重的同僚的電話號碼。如果有誰能從一隻累癱的貓咪身上找到熱騰騰的線索，這個人選一定非馬坎・韋伯鑑識官莫屬。

44

派克以專案資深偵查官的身分指揮艾美的偵辦行動，並且堅持派她再去獄中探訪莉莉安一次。「誰知道呢，也許她還會再認個罪。」她在她們當天早上一起運動時如此說，發亮的雙眼像兩顆鈕釦。

莉莉安預測到艾美不情願的態度，於是致電派克主任，暗示她還有其他資訊會吐露。派克多半都讓艾美自主行事，但這週的艾美感覺自己就像被線牽著的木偶。「還是用非正式規格進行探訪，」她們在跑步機上邁步時，派克告訴她。「她想要跟之前一樣。」

回想起派克的話，艾美的表情酸溜溜的。這裡什麼時候開始要聽莉莉安．葛萊姆斯發號施令了？

「真相守護者」在「協尋妙莉」的標籤下繼續發表了更多推文，沖淡了她早先的樂觀。除了他們原本的言論之外，推文中還多了一組新的標籤：「#倒數三天　#滴答滴答」。「#滴答滴答」尤其令人擔憂，他們以往也用過這個標籤，代表他們的要求如果沒有在指定時間內達成，就會造成不堪設想的後果。但是，與他們進行溝通的所有嘗試，都以失敗告終。他們到底打的是什麼主意？茱莉和整個小組都拚盡全力，但是媒體的瘋狂報導依然鋪天蓋地，彷彿整個世界都眼睜睜盯著他們。但是艾美不能受壓力影響——這正是她的小組存在的原因。

現在，她的視線掃過監獄會客室中的兒童。莉莉安是否像當年對溫蒂・湯普森一樣，用病態的著迷眼光看著他們？她夜裡躺在床上會想到他們嗎？她的反感驅散了這些想法。當她走近，看見坐在鄰座的男子，驚愕地倒退一步。是戴米恩，穿著牛仔褲和破舊的機車皮衣外套。她的哥哥和莉莉安不同，是自由之身，而他難以預測的程度讓她的肚子裡起了緊張的波動。她還沒有拿妙莉的事質問他，她在等他的背景調查結果。她知道她可以信任茉莉會小心行事，於是在當天稍早把聯絡情報組的任務交辦給她。她做了個深呼吸，整個人陷進鬆軟的藍色椅子裡，她伸手撫平套裝裙子上的皺褶，感到背部僵硬。她的姿勢一如往常挺直，已經長到可以束起的頭髮用一只古董髮夾固定。她不遺餘力地區分出自己和眼前那個女人的不同。同時見到莉莉安和戴米恩，讓她後頸寒毛倒豎。

「妳終於來加入我們，真是太好了。」莉莉安說。她看起來沾沾自喜，這點就足以使人擔憂。她的頰骨掃上一抹淡淡的腮紅，嘴上的一層唇蜜修飾了她蒼白的嘴唇。

艾美看了看錶。由於搜查行動耽擱了，她晚到四分鐘，這感覺像個噩兆。「你來這裡幹嘛？」她對戴米恩說。他鐵著一張臉注視她。

「探視自己的媽媽不犯法吧？我不像妳，我只有這一個媽媽。」

「嗯，既然如此，我就留你們好好相處，」艾美緊繃地回答。他們上一次見面時的情景還歷歷在目。「我只是來道別的。我們證實了農場裡的那具屍體是溫蒂・湯普森。感謝妳的合作。」艾美機械性地試圖把所有情緒屏除在她的聲音之外。

「既然調查已經完成，我不需要再和妳見面了。」但是，戴米恩先前關於尋求真相的發言，仍像一條不知所終的線頭懸宕著。

「妳確定嗎？」莉莉安說。她的眼睛宛若兩顆黑珍珠。

「確定，除非妳還有別的事要告訴我。」艾美不肯屈服地說。她從眼角餘光看到戴米恩在觀察她。他身上散發出一種潛伏的攻擊性，臉上的表情是顯而易見的嫌惡。

「告訴我，」莉莉安回答，雙手盤在胸前。「妳對於被誣陷謀殺罪的人有什麼看法？妳做過這種事嗎？誣陷別人？」

艾美抿緊嘴唇。她想要交盤雙臂抱胸，但又不想模仿莉莉安的動作。她將雙手交疊在腿上。

「只因為妳口中的那個父親陷害我。」

「拿出證明。」

「妳上過法庭，被判有罪。」

「噢，我想妳會發現這是妳要做的事。」莉莉安從戴米恩看向艾美，嘴唇上掛著狡猾的笑意。

艾美把袖子往後拉，查看時間。她轉向莉莉安，有意識地努力讓話中充滿公事公辦的意味。

「如果妳有問題，就找個律師，跟對方談。」

艾美起身離開時，被她哥哥抓住手腕。她猛然抽回手，鋒利的瞪視簡直能把他切成兩半。

「你要是再碰我一次，絕對會後悔。」

戴米恩舉高雙手作投降狀。「好啦，兇八婆，妳好好聽她講就是了。」

艾美齜牙咧嘴，耐心盡失。「她在耍你，你看不出來嗎？我查過她說的英文課和所謂的收容機構聯絡紀錄。都是謊話。」

戴米恩對她的話嗤之以鼻，跟莉莉安交換了一個共謀的眼神。

艾美站直，感覺到一股滿足，她現在可以轉身走人了。「妳沒有交換條件可以談了。妳再也不能控制我了。」

「這就是妳搞錯的地方了……滴答，」莉莉安說，帶著孩子氣的笑容輕敲鼻子側邊。「我知道妳不知道的事。」她一個字一個字唱出來，吸引了會客室裡小孩的好奇目光。

艾美閉了一下眼睛，一面深呼吸一面坐回去。莉莉安套了一條繩子在她頸上，不斷拉扯玩弄，現在繩子開始散裂了。她看到社群媒體上那些貼文了嗎？

「記得那個失蹤的金髮小美女嗎？」戴米恩說。「我敢說妳恨不得知道她在哪裡。」

「你在說謊。」艾美的聲音變得強硬。儘管她努力避免，她的名字還是在公眾視野中跟這樁案件連結上了。

莉莉安唇上勾起一抹微笑。「妳是願意冒險的吧？因為時間正在流失，而那個小騷貨不像溫蒂．湯普森，還活得好好的。」她壓低聲音，臉色陰沉下來。「妳有三天可以找出答案。如果妳沒找到，妙莉．帕克就得死。」

「屁話連篇。」艾美啐了一口，隨即希望她能收回脫口而出的粗話。聽到莉莉安把小孩稱作

「騷貨」真是令她反胃。

「聽著，」戴米恩說。「她說的是真話。」

艾美不敢置信地直瞪眼。「你也參與了嗎？因為要是你有——」

「妳沒辦法把罪安到我頭上，」他回應。但是他臉上的表情告訴她實情不然。

「如果你和綁架案有任何關聯，我現在就要逮捕你們兩個。」艾美說。她暗暗咒罵自己把錄音機留在辦公室。

「我有不在場證明，」戴米恩桀驁不馴地抬高下巴。「妳他媽以為自己是誰，敢威脅要逮捕我？」

引起兩人衝突的莉莉安咯咯笑著。「啊，妳看看妳，我的珀比又本性畢露了。妳四歲的時候就樂得讓自己的家人吃牢飯。現在呢，妳又要故技重施了。」她把頭歪向一邊，眼睛瞇了起來。「怎麼樣？害妳爸爸死掉、媽媽被關還不滿意，要讓妳哥哥也一起遭殃嗎？」

艾美咬緊下顎。「妳剛剛自承策劃了妙莉．帕克的綁架案。我是個警察，妳還期望我怎麼做？」

莉莉安嘖了一聲，把一根手指像鐘擺般搖動。「她又來了，又在扭曲事實了。我人在監獄裡，怎麼能去綁架個高高在上的女學生？」她戲劇化地吐了口氣。「我不計前嫌，一直最是樂意幫忙。但如果妳不想知道她在哪裡……」莉莉安把椅子往後推，手掌按在桌子上，起身準備離開。

「坐下，」艾美命令道。「我在聽。」

「很好，那麼我們有共識了，」莉莉安狡猾地說。「妳有三天的時間可以設法證明我的謀殺罪是被誣陷的。就像他們發的推特說的，他們飢渴求義。要是逮捕了戴米恩，肯定只會惹火他們。」

「妳威脅要殺了她，」艾美回應道。「該被逮捕的是妳。」

戴米恩沉默地旁觀，莉莉安聳了一下肩作為回答。「我在真實世界裡有不少追隨者。很多人並不樂見我遭受的對待。如果有人起而反抗，我也沒辦法。」

「真相守護者，」艾美不禁脫口而出。「他們用妙莉當作放妳自由的交換籌碼。那你呢？」她轉向戴米恩。「你也是那個社團的成員嗎？」

「上臉書又不犯法，」戴米恩滿不在乎地回答。「如果他們想幫媽的忙，在我聽來是個好主意。」

「那麼她在哪裡？」艾美探出身子橫過桌面。「告訴我，我就會去查妳的案子。」

「儘管說我是壞母親吧，但我對妳有點信任問題，」莉莉安回答。「如我說過的，妳有三天的時間。」

「要是我沒有找到妳想要的結果呢？」

「那麼妳的手就要染上她的血了。」

45

艾美邊走邊喝著外帶咖啡，腳步沉重地越過警局停車場。她還在從探監帶來的衝擊中恢復，揭露的事實重大到超出了她的承受範圍。但至少她知道了答案，她現在知道莉莉安重新展開聯絡的真正原因了。交代埋屍地點只為了接下來的計畫暖身。她看著艾美掙扎，從中取樂，但是在這一切的核心，她想要的是自由——為此不計代價。艾美嘆了口氣。要在怎麼樣的平行宇宙裡，「布蘭特伍德人魔」才會被釋放出獄？這對妙莉的命運又會有什麼影響？

當會客時間將近結束，戴米恩很快提出不在場證明，惱怒地撇清自己和案件的關聯。跟他一起離開那棟建築物、走出莉莉安的視線，感覺很奇怪。回顧他們的對話，他只有叫她認真聽莉莉安要說的事。就算退萬步言，他們真能逮捕她，為了正當目的，手段如何就不重要了嗎？由於她已經置身獄中，沒辦法做初步搜索，沒有通話紀錄可以調閱，沒有現場可供鑑識，也沒有電腦能檢查。這值得讓情況激化嗎？「真相守護者」不是鬧著玩的，莉莉安至今為止都很配合，沒有理由懷疑她這次會變卦。

她從眼角看到兩個制服警員走了出來，手裡各拿著一包香菸。多虧新的規定讓他們不能再跑來停車場吞雲吐霧。她走近大樓時，以微笑回應他們尊敬的點頭招呼。她對自己的職位是否問心無愧？

她知道自己該怎麼做——向派克主任坦白承認。天啊，她這下麻煩可大了。知情不報是很嚴重的，甚至可能導致她被踢出小組。想像起各種後果，她就不禁腹中翻攪。為什麼她不從一開始就誠實交代？她知道答案：她和派克的關係是一種間接的友誼，建立在派克和羅柏的過往交情上，但現在她父親走了，只要派克發現艾美不是他的血親，看待她的眼光可能就再也不同。這就是莉莉安要的效果：讓艾美感覺到被拒絕的恐懼與不安，就像她過去所造成的。

她沒有時間多想，在她走進辦公室的同一秒，手機就響了起來。是馬坎，她的頭號鑑識官，她的組員封他為鑑識科學界的奈傑爾．哈維斯[10]。「艾美，親愛的，妳好嗎？」

聽到他的聲音，艾美整個人暖了起來。電話那頭的背景響起古典音樂，他聽起來是在車上。生長於西敏區的他讀了好幾個學位，至於他為何放棄法官的工作、投身調查髒兮兮的犯罪現場，對艾美來說實在是個謎。

「我今天超慘，」她乾乾地回答。「希望你打來是有好消息？」

「這就取決於妳怎麼看了。我今早跟呼呼聊得很愉快，得到的結果著實有趣。」

「牠有回話？」艾美一面回答，一面想像他和貓會談的樣子，想得咧嘴而笑。

「牠當然有嘍。牠告訴我牠一直被關在籠子裡。這可憐的小東西，毛上的屎尿都結塊了。妳知道，牠可是很愛乾淨的小姐，要不是被關著，牠絕不會躺到那些髒東西上。」

---

[10] Nigel Havers，1951–，英國演員，在《加冕街》、《唐頓莊園》等電視劇中演出。

「所以說，牠走失的期間不可能是一直在街上流浪的？」

「相當不可能。根據獸醫判斷，牠本來最多只能再活幾天了。我懷疑牠逃跑時，綁架犯並不在場。牠太虛弱了，沒辦法跑快。」

「對於地點有想法嗎？」

「牠毛皮上黏著的排泄物相對而言是新鮮的，所以我估計牠逃跑的時間不會超過被人發現的兩個小時前。」

「那麼就可以把牠被關著的地點縮小到……」艾美說出思考過程。

「依牠的移動速度，不會是相隔太遠的地點。這是假設牠沒有被人帶去丟棄。」他停頓一下。「還有件事，妳可能會有興趣。」

「請說吧。」艾美回應道，感覺到一股滿懷希望的顫慄。如果他們現在找到妙莉，她有可能還活著。

「我和呼呼見面的時候，做了點超過我本分的事，但所幸我們都是文明有禮貌的生物，一拍即合。我說服了牠爬到我腿上來，讓我把鼻子埋進牠的毛裡。」

艾美抬起一邊眉毛。「這樣做的目的是？」

「當然是為了盡情大吸一口了，不然呢。如我所料，我吸到了豐富的排泄物氣味，但是還有另一種相當強烈的異香……」

「菸味？」艾美大膽一猜。

「並不是，在我透露答案之前，我必須先向妳說明，我的嗅覺非常靈敏，至今為止還不曾讓我失望過。」

「我洗耳恭聽。」艾美如此回覆。馬坎充滿表演欲，一向喜歡慢慢鋪陳。

「魚。我聞到了魚腥味。絕對不會錯。如果我是妳，我會叫小組開始搜索各個碼頭，也會把魚鋪、魚市場、漁船列入考量。餐廳倒比較不可能，因為他們進的通常是新鮮貨，我聞到的那個味道卻很腥。不妨這樣一試。」

「你這小美人，」艾美說。「還有別的事嗎？」

「我還採了幾根貓毛。如果搜索小組找到地點，叫他們也留意貓毛，可別讓他們把證物黏在衣服上帶走了。我剛讀到加州有一間動物基因實驗室，他們以前協助過倫敦警察廳偵辦凶殺案。是得先提醒妳，他們一次收費兩千美金，不便宜。他們處理的第一批案子裡就有一件牽涉到白貓的毛髮。」

艾美點點頭，一隻眼看向時鐘。馬坎可以一講就是一整天，但是她得去好好利用剛得到的資訊。「聽起來棒極了，」她說。「你把報告轉寄給我好嗎？」

「它在我們說話的同時就乘著翅膀飛向妳嘍。」然後他的語調嚴肅起來。「如果照呼呼的狀況判斷，恐怕妙莉現在也不太好。」

46

一九八六年

站在她面前的男人頭頂著夏日驕陽形成的光圈，看起來就像個天使。他們後方聳立著一棟高高的灰色樓房，裡面的空氣聞起來很悶，到處是表情嚴肅的人，在珀比頭上講話。她好無聊，文件流程完成之後，她就求大人讓她到外面去。社會局的女士今天看起來很開心，告訴珀比說她就要有個新家了。她宣布消息時簡直要唱起歌來，但是珀比不知道這怎麼會是件好事。現在，她發覺自己一面將手擋在額前，一面打量著她的新監護人的外型。他又高又瘦，頭髮是銀金色的，爹地的體寬是他的兩倍，他們一點也不像。他說得一口上流口音，正經八百地說他要帶她回家了。他的聲音輕柔而撫慰人心，珀比帶著一股被動無助的感覺接受了她的命運。

他告訴她，他叫作羅柏，她努力把這個名字記下來。自從她跟社工的對話之後，她的生活中跑進了好多人。他像道吉一樣單膝跪下來跟她說話，但道吉的眼睛是榛果棕，羅柏則跟她一樣是灰眼。珀比舌頭打結地呆立在原地，直到他身旁的那個女人伸手摸起她短短的棕髮。她強烈的香水味竄到喉嚨深處，讓珀比受不了而咳嗽起來。

「我是芙蘿拉，」她說著在珀比的頭上輕拍，像在拍狗似的。「我們的名字都是花的意思呢⓫。」但是羅柏接著含混地低聲說了些關於幫她改名的事，讓珀比的胸口再度揪緊了。

芙蘿拉沒有發現，她興奮地細數他們要一起做的各種事，講得字都糊在一起了——上髮廊、逛街購物、學騎馬、上芭蕾舞課。珀比聽得頭昏腦脹。她皺著眉頭，往羅柏靠近，他身邊感覺上是最安全的地方。她看著他伸手碰碰芙蘿拉的手臂，叫她慢一點。

「我們一定會一起玩得很開心，」她說，咧嘴笑時露出染到粉紅色唇膏的牙齒。「妳要來當我們的小女兒了。」

珀比退縮地往後一步，鑽進羅柏的臂彎裡。社工跟她說過她的新寄養家庭，還說他們有一天甚至可能會正式收養她。她本來都不相信，直到現在。她想到媽咪會有什麼反應。她把嘴唇往內吸得發痛，拳頭在洋裝的衣袖下握緊。她往前探身，準備開口。

芙蘿拉對羅柏得意地一笑，然後彎下腰來。「怎麼啦，寶貝？妳想說什麼？」

「去吸屌吧，賤人。」珀比說。她不知道那些詞是什麼意思，但是她在家裡聽人講過。芙蘿拉張口結舌呆住了。

珀比皺著眉頭。她沒聽到嗎？她決定用動作充分表達自己的憤怒。她把一隻手湊到嘴邊，用舌頭頂著臉頰內側，做出像在吃香蕉的樣子。至少她以為那個動作是這樣的意思。但她也知道這樣很壞，很沒禮貌，可以把那個女人嚇得遠遠的。珀比的掌心汗濕，心臟像隻被困住的飛蛾在胸

⓫ flora 原意為花卉的總稱，poppy 原指罌粟花。

中亂跳。由於激不起足夠的反應，她對她罵了最髒最髒的字，「ㄐ」開頭的那個，莎莉安告訴過她絕對不能說的字。那個字簡短又輕快，珀比不知道它為什麼那麼糟糕，甚至不知道它到底是什麼意思。但是芙蘿拉知道。她臉上血色盡失，驚恐地倒抽一口氣，往後退步。

「她……她怎麼講得出這種話？」她對羅柏說，並且拉扯著他的手臂。因為沒有得到答案，她轉向珀比，在她面前搖著手指。「那是不好的字。很粗魯。女孩子家不該那樣講話。」

「滾蛋，」珀比尖聲說，罵出的字眼引起的效果令她興奮。「婊子！臭婆娘！賤人！」

髒話不斷脫口而出，她發現自己停不下來。她的眼角餘光看到社會局的那個女人正在走近。她惹上麻煩了，麻煩大了——但現在收手已經太遲。羅柏舉起手，請她先等等，然後再度蹲跪下來面對珀比。

可是他沒有生氣，表情反而軟化成一副笑容——珀比的咒罵似乎對他毫無影響。「我知道妳很害怕，如果是我，一定也會怕，」他輕聲說。「但是我保證，我們會保護妳的安全。我也知道，其他人曾經讓妳失望……」

珀比聽進了他的話，不再叫罵了。

「但我要發一個誓……妳知道發誓是什麼嗎？」

珀比搖頭，用腳尖推著地上的礫石。

「就是一個人能夠做出的最大、最認真的承諾，代表一旦說出來，就一定要做到。永遠有效。妳現在懂了嗎？」

珀比點頭。

「好。嗯，首先，我要像這樣把手舉起來。」他的臉色嚴肅，手掌舉高。「我發誓要永遠保護妳的安全。沒有人可以逼迫妳做任何妳不想做的事。」他的聲音放低，變成耳語。「如果講出不好的字可以讓妳心裡面感覺好一點點，那也沒關係，希望妳很快就不會再需要那樣了。」

他放下了手。「妳在想念家人，對不對？」

珀比嘆氣。

「我們不是要取代他們。但是我們想要照顧妳。我知道這有多嚇人，因為我跟妳一樣大的時候，也有了一對新的爹地和媽咪。」

珀比張開雙唇，但是說不出話來。他也遇過一樣的事嗎？

他笑得更開了，露出一排白牙，她感覺就像有溫暖的陽光灑在臉上。「芙蘿拉只是太興奮了。我們幫妳準備好了一個可愛的房間，她等不及要秀給妳看。如果妳想，可以安心靜靜坐在裡面，或是看電視也可以。」他伸出手。「所以妳覺得如何呢？想來看看妳的新家嗎？」

珀比輕輕點頭，把掌心在洋裝上擦了擦，然後牽住他的手。

47

「我看妳還沒找到她呢，」莉莉安在她又打來的一通電話裡說。「妳的主任在記者會上看起來挺冷靜的。她講電話的時候很友善，但我看她骨子裡是個鐵石心腸的臭婆娘。」

「妳不要再打電話到辦公室，不要打給我，也不要打給我的主任。」艾美憤怒地回應。另一段重現的記憶讓艾美比以往更慶幸自己被那麼一對仁慈溫暖的夫婦收養。她在心裡困窘地回想起自己小時候會罵的髒話。但羅柏處理的方式巧妙又有風度。而現在，艾美所有苦難的根源就在電話上對她糾纏不放。艾美今天已經受夠她了。「妳到底為什麼有辦法打電話？」艾美說著，將注意力轉回到莉莉安。「妳是偷渡手機進牢房裡面嗎？」

「我真好奇，」莉莉安輕笑著說，無視於她的暴怒。「如果那個撲克臉派克知道妳的真實身分，豈不是會很有趣嗎？報紙又會怎麼寫？」

「妳到底要我怎樣？」艾美說。這番只有稍加掩飾的威脅是不容忽視的警告，她別無選擇，只能服從。在辦公室外，整個小組忙著跟進妙莉案子的線索。隨著媒體關注度逐漸加溫，額外的人手也被徵召來協助在鑑識人員建議的範圍做初步搜索。

「妳就不能撥個十分鐘給妳媽媽？還是我要用別的方式才能得到妳的注意？」

「妳別的沒有，就是不缺我的注意。」艾美坦承。她癱軟在辦公椅上，已經懶得告訴莉莉安自己並不視她為母親。她把吃剩的沙拉三明治丟進垃圾桶。從接起電話的那一刻，她就食慾全失。

「很好！」莉莉安說，語調中的欣喜清晰可聞。「妳最近有跟妳哥哥說過話嗎？」

「如果妳指的是戴米恩，那麼沒有。」艾美的哥哥是克雷格，那個跟她一起在羅柏與芙蘿拉家的屋簷下長大的男孩。戴米恩陰沉的眼睛和攻擊性的舉止太讓她想到傑克・葛萊姆斯。待在他身邊讓她既悲傷且不安。總是擅長操弄人心的莉莉安注意到她的遲疑。

「妳對他做過警察的那種調查了嗎？結果可能會令妳驚訝喔。」

艾美皺起眉頭。她現在玩的是什麼把戲？「妳為什麼想要我調查？妳不是很努力要我們團圓嗎。妳在打什麼主意？」

莉莉安吸了吸鼻子。「我這個禮拜都不太舒服。我想我可能感冒了。這裡面有些人會有家人寄東西進來，就算只是一張早日康復慰問卡也意義重大。知道有人關心你是很棒的感覺。」

艾美試圖解讀對話內容的同時，眉頭皺得越來越深。「我沒跟上妳。」

「這點我知道，」莉莉安嗤笑道。「事實上，妳已經好一段時間沒跟上進度了。妳真的適合幹警察這一行嗎？要是妳的同事發現妳究竟是誰，他們會有什麼反應？」

「我沒打算告訴任何人。」

電話線上突然傳來一陣尖聲怪笑，讓艾美對莉莉安的精神健康狀況懷疑起來。「妳扭曲真相的方式總是很有創意，但精神病態者畢竟就是這樣運作的。」

「妳現在是在說我是精神病態者嗎？」艾美說，想掛電話想得心癢。

「有其母必有其女。」莉莉安用停頓製造效果。「妳覺得這樣說不公平嗎？我被貼上『布蘭特伍德人魔』的標籤時也有同感。」

「妳今天吃藥沒？因為妳好像不是很清醒？」

「告訴我，」莉莉安說，忽略她帶刺的評論。「妳發現戴米恩的底細之後，也會放他自生自滅嗎？」

「妳是什麼意思，他有什麼底細？」艾美按摩後頸。莉莉安的存在感十足強烈，讓艾美幾乎能感覺到她的吹息搔弄著她的皮膚。

「他和他爸像得不得了。我跟他說，他就是流著這樣的血，逃不掉的，所以最好跟它和平共存，接受自己的本質，繼續往前走。」

「好，我要掛電話了，」艾美說。「除非妳還有什麼值得聽的事要說……」

「妳不是個天生的警察……他們感覺得到，對吧？感覺得到妳的不同之處。他們忍受妳，是由於認為妳是溫特家的人。但一旦他們發現妳的真實身分，這一切就要泡湯了。」

「我就是溫特家的人，」艾美回應道。「這是我的合法姓氏，我也引以為傲。別再打過來了。」

「我要上訴。」莉莉安的聲音提高了一點點。「如果妳不證明我是無辜的，我就拖妳一起下水，妙莉．帕克也會沒命。」

接著只剩一聲死氣沉沉的撥號音，艾美低聲咒罵。她的主任交代她……不對，是命令她讓莉莉安．葛萊姆斯在電話上繼續暢所欲言。派克猜她還有更多事要說，猜得沒錯。她似乎真心相信羅柏誣陷了她，但是艾美的父親絕不會為了確保起訴成功而栽贓證據。她望向桌上的銀框照片，看到的是個誠實而善良的人。但有時候，懷著純善動機的人會受到驅使，做出不堪設想之事……

辦公室門上的輕敲聲將她從思緒中抽離。是派弟，手上拿的列印文件顯示他來的時機正巧。

「進來，」艾美說。「你查到什麼？」

「妳要的關於戴米恩．葛萊姆斯的資料。他有前科，還不少。從各方面看來都是行為違常。」艾美示意派弟找椅子坐下，拿了一條開封過的偉特牛奶糖推給他。她固然是交代茉莉蒐集情報，但是派弟身為茉莉頂頭的偵查佐，也必須知道狀況。

他拿了一顆糖果，剝開包裝紙，扔進嘴裡。「我們第一次跟他打交道，是因為臨檢一場使用毒品的性愛派對，」他說著把糖含在頰內。「他沒有獲控罪名，但是資料被保存了下來。事發時他才十六歲，而且不是在場年紀最小的。」

「他當時應該還在寄養系統裡，對嗎？」

派弟點頭。「他被帶回寄養家庭，但是不斷逃家。他有特別挑女學生騷擾的紀錄，還有毒品和其他輕罪前科。」

艾美翻閱著報告。「他被抓到持有氟硝西泮？」

「對。」派弟點頭。「考慮到他的背景，這實在也不意外。」

聽了他的評語，艾美得拚命阻止自己做出瑟縮的動作。那句話說得中肯，但如果他知道真相，是絕不會這麼說的。

「真的嗎？」她問道。這個問題溜到嘴邊，她就是沒辦法攔住。「你覺得如果你生來就有一對連環殺手父母，你也命中注定會走上同一條路嗎？」

「也許不是注定，但那些小孩的腦子絕對會被搞得不正常。他們那間房子裡搞的勾當……不只是殺人對吧？也有性愛派對，一堆人來來去去。也許戴米恩覺得舊習難改。這不是為他的行為開脫的藉口，但確實有那麼回事。」

確實有，艾美心想，那就像他靈魂上的一個污點，讓他成為一個危險人物。她想起他為莉莉安辯護的那幾次，他將母親的行為合理化，表現得好像艾美才有錯。她翻頁，讀到關於他精神健康狀況的註記時，心往下一沉。

「我跟莉莉安．葛萊姆斯談話時，她暗示戴米恩加入了『真相守護者』。」

派弟從鼓起的腮幫子吹了口氣。「要命，她出賣自己的兒子？真是沒有底限。」

艾美漲紅了臉。「她想讓自己在假釋申請時好看一點。她不在乎自己會傷害到誰。」她沒忽略掉這句話中的諷刺。她喝了口已經冷掉的咖啡，作為避開視線的藉口。莉莉安在獄中時替戴米恩講話，但是他一走，她就打電話給艾美，暗指他惡貫滿盈。這更進一步證明莉莉安在玩弄他們。艾美幾乎為他感到難過。

「也合理吧，我想。」派弟用舌頭滾動著糖果。「我不相信報紙上說她洗心革面的什麼垃圾報導。她那種人才不會悔改。但是指控她自己的兒子，看起來未免有點扯。」

「真的嗎？」艾美一面問，目光一面掃視一行行文字。「看看他的紀錄：持有約會強暴藥物、一連串性犯罪史、精神問題。」艾美將她與莉莉安・葛萊姆斯對話的細節轉述給他。

「那我們最好去把他抓起來。」派弟回應。不過他們倆都知道事情沒那麼簡單。有一整套申請逮捕的流程要先到位。

「在我跟主任談過之前，什麼都先別做。這件事得小心處理。」

「但妳自己說，我們有所懷疑……」

艾美眉頭緊蹙。如此舉棋不定並不像她的風格，但葛萊姆斯母子牽涉進妙莉的案子，讓她綁手綁腳。「如果我們放長線，可以追蹤他的行動，也許他會帶我們直接找到她。那樣我們就可以找齊所有需要的證據了。」

「只能祝妳好運找齊跟監小隊了。我們的預算可緊繃了。」

艾美比誰都清楚這一點。「這就是我得去跟派克談的原因。」

「也許妳可以監聽他的電話，」派弟回應。「但我不會期望太高。」

艾美咬緊下顎。想到讓警員聽見他的電話內容，她全身的血液就為之發冷。莉莉安頗樂於打電話給她，要是戴米恩也這樣做呢？快要沒有時間了。但她擔心的不只是自己，也掛慮針對她父親而來的指控。

「莉莉安可能只是沉迷於他人的關注。至於戴米恩，出生在什麼樣的家庭不是你能選擇的。

我們不能光因為這一點就自動懷疑他。」

「悉聽尊便嘍，大人。」派弟說著裝出脫帽行禮的動作。

「在我們想出策略以前，最好封鎖住這項消息。我們最不需要的就是讓人手往錯誤的方向猛衝。」艾美抬頭看著天花板角落，本能地檢查有沒有蜘蛛的蹤影。她能有機會擺脫自己的過去嗎？

48

早在妙莉轉頭之前，她就感覺到綁匪的灼灼目光貫入她的背後。她哀吟一聲，眨了眨完好的那隻眼睛。她的左眼幾乎腫得完全閉起來，綁匪的拳頭觸及她的臉龐時硬如鐵棒，他把她壓制回床上，她在烈火般的痛楚中只見上百點小火花在她的視野裡炸開。「笨蛋！笨蛋！笨蛋！」他粗聲說。喘個不停的他把她的手腕綁住，然後在她臉上蒙了一個透明塑膠面罩。恐懼令她的四肢癱軟、思緒破碎。她現在會怎麼樣？她在被悶住的啜泣之間吸氣，當船身在她的體重下嘎吱搖擺，她對強襲而來的黑暗心懷感激。

意識的恢復重新帶來了危機感。呼呼逃出去了嗎？這只是小小的勝利，卻值得歡欣。她記得牠穿過籠門時，項圈上的小鈴鐺叮叮搖響。是妙莉堅持要牠戴鈴鐺的，用來警告棲息在後院的小鳥。牠的項圈上還有一支小銀管，裡面有她家的地址。她內心燃起一點小小的希望火花。無論如何，她的寵物自由了，可以展開新貓生。她在床上挪動，她自己的汗味和仍然盤桓在空氣中的尿臊強度不相上下。

她沉默的同行者坐在倒置的桶子上旁觀，手術刀從戴手套的手中露出。今天他的穿著不同了，寬大的衣服將他的體型掩飾得更完全。黑色的塑膠防毒面罩發揮了雙重功能，既隱藏了他的身分，也嚇得妙莉打從心裡害怕。

她眨眨眼，暗自祈求他能有點同情心，或任何一點能幫助她存活的情感。

「對不起，」她沙啞地說，然後清了清喉嚨。「我只是想回家。你可以幫我鬆綁嗎？拜託？」

綁匪搖著頭，此時一陣突如其來的波浪晃得船隻上下震盪，他幾乎失去平衡。

妙莉瞇起了完好的那隻眼睛。他的動作中有某種笨拙感，讓她知道他之前沒做過這種事。她要逃跑時，他吃了一驚，而且就在他揮拳揍她之前，她注意到他的拳頭在空中稍微停頓過。這都不是經驗豐富的罪犯會有的舉動。他在緊張。但她依然感到危險正在迫近。

「我需要上廁所，」她說，聲音逐漸變得有力。「拜託幫我鬆綁。」

他的眼神從她身上轉向手中的利刃，發出又一陣吃力的呼吸聲。「妙妙不遵守規則。呼呼走了。現在妙妙得走了。」

「你說我得走了是什麼意思？」妙莉心跳加速地問。

「妙妙不聽話。」他以一種陰沉的語調簡短回應。

「拜託放了我。我不會告訴任何人。」淚水刺激著妙莉的眼瞼，弄痛她瘀腫的眼窩。「我一個字都不會說出去。」

綁匪抓著手術刀，從桶子上起身。

「拜託別傷害我，」妙莉哭喊著拉扯身上的束縛，心中的希望煙消雲散。「我什麼都不會說出去。拜託。」

綁匪隔著面罩嘆了口氣，略帶一絲絲留戀看了她最後一眼，然後走出門去。門栓拉動的聲音帶來一種萬物終結的恐怖感覺。船身的木材發出警告般的哀鳴。他們要把她留在這裡等死。上方的腳步聲踩得嘎吱嘎吱響。她用完好無傷的眼睛瞟向床尾，沒有三明治，也沒有飲水。桶子依然是翻倒的。連擦拭紙巾也沒有補充。她待在這裡的時間要結束了。

49

「乾杯。」艾美舉起她的琴湯尼，和派弟的啤酒杯相碰。她希望來拉德伯克紋章酒吧喝一杯，能鼓勵他打開話匣子。這酒吧離警局只有一小段路，位在安靜的住宅區路段上，是個舒適的在地去處，布置著好看的吊籃式座位和傳統式的木製吧檯。她以前常在這裡和她父親小聚，即使到現在，她仍會有點期待他穿過門走進來。她有點費力地將焦點轉回派弟身上。她知道自己這樣很虛偽，在自己的私人生活失控的同時還盼望他對她傾訴，但是在警局以外的地方待一陣子感覺很棒，更提供了她暫時逃離家務事的喘息時間。

「出來透透氣真好，」艾美說出了自己的想法。「過完這一週，我真的是油盡燈枯了。」

派弟盯著杯裡。他皺起臉來，明白顯示了他內心的掙扎。

她等他的回應等了幾秒。「家裡狀況不好嗎？」

派弟深深的嘆息給了她答案。「這得用朋友間的方式談，不能用同事的身分。」他說。

「為什麼，你謀殺了誰嗎？」艾美把玩著一個杯墊，打趣地說。

「沒有，但……這很私人。」

「這是在告訴我那些瘀青的來源嗎？還有脖子後面的燙傷？」

派弟點點頭，然後仰頭灌了一口啤酒。

艾美輕捏他的手臂，對她而言是罕見的主動肢體接觸。「不管發生什麼事，我們都能解決的。」

派弟撐著沉重的肩膀啜飲啤酒。「我以前也協助過家暴受害者。這麼多年來，我都不曾把自己歸到跟他們同一類。」

「也有很多男人遭受家暴，」艾美哀傷地說。「其實真是太多了。」

背景傳來一群酒客乾杯的玻璃輕敲聲，氣氛歡樂到顯得奇怪，跟他們的對話很不搭調。「直到現在，我都相信錯在我，」派弟說。「妳知道我失去過一個女兒吧？」

艾美點頭。

「潔若汀……她怪罪我。其實，她也有道理。」艾美開口要說話時，派弟舉起一隻手。「如果我沒有買給她那台腳踏車……」他低下頭。「天啊。」他重重呼出一口氣。「想不到這件事我沒告訴別人，卻跟妳說了。」

「因為你知道我會有話直說。我會告訴你應該怎麼做，然後堅持要你做到。」

「我想這就是我現在需要的。」他撫平企鵝領帶，臉上掠過一種遙遠的表情。「妳知道，我繫這領帶是為了紀念她。她喜歡這種樣子的，圖案越傻氣越好。她是個好貼心的女孩子啊……」他濕著眼眶，以穩定的頻率小口喝酒。「真蠢，但我只要講到她就忍不住掉眼淚。」

「不蠢，因為你失去了你的世界的核心，」艾美說。「人家期望我們這些幹警察的能夠克服難關，擺脫創傷。但我們不是機器人。喪親之痛是一種無可比擬的痛苦，特別是失去年紀那麼小的親人。」艾美的語氣篤定得讓派弟瞇起眼。她對上他的目光，報以苦笑。這個話題要等到之後再談。

「事情是發生在夏天的晚上，」派弟盯著杯裡說道。「九點了，天還很亮，我幫蘇西的腳踏車拆了輔助輪，她求我趁睡覺前帶她去路上騎車，她期待了一整天。我太太……她討厭去戶外，從那時候就是。她說時間太晚了，我們應該等隔天再去……要是我有聽她的話那就好了。」他停了一下，清清喉嚨。「我跟潔若汀保證，我只讓蘇西在小路上騎，也會戴好護具。」

他們後方的那群酒客之間爆出一陣笑聲。派弟渾然不覺，沉浸在往事中。

「我記得她咯咯笑著，騎到我前面去了，路上下過雨還很滑。她越騎越快，我大聲叫她慢下來。但是她接著就騎到一個拐彎，讓我看不到。」他熱淚盈眶，連吸氣都在顫抖。「我喊了她……天啊，我希望我沒有喊……」

「繼續說。」艾美堅定地表示。儘管他如此痛苦，她還是知道他必須說完，讓痛苦能夠釋放。

「她左看右看，下了人行道，騎到一輛正開過來的車子前面。駕駛喝了酒，似乎是在家族晚餐上……沒發覺喝了多少。」派弟閉上眼睛，回憶浮現眼前。「車子把她撞彈到空中，像個布娃娃似的，她落地的時候就死了。」

「你差一點就趕上了。繼續說。」艾美輕聲說，她的杯子幾乎已經在手裡握暖了。

派弟點頭，他的下巴因為強忍哭泣而發抖。「潔若汀把一切都怪給我。當然，她說得對，都是我的錯。那個駕駛只是剛好出現，她自己也有小孩。那麼多人的人生就因為我的愚蠢而毀於一旦，我們的婚姻也因此結束了。」

「但你們還是住在一起？」

她得到一個歪扭的笑容。「我沒辦法離開。潔若汀的廣場恐懼症惡化，長期把她困在室內。我們整天就是吵架，我不再聽她說話時，她就改採暴力手段來引起我的注意。」派弟把酒杯舉到唇邊，喝乾最後一口酒。「她說如果我嘗試要離開，她就會自殺。所以，我們達成協議：我跟一個同事合租辦公室附近的套房，每週回家一兩天。但是我每次回去，狀況都更惡化。」

艾美抬起眉毛，等待對方的解釋。派弟讓她陷入一個為難的處境，他若是將肢體暴力行為的細節告訴她，她就有責任要關切處理。

「我不會講到細節，」派弟像是讀了她的心一般說道。「讓她入罪也不會有幫助。」

「我們會因為愛著施暴者而合理化多少次他們造成的傷害？」艾美低聲說。這句話是她有一次聽到一個受害者說的，一個學著堅強起來的人。

「我越來越擅長掩飾。」派弟做了個深呼吸。「事實上……我有了別人。她善良又體貼……」

「不會也是警察吧？」艾美皺著眉，試圖猜想那個人可能會是誰。

「不……完全不是。她叫伊蓮。她在一間離這裡不遠的私立醫院當護士。」

「這個小護士一定有好好照顧你吧？」舒緩一下氣氛的感覺真好，就算只是短短一兩秒。

「別想歪，溫特。」派弟嘴上的笑意逗留了片刻才消失。「現在是該跟潔若汀辦離婚了。但是我有什麼權利重新開始呢？」

「別這樣，派弟，錯不在你。」艾美停下來喝了點琴湯尼。「蘇西會希望你這樣嗎？會希望你被虐待、被毆打、被燙傷嗎？」

派弟搖了搖頭。

「如果你待著不走，你知道最後會怎樣收場。逐漸加劇的暴力只會有一個結果。」艾美把空杯推到一旁，從地上拿起包包翻開，取出便條本和筆。

「拜託別告訴我妳要列待辦清單。」派弟回應道。

「不要連試都不試嘛，」艾美說。她知道派弟天性衝動，排斥秩序條理。她把本子翻到新的一頁。「好，第一，我們要做家暴事件通報；別擔心，」她見了派弟為難的表情後補上一句。「我們會將通報列為敏感案件，讓它不會出現在系統上。這樣一來，如果潔若汀對你提出反控，你就佔得先機。我要你去找家暴受害者獨立輔導服務談談，有機會就去做諮商。雖然紀錄不會回到我們這裡，但至少有留下來。」家暴受害者獨立輔導服務是在警察系統以外運作，專門為高風險的受害者提供支援。

「我跟妳說過了，不要逮捕她。」

「不會的，除非你向警方明確指出攻擊事件。但這點你也知道。」她從便條本上抬起視線。「這樣你同意嗎？」

派弟擠眉弄眼地點頭。他的酒杯空了，但是艾美不想要因為追加點單而打斷這個時刻。

「好。」她把第一點旁邊畫的方格打勾。「還有兩點。我要你收拾一包可以不動聲色帶著就走的行李，或是別人幫你收拾也行。你可以跟她說你要出差開會，但是別讓衝突升級。」

派弟疲憊地嘆了口氣。「我會當面告訴她。我才不要用傳簡訊或打電話來結束婚姻。」

「在我聽來，你的婚姻老早以前就結束了，」艾美嘟囔著。她對家庭暴力恨之入骨，宣稱你愛一個人、卻施加傷害於對方，是完全沒有理由能開脫的事。她先前在家暴組短暫待過幾年，讓她對自己的職業角色產生了長久的挫敗感。「我會派一個制服警員陪你去，以免場面火爆起來。我們會選男性警員去，才不會讓她想到另有隱情。如果你在跟其他人交往，她可能有懷疑過。」

「我知道，」派弟說。「但我不想要這件事傳遍局裡。」

「不會的，」艾美肯定地回應。「我尤其會好好保密，哪個警員要是想逆著我的意思，可得要很有勇氣。」

派弟咧嘴而笑。「這點我們有共識。」

「很好。那麼又勾完一項了。」艾美滿意地微笑。「好，」她說著圈起第三點。「事後照顧。我們要幫你找個家暴受害者諮商師……」

「一定要嗎？」派弟回答。

「沒得商量。」艾美嚴厲地看了他一眼。「我們該打的勾都打了，所以現在不能反悔。」她將注意力轉回本子上，塗塗寫寫了一陣。「第三點是針對潔若汀。我們不能讓她維持這個狀態，你得設法安排她尋求協助。」

「相信我，我試過了。蘇西死後，她一概拒絕受害者互助活動，把我帶回家的宣傳手冊全都丟了。她也不肯看醫生。」

「那麼你就得找她的家人介入。」

「他們關係很差。我想那是她焦慮症狀的部分成因。他們甚至沒有出席蘇西的葬禮，我不覺得他們現在會挺身而出。」

艾美用筆輕敲下唇。「我猜她沒有在工作？所以也沒有朋友或同事。」

「她足不出戶……至少先前都是如此，」派弟說。「除了網路上那些人之外，她也沒有朋友。」

「那就只好找家人了，」艾美一面說，一面在清單上寫字。「一定有哪個家人是可以跟她談的吧。兄弟姊妹？堂表親？父母？」

「我有她妹妹的電話，但她們已經好幾年沒講過話了。」

「那麼你就得咬牙一試了。別那樣看我，是你先去找別人的，記得吧？你不能就這樣甩手擺脫糟糠妻。同意嗎？點頭不算數，我要聽你親口說。」

「同意。」派弟回答。

艾美在第三點旁邊的空格打勾。「你看吧？現在我們把要做的事都寫下來了，是不是有種成就感？」

「可能吧。」派弟不太甘心地說，眼睛盯著本子。他的確感覺輕鬆了些。

「很好。」艾美在同一頁上寫下一個日期和「期限」兩字。「我給你一週把這件事處理好。

如果你沒完成，我就親自去拜訪她，這次會用公事名義。」

「妳是認真的嗎？」

「太陽是打東邊出來嗎？」

「妳還真是深藏不露，不是嗎？」派弟輕笑道，臉上露出興味盎然的笑容。「每次我以為我徹底了解妳了，就又看到不同的另一面。」

「你不知道的還多著呢。」艾美誠心誠意地說。

她原本想逗派弟笑，但是他的反應讓她頓住了。如果她能幫助派弟，那麼她也能解決自己的人生問題；所以，他離開之後，她發現自己又列起另一份清單。第一項任務是推翻莉莉安針對羅柏誣陷她的指控。在案件卷宗中一無所獲之後，她知道現在要上哪裡找——她爸媽家塵封的閣樓深處。

50

艾美停留在閣樓敞開的入口邊，心裡第一百次希望她的父親仍然在世。她用手臂掩住一聲呵欠，此時已將近凌晨兩點，她應該躺在床上才對。

她往狹長而陰暗的空間裡望去，先前她都因為屋椽上懸吊的蜘蛛網而對此地敬而遠之，今晚幾杯琴湯尼下肚為她壯了膽。如果羅柏還在，事情就容易多了。她閉眼片刻，回想他的臉龐，但他的表情不安而痛苦。這是她的潛意識在幫她為接下來的發展做準備嗎？

她拱縮著肩膀，擠進閣樓的空間，頭頂的髮絲擦過屋椽，讓她細細驚呼了一聲。她停下腳步，揮開想像中的蜘蛛，叫自己冷靜下來。她的心臟重重狂跳，腋下濕黏，悶熱得額頭冒汗。她要找的是可能藏有線索的任何舊日記或文件。跟她一樣，羅柏照規定不能把案件卷宗帶回家裡，但他有寫日記的習慣。他會在裡面寫了案件筆記嗎？

開了手電筒的 iPhone 舉在半空，她翻找著裝有舊被子、廢棄窗簾的紙箱，然後撞見一疊讓她心跳停擺的舊報紙。她拂去灰塵，攤開第一份泛黃的報紙，吃力地看著褪色的油墨，找到了她要的日期：一九八七年十月二十九日。「布蘭特伍德人魔」的頭條在頭版張牙舞爪，此時她的頸窩彷彿被冰冷的指尖撫觸，令她猛然發抖；那應該只是鑽進屋頂的冷風吧。但不管如何，她得出來了。她低著頭，拖著紙箱到閣樓入口，一路上留心天花板上有沒有蜘蛛。她迅速掃視閣樓最後一眼，找到第二個紙箱，上蓋外用黑色奇異筆寫著「珀比」。她把第一個箱子平衡地抵在胸前，小心走下一段階梯，再重新爬上去搬第二個。

她下階梯時，一個人影站在門口看著，讓她吃了一驚。

「媽，妳把我嚇死了。」艾美喘了一口氣。芙蘿拉穿著長版的白色睡裙和睡袍，完全無助於舒緩艾美快要繃斷的神經。

「朵蒂把我吵醒了，」她說，眼睛看向艾美懷裡的箱子。「妳上去做什麼？」

「這打小報告的傢伙，」她摯愛的寵物歪吐著舌頭朝她啪噠啪噠走來。「我只是在看一些東西。」

「拿到客廳裡來吧，親愛的，」芙蘿拉說。「我給妳泡了熱巧克力。」

艾美想要自己處理這件事，但是她不忍心支開她母親。她感激地接過馬克杯，但婉拒了地上箱子旁的咖啡桌上放的奶油餅乾。她沉默地打開那個寫著「珀比」的紙箱，拿出裡面的衣服。她把一件白色衣領的紅洋裝拿到燈光下。放了三十年的布料散發出霉味。

「妳以前好愛那件洋裝，」芙蘿拉小聲說。「社工說妳沒拿著它就不肯走，雖然它對妳來說根本就太大了。妳從沒穿過它，我們總搞不懂妳為什麼不肯讓它離身，卻又從來不穿。」

「那是莎莉安的，」艾美說，話語中帶有一股來自深處的悲傷。「我覺得只要我好好保存它，她某一天就會回來。真是挺傻的。」

「我很抱歉。」芙蘿拉臉色灰敗地說。芙蘿拉原本備受保護，不必接觸人生的醜陋黑暗面。

葛萊姆斯家的出現和他們的不良行為，少說也為她的世界帶來了巨大震撼。

「妳沒什麼好抱歉的。我知道我剛搬來住的時候，情況有多棘手。」艾美把洋裝放低到腿上。「我開始想起來了。我那時候讓妳很不好過。」

芙蘿拉面露微笑。「別讓過去改變妳現在的樣子。」

艾美的注意力轉回箱子，一一取出裡面的物品擺在咖啡桌上。一個椰菜娃娃[12]用空洞無神的眼睛望著她。她怯怯地將它拿出箱子，摸著它黃色的羊毛頭髮。

「妳帶著那個娃娃睡了六個月，然後才決心不再需要它，」芙蘿拉一面說，一面觀察她的動作。「有一天，我發現它被藏在洗衣籃底部。我們知道那是一個轉捩點，因為妳不再想要想起它的存在。我把它收了起來，妳也再沒吵著要找它過。」

艾美點點頭，又一段記憶掠過她的意識表面。「我感覺它在批判我，我舒服地躺在床上，莎莉安卻被埋在地底。」她吞吞口水，不敢相信自己大聲說出了這些話。儘管兒時跟那麼多諮商師談過話，她都不曾表露過自己的罪惡感。「但不是這個娃娃，我的那個是破布娃安。」

「破布娃安？」芙蘿拉複述她的話。「恐怕不是呢，寶貝。妳當時就只有這個娃娃。好令人難過，妳都叫它……」

「……莎莉安，」艾美悄聲說。怎麼可能呢？她感覺一度清晰的記憶現在即將潰散。「不可能。」艾美將娃娃的洋裝拉起，尋找破布娃安身上才有的刺繡心臟，但是只發現一個用原子筆草草畫上的心形。她皺起眉頭，閉上眼試圖回想：莎莉安畫上心形時手指沾到了紅墨水，轉身拿娃娃給珀比看的時候面帶笑容，因為她的娃娃「活起來」了。

「妳還好嗎，親愛的？」芙蘿拉的話語將她拉出了記憶的深淵。

「還好，我……還好。我記得的不一樣。我想這也是……可以預期的。」她卡在過去和現在之間，講起話支支吾吾。如果她記錯了娃娃，那還有什麼也被她搞錯了？錯誤記憶在犯罪案件的受害者身上屢見不鮮。三名看到同一個人的目擊者，可能針對那人提供完全不同的描述。她不會，她始終對自己的信念堅定不移，但如果她錯了又該怎麼辦？

她轉回去看向箱子，努力遮掩自己的震驚。箱裡只剩下筆記本、作業簿、讀本和日記，艾美將取出的物品放回，溫柔地將她的娃娃置於上端。她的手伸向第二個箱子，但在觀察到芙蘿拉的表情時停下動作。

芙蘿拉的表情彷彿見了鬼。「親愛的……現在還不夠晚嗎？都快凌晨三點了。」芙蘿拉碰了碰她的手。「妳要不要先把這個放下？我們可以等妳明天下班再來整理。」

艾美皺起眉頭。「怎麼了，媽？妳是在藏什麼？」到了此刻，她才有足夠的信心質問芙蘿拉。她偷聽到的那通電話不是她的想像，芙蘿拉當時的聲音裡也有著同樣的恐懼，就是她說到害怕「她」會發現的時候。但現在換成芙蘿拉沉默不語，垂眼看著地面。

艾美沉默地將第二個箱子裡的報紙和剪報放到咖啡桌上，這些對她想要知道的答案沒有幫

⑫ Cabbage Patch，一九八〇年代流行的玩偶，造型為身材圓胖的幼兒；娃娃的購買方式被設計成與收養流程相似。

助。她被一個厚厚的紅色檔案夾吸引了注意力，翻開封面時吸進了紙張的霉味。放在最上方的是刑案報告的影印本——就是艾塞克斯警局提供她的同一份文件。她翻閱著影印的驗屍報告、她曾住過的房子的平面圖、埋屍地點的地圖等等。他為什麼要保留這些東西？他帶這些東西回家是有風險的。她從眼角瞄到芙蘿拉拿起杯子，雙手微微顫抖。

「這是什麼？」艾美說著拿起了最後一項物品。盒子側邊標示內容物為十一號的靴子，但是從她母親的反應看來，裡面裝的是更大有來頭的東西。椅子上的芙蘿拉挪動了一下，依舊沉默不語。

那麼就得咬牙一試了。艾美打開盒蓋，在盒裡看見的東西驚得她合不攏嘴。

51

「我在想，你覺得我養隻貓好不好呢？」伊蓮發出一聲滿足的嘆息，在派弟的臂彎裡輕蹭著他。「你不在的時候我要是能有個伴，感覺應該不錯吧。」

他們躺在床上，派弟享受著依蓮將頭靠在他赤裸胸膛的感受。他和艾美的對話讓他精神耗竭，現在和伊蓮同享魚水之歡以後，他的世界終於又恢復了正常，萬事萬物都回到該有的樣子。

「妳怎麼會想到這個？」他說。他並不排斥這個主意。對艾美如實吐訴之後，他覺得只要他的人生中有伊蓮，他就感恩不盡了。她努力為他們打造了完美的家。他凝視著天花板，房間被床鋪上方懸掛的燈串點亮，他在心中感念自己的福氣。

伊蓮的手指爬上他的胸膛，在他的皮膚上畫著圈。「我聽說他們找到妙莉的貓了。把牠找回來，她母親一定覺得安慰了些。」

「什麼？」他微微將頭往後挪，和她四目相對。「妳怎麼知道的？那應該是機密資訊才對啊。」

「別生氣。」伊蓮微笑著說，知道他一點也不氣。「醫院裡的一個女生告訴我的。貓被送到她媽媽開的動物收容所。她說警察還派了一個怪裡怪氣的傢伙上門，他繫著個蝴蝶領結……」

「馬坎。」派弟嘆道。

「是呢，他可真是造成了一陣騷動。他要求在貓舍裡跟那隻貓獨處，先是爬了一圈過去接近牠，接著就嗅起牠的毛來。他們在監視器上都看得到。」

想到馬坎四肢著地的樣子，派弟忍不住咯咯笑。「他是犯罪現場鑑識官，相信我，這還不是他做過最怪的事。」

「難以想像呢，」伊蓮回應道。「你們的案子有什麼新進展嗎？」

派弟看了她一眼，暗示她還是別問的好。但是他同樣對妙莉．帕克牽腸掛肚。那麼一個漂亮的女生，留著長長的金髮，就像蘇西生前一樣。如果蘇西還活著，現在就會是跟妙莉一樣的年紀。他眨眨眼，把精神放回他們的對話。案件偵辦的細節可不能走漏。「親愛的，幫我個忙，請妳的朋友保持低調。就算不為別的原因，也要尊重家屬。妳知道社群媒體是什麼樣子。」

「我會的，但她真的很愛八卦。總之，貓的事情呢，我想我們可以自己去收容所瞧瞧。她說他們有很多貓在找新家。」

「聽來不錯，」派弟說，並且親了一下她的頭頂。「只要我不用幫牠清便便就好。」

「你不用擔心，」她帶著促狹的笑容說。「牠大概連放屁都是香的，就跟你一樣。」

「好啊。」派弟微笑道。「那我們的新寵物會適應得很順利。另外……」他吸了一口氣，組織起詞句。「不久後妳就會更常看到我了。」

「真的嗎？你把要上的那些課全都解決了嗎？」

「差不多，」派弟說謊時感到又一陣內疚。艾美的清單上還應該加上第四個項目：告訴伊蓮。這個念頭讓他心生憂慮。他已經對她說了這麼久的謊。「我愛妳。」他沒頭沒腦地說，只為了聽到她的回應。

「嗯？對不起，親愛的，我差點睡著了。」她打了個呵欠，彎起手去把枕頭拍鬆。「看看這都幾點了，都超過午夜了。」

「妳呢？」派弟問。他聲音中的不安全感讓他自己都討厭。

「我什麼？」伊蓮回答，她躺在枕頭上，眼神睡意迷濛。

「也愛我嗎？」

「當然，你這傻瓜。你怎麼會這麼問？」

「沒事。我只是得聽妳說說。伊蓮……」

「怎麼？」

「我們會一直在一起，對吧？不管如何。」

「當然會。就跟你說過了，我愛你。如果你愛著一個人，就絕對要不離不棄。」

52

「我不相信。」字跡模糊的方格紙攤在咖啡桌上，手繪的線條標示出莉莉安與傑克·葛萊姆斯手下的受害者陳屍的地點。然而，讓艾美喘不過氣的並不是那些凌亂彎曲的線條和潦草的筆記，而是鞋盒裡裝著的物品——雖然與她無關，但跟莉莉安·葛萊姆斯的關係可大了。

「那是什麼？」芙蘿拉一面問，一面越過她的肩膀看過來。儘管震驚難平，艾美還是沒忘記用筆而非手指移動盒內的物品。她立刻認出了那把梳子，當年傑克和莉莉安被那東西逗得很樂，而她搞不懂為什麼。現在，看到陽具造型的梳柄，她懂了。有個透明塑膠袋裡裝著一把豔紅色的牙刷，另一個袋子裡裝著一團羊毛纖維，一樣是紅色，跟屍體被發現時莉莉安所穿的毛衣顏色相同。她對這個顏色的熱愛反映在唇膏、指甲油、鞋子和衣服上。就連她臥室的牆壁也是糖蘋果般的紅色。艾美皺著眉頭，回想她讀到過的調查過程細節：較晚發現的屍體上找到來自莉莉安衣服的纖維。一九八七年那時候，DNA鑑定在英國警界還是一項新工具。正是這些纖維，以及毛髮和一只耳環，最後在起訴莉莉安的過程中起到決定性的作用。「這是從犯罪現場來的，」艾美說話時破了音。她清清喉嚨，轉向芙蘿拉。「妳知道這件事嗎？」

「當然不知道。」她閃躲著目光說。

艾美沒被說服。「這是要栽贓證據的計畫，好讓莉莉安·葛萊姆斯被關到天荒地老。」大聲說出這件事讓她打從內心作嘔。難道莉莉安一直以來說的都是實話嗎？

艾美將鞋盒封好，手臂擱在盒上，承受情緒與身體的疲憊同時潮湧而來。「媽，老實告訴我，這是爸的東西嗎？」

芙蘿拉臉色發白。「那些盒子箱子在樓上放了好多年了。我不記得這一盒是怎麼跑上去的。」

「為什麼要留著這些東西？為什麼不在她入獄之後就銷毀掉？」她瞇著眼轉向芙蘿拉。「妳確定妳沒有參與嗎？」她知道這話聽起來有多荒唐，但她還是不得不問。

「我怎麼可能參與一件我根本不知道是什麼的事情！」芙蘿拉的聲音拉高八度，雙手握起拳頭。

朵蒂吸吸鼻子，醒了過來，頭靠在艾美腳上。艾美心不在焉地伸手下去輕摸牠的頭作為安撫。朵蒂原是她爸爸送給她的禮物，好在夜裡陪伴她。他會用許多不同的方式表現善意，幾乎跟身邊的每個人都能交心。她無法在心中將這麼一個古道熱腸的好人和一個準備周全的違法者畫上等號。但是，證據擺在面前，她又能怎麼辦？

她轉向芙蘿拉。「陪審團判莉莉安有罪，是基於鑑識證據和洩露給媒體的消息。如果沒有鑑識跡證，其他的證據都是間接的，那她就有可能無罪獲釋。」

「我……我不知道那東西是怎麼來的。」芙蘿拉抓著睡袍的腰帶說。

艾美將鞋盒放到桌上，神情陰沉。「要是爸還在，能解釋清楚這一切就好了。」

「都是那個莉莉安，」芙蘿拉說。「不管什麼事都被她扭曲了，我早就說吧。」

「我跟妳一樣半點都不喜歡她，但如果她是被栽贓了謀殺罪……」艾美幾乎想都不敢想她準備要說出的話。

「妳看吧？」芙蘿拉怒斥道。「她就是這樣——把妳勾進陷阱，妳還沒回過神來，就已經對她說的一切照單全收。那女人是個怪物，如果她重獲自由，就會再度下手殺人。」

艾美搖著頭。「她是個在牢裡度過大半輩子的老太婆了。我不能在這件事裡當共謀。」

「妳不是認真的吧？」芙蘿拉將她的手拉過去緊緊抓住。「妳父親是個好人，如果妳去告訴警察，他的名聲就毀了。」

「我就是警察。」艾美說著要抽回手，但芙蘿拉的指甲掐得更緊了，開口說話時圓睜的雙眼中信念堅定。

「妳覺得妳是怎麼當上警察的？如果她們知道妳的真實身分，妳以為妳還會有前途嗎？」

「我真不敢相信妳竟然這麼說。」艾美回應道。她的唇上浮起冷冷的微笑，這是她在最緊繃的狀況下才會露出的表情，不認識的人常會因此而誤解。

芙蘿拉鬆開手。「對不起。那不是真心話。拜託，艾美，我不是那個意思。」

「妳就是那個意思，」艾美說著拿起鞋盒夾在手臂下。「但別擔心，我不會趁妳睡著對妳捅刀的。」

「妳要去哪裡？」芙蘿拉說，字字透著恐慌。

艾美在門邊停步。「回我房間。我得思考該怎麼把這件事告訴我的主任。」

53

艾美拉掉垂在袖口的線頭，身上這件襯衫是她昨天從乾洗店拿回來的，連同一模一樣的其他四件。她偶爾才用不同的顏色和俐落的白襯衫交替，打破單調的循環。她的手臂下夾著那個鞋盒；等一下的行動中會需要用到它。今天，「真相守護者」的推特上只寫了：「#協尋妙莉#倒數兩天#滴答」。倒數的時鐘讓她的任務急迫性大幅升高。

爬梳了他們以往的紀錄後，她發覺這些人很少將恐嚇付諸行動。但他們的語焉不詳令她不安。他們是為了避免遭到逮捕，還是在引誘她上當？她在主任的辦公室門前舉起手，用指節輕敲了一下。

「謝謝妳這麼臨時見我。」她說。她來之前打過電話。六點鐘醒來之後，她沖了澡，在遠早於她母親起床的時間溜出門。芙蘿拉關於她升職的說法傷她很深，但還不如她父親疑似栽贓陷害莉莉安的可能性那般令她心煩意亂。她已經陷得太深，現在應該坦白從實招來了。她坐下，把盒子放在腿上，面對派克主任。

「妳太客氣了，」派克回應道，眼神飄向她腿上的鞋盒。「明天要上健身房嗎？我這週有點鬆懈了。」

「好啊。」艾美說。準備要自白的此刻，她感覺喘不過氣。她的同事會有何反應？如果她要鼓勵大家誠實相待，就得從自己做起。她做了個深呼吸。她的腸子感覺扭曲得都打結了。「恐怕我有些事沒有坦誠告訴妳。」

派克的臉上掠過一絲憂慮。「繼續說。」

「我應該一開始就直接拿來給妳的。」她伸手從外套口袋取出那封開啟這一切的信，推到桌子對面當作她的解釋。

派克讀著莉莉安的信，眼珠左右移動。然後她停住了，張開嘴唇猛地吸進一口氣。艾美完全知道她讀到哪個地方，因為她已經把那些字句熟記於心。「我是妳的親生母親，是賜給妳生命的人。」

過了久到宛若一輩子的時間，派克的目光終於轉回到艾美身上。她的表情緊繃，看起來一點也不覺得有趣。「這是什麼惡作劇嗎？」

「不，長官，不是的，」艾美縮在座位上回答。「我是被收養的。傑克與莉莉安．葛萊姆斯是我的親生父母。」

派克將信還給她，仍然定定與她四目相對，艾美也拒絕移開視線。「這就是她之所以告訴妳藏屍地點的原因？她想要私下跟妳會面的真正理由是這個？」

艾美點頭。

「那麼妳為什麼沒有一發現就來找我？」

艾美將信摺好，然後放回口袋。「我很震驚、很羞愧……還處於否認狀態。」她如實說明。

「找到埋屍地點讓大家都很振奮，我不想破壞。後來，我隱瞞越久，就越難說出來。我沒辦法忍受我的同事把我跟那家人聯想在一起。我一點也不像他們。」

「我不敢相信羅柏沒有跟我說。」派克說，她的手肘支在桌面，雙掌交疊。

艾美的眉頭緊皺。要不是她知道實情，還會以為派克是覺得受傷。這跟她有什麼關係？她的視線落向放在派克桌上、等著開啟的鞋盒。但是派克的眼神仍然牢牢鎖定著艾美，讓她在椅子上動彈不得。接下來的情況要往更糟的方向一去不返了。

「恐怕他沒說的不只如此。」艾美從口袋裡拿出一雙乳膠手套，戴上其中一隻後才打開盒蓋。「妳可能會想戴著，」她說，把另一隻手套放在桌上，朝著盒子點了一下頭。「我在家裡的閣樓找到這個。是莉莉安．葛萊姆斯的案子裡的關鍵證物。」

「證物？」派克說，但是沒怎麼移動。「哪種證物？」

整間辦公室裡的空氣彷彿都被抽光了。艾美吸了一口氣，準備揭露下一個祕密。「莉莉安主張她是被誣陷的。她答應會提供某些訊息，來交換我幫助她自證清白。」

「等等，」派克撇著嘴回應。「妳是說妳在妳爸媽家的閣樓找到證物？」

「莉莉安相信當初的DNA證據是故意栽贓，好讓她敗訴。」這些字句讓艾美的背脊竄過一陣寒顫。如果當初莉莉安獲釋，一切的發展會有多麼不同呢。此話說來難聽，但那樣一來艾美的人生會過得遠不如現在好。

「而這就是證物？」派克指著盒子。鮮紅色的包裝讓它看起來像個即將引爆的炸彈。她還沒看盒子裡的東西，似乎有點奇怪。

「我媽發誓她對此一無所知，那就代表一定是我爸有參與。」艾美的額頭皺出了紋路。「裡面有案件資料的影本、筆記……我是不願意相信，但要不然這些東西是怎麼跑進我們家閣樓的？」

「妳是在暗示羅柏．溫特為了送莉莉安．葛萊姆斯去坐牢而栽贓了這些證物？」

艾美點點頭，感覺像在接受審判。突然間，一切都變得正式刻板，她們的友誼如蒸發般消失無蹤。

「妳知道如果這事傳出去會有什麼結果嗎？」

艾美看看盒子，再看看她的長官，臉上掠過一股困惑。這事傳出去不是早晚的問題而已嗎？

「我不懂。這是證物……」

「是會毀掉妳父親名聲的證物。」派克探身越過桌面，緊瞪著艾美不放。「羅柏是個好人。我自己絕不相信他做得出這種事。妳對他沒有同樣的忠心，真是太可惜了。」

「但我們不能默不作聲。莉莉安知道她是被誣陷的……」

「我們什麼時候開始跟恐怖分子談條件了？那女人就是個恐怖分子，讓無辜的婦女和兒童承受恐懼壓迫。我知道她是妳的母親，但妳了不了解她做過什麼事？」

「她不是我的母親。」艾美的聲音拉高了八度。「她只讓我覺得噁心。」走廊上一位警司講電話聊天的聲音響亮地傳來。艾美呼吸一下平緩情緒，提醒自己這裡是什麼地方。派克的辦公室所在的樓層都是資深警官——其中有許多人認識她父親。

「妳有告訴過其他人嗎？」派克說，同時等著那位警長走過去。

「只有我母親。」

「妳是說芙蘿拉？我猜她也對糟蹋羅柏的名聲這件事興趣缺缺？」

「是。」艾美說。她感覺像是肚子被揍了一拳。

「那麼妳就得決定妳要效忠於哪一方了。如果妳還有點理智，就把這東西放回原位，忘記我們有過這段對話。」她停頓一下。「別那樣看著我，我不是叫妳窩藏證物。我只是告訴妳，妳錯了。」

「妳怎麼能如此肯定？」艾美一面說，一面朝著鞋盒點頭。「妳連看都沒看。」

「我不需要看，」派克回答，她堅信的眼神閃閃發光。「我了解羅柏。他是個好人，為了讓妳留在一個幸福而安全的家庭裡，做了許多犧牲，多到超乎妳的想像。他……他……」她垂下眼，淚水盈眶，她袒露情感之際，真相如當頭棒喝向艾美襲來。

「天啊，」她說話時抬手掩住嘴巴。「妳愛著他，對吧？」艾美回想起曾有一段時間，派克不斷索求她父親的關注。然後，他叫她別再打電話到家裡來。兩人在同一所警局工作，必然有密切接觸，但他們的情誼不止於此。為什麼她先前都沒有發現？

「現在妳給我聽好。」派克的食指在空中戳了戳。「回家去，把那個盒子放回原位，我們從此一個字也不再提。」

「如果我幫她洗清罪名，她答應告訴我妙莉．帕克的所在地。」

「幫莉莉安．葛萊姆斯洗清罪名？」派克發出狗吠般的兇悍笑聲。「別傻了。不如說妳要讓她當上教皇呢。」

艾美難以置信地搖頭。「妳問我的那些關於我家裡的問題，妳一直是在從我身上搾取資訊。」艾美起身奪過桌上的盒子。「別擔心，我不會把妳和我爸的事說出去。我這輩子發掘的祕密已經夠多了。」

派克站起來，按在桌上的手指指節發白。她的反應顯示艾美越界了。「妳回家，把那個盒子放回去。等妳冷靜一點，我們再討論妙莉的事。」

妳才別想，艾美在心裡說。她把盒子夾在手臂下，轉身大步跨出門外。

54

「好，好了，別急！」道吉的聲音在前門的後方響起。他開門的時候有點喘，無疑是因為快速推動輪椅所費的力氣。

「對不起，」艾美說，整個人一副悲悽可憐的樣子。「我得找人談談，我不知道還有哪裡可以去。」她緊抓著那個紅色的鞋盒，彷彿裡面裝著不為人知的財寶，而不是祕密與謊言。

道吉的眼神望向盒子，而後又轉回艾美身上。他沒再浪費時間，請她進屋。儘管時間還很早，他的鬍子已刮得乾淨，身上穿的衣服熨燙整齊。艾美從沒看過他以其他形象示人。

「坐吧。要給妳倒杯喝的嗎？」道吉說著將輪椅移到艾美慣坐的那張沙發旁邊。他拿起遙控器，將早餐時段的電視轉成靜音。

「不用了，謝謝，」艾美回答。「我只是匆忙拜訪一下，等等還要回去上班。」

「妳在發抖呢。」道吉擔憂得眉頭緊蹙。「出了什麼事？」

「我不知道該從何說起。」她扶著腿上的盒子，試圖恢復鎮定。她知道她不能就這麼回家，把證物藏起來。她的主任錯了。她做了個深呼吸，努力開口解釋。「我早該知道我沒辦法就這樣擺脫莉莉安。她手上還有別的籌碼。」

「那女人一向如此。」道吉嘆著氣說。「我想是她讓妳吃苦頭了？」

「間接造成的。她主張她是無辜的……我相信了她。」

「妳不該信，」道吉說。「她是扭曲真相的高手。」

「看樣子我爸爸也是。」艾美垂頭喪氣地回答。她將盒子放在他們面前的咖啡桌上。道吉就跟派克一樣碰都不願意碰。

「我在閣樓裡找到這個。」她朝著那盒子撇了一下頭。好幾秒過去，道吉都沒說話。艾美緩緩揭起盒蓋，將盒子推向他。

道吉往盒裡看了一眼，然後在輪椅上往後靠。「那是什麼？」

「莉莉安．葛萊姆斯被誣陷背上謀殺罪的證據。她說的是真話。」

「而妳認為妳父親牽涉其中？羅柏絕不會做那種事。」道吉的一字一句都堅決篤定。

「派克主任也是這麼說的，」艾美回答。「如果我沒有在家裡閣樓發現這個，我也會傾向相信她的話。」

「妳拿這個去找過派克了？」

艾美點頭。「她不肯看盒子裡的東西，更不認同我說的話。你知道她跟我爸有過外遇嗎？」

道吉沉重地嘆氣。「噢，艾美，事情不是妳想的那樣。」

「全警局的人都知道嗎？」這個念頭令她不適。

「當然不。也就只發生過一次，而且他立刻就後悔了，是派克緊逼著要更進一步，她執迷不悟，不肯放過他。」

「我卻還以為我是靠自己贏得升遷機會。」艾美不帶一絲幽默地笑出來。她的世界崩塌了。「她叫我把證物處理掉，你能相信嗎？我深愛我父親，他對我那麼好，但是我必須把這件事查到底。」艾美盯著自己的雙腳，心中將一樁樁事件反覆檢視思量。「我不懂的是他為什麼一直留著那些東西，我爸絕對不會……」她話沒說完，腦裡的一片拼圖就卡進定位。「除非是別人做的。」她偷聽到的電話中，她母親不停說著某個祕密，「要是她發現怎麼辦？」她看了道吉的腳一眼，他的鞋子尺寸比她父親穿的七號大了幾碼。她的目光掃向鞋盒側邊十一號的標籤，然後對上道吉的視線。

「栽贓證據的不是你爸爸……」他牽掛地看著她，彷彿感應到了她的判斷。她全然明白他的感受。

「你做了什麼？」

「這間房子比我之前住的地方小多了，」他抬頭看天花板，彷彿在喚回久遠的記憶。「我搬進來之後，妳爸提議要幫我把一些東西搬去他的閣樓存放。主要只是些小玩意兒，我捨不得丟的、有情感價值的東西。」

艾美可以想像，就是她父親對老友的又一次善意表現。「你不怕他會發現那個鞋盒嗎？」

「我就指望他會，」道吉說。「我沒有勇氣直接告訴他。但是我的罪惡感日積月累，我只好把這件事交到上帝面前。」

「你為什麼留著它這麼多年？」

「因為我內心深處知道我做錯了事，」道吉疲憊地說。「我等了又等，什麼也沒發生。然後有一天，芙蘿拉打電話來，我以為她要揭發我了，但她其實是來向我道謝的。」

「她幫你保守了祕密。」艾美如此回應。

「是的，如果有必要，我還是會再做一次同樣的選擇。我可以保證莉莉安絕對有慫恿傑克強暴那些女孩子。」他一想就滿臉酸楚。「她禽獸不如、邪惡扭曲，活該坐電椅。」

「你是怎麼做的？」艾美說，引他息怒。

「我一開始並不期待能成功掩人耳目。」道吉在輪椅上挪動了一下。「做法甚至也不那麼難。首先，那時候情況不同，對現場鑑識和證物交叉污染沒那麼慎重。然後，我在她的臥室裡找到她的梳子，拿了幾樣她的首飾，把一些證物放置到藏屍地點。回到家之後，我做了紀錄。」

「然後你把消息透露給媒體？」

「必須讓大眾知道他們是什麼樣的怪物。」

「你就不能相信司法系統主持正義嗎？」

道吉哼了小小一聲。「那些可憐的女孩遭受強暴和虐待時，司法系統在哪裡？妳真的要我告訴妳他們做了什麼事嗎？」

艾美搖了搖頭。儘管不情願，她還是略讀過了案件卷宗裡提及的細節。電視上被轉成靜音的主持人正在談論秋季的穿搭。有些人的生活就是那麼單純呢，艾美心想，整天只需要擔心該穿綠色或棕色。「莉莉安承諾會告訴我妙莉．帕克的所在地點，只要我幫她上訴。我要回去找派克，逼她聽我說。一定有個辦法可以處理，又不會讓任何人受傷。」

道吉微笑著，將手放在艾美手上。他的皮膚溫暖而觸感舒適。「我知道真相終究會浮上檯面。我很高興是妳發現的。」他將手伸向咖啡桌上的盒子。「我今天就會去自首。妳不需要牽扯進來。」

「如果你最後要坐牢怎麼辦？」艾美嘆道。「我不能讓你這樣做。」

「這是最好的選擇。」他看著她的眼睛，神情堅決。「我吃完午餐就打電話給他們，說盒子一直都在我手上。」

「吃完午餐？」艾美說，心裡納悶他為什麼要等。

「我冰箱裡放著一塊上好的牛排等著料理呢。我會洗個澡，換上最好的西裝。我會體面大器地離開家裡。我唯一的要求，是請妳答應不要插手，別為了我拿職業前途冒險。」

「你要是想，我可以陪你一起去，幫你推輪椅，」艾美說，她為父親的這位老友感到一陣悲傷。「如果你確定……」

「答應我。」道吉字字慎重地說。

艾美點了點頭。他這樣做是對的嗎？她看著無助地坐在輪椅上的道吉。但是，莉莉安至今為止都信守承諾。出面提供證據或許能救妙莉一命。

「今晚之前，我就會把這一切全解決完了。妳可以打給莉莉安·葛萊姆斯，讓她準備提上訴。」道吉說。

艾美開口要反駁，要說這為的不是莉莉安．葛萊姆斯，但是他舉起手指示意她別說。他已經明白了。

55

「要是你先告訴我你要回來就好了，」潔若汀在門廊上跟派弟碰面時說。「我就可以給你做早餐。你放假嗎？家裡還有蛋，我可以煎鬆餅——」

「停一停，先……停停就是了。」派弟高舉雙掌。「我們得談個話。」他在空氣中嗅嗅，吸進的是刺鼻的漂白水味。看起來她在打掃。她說自己無法離開屋內是騙人的。她感覺到他在計劃些什麼了嗎？這是她忙著清掃的原因嗎？

「我們可以邊吃邊談，」潔若汀堅持地表示，一面拉緊睡袍，一面逡巡著他的臉龐。「你幹嘛站在那裡？怎麼了？」

但派弟搖了搖頭。廚房裡有太多可以輕易拿來對付他的工具了——甚至有潛力結束他的生命。「對不起，親愛的，我沒辦法這樣下去了。」他疲憊地嘆息。

「哪樣？回到家就有乾淨的房子、還有太太幫你做早餐這樣嗎？抱歉喔，這樣難道還太麻煩你了？」

又來了，這尖酸的語調，她維持不了多久的和善態度下就像有計時器在倒數，他幾乎可以聽到「滴答、滴答、滴答……」，像一顆等著引燃的未爆彈。這讓他打算要說的事變得容易多了。他做了個深呼吸，準備好說出他預演了好久的話：「我要離開妳了。我想離婚。」

潔若汀舉手掩耳，同時猛搖著頭。「不，我不要聽。」片刻停頓之後，她突兀地點頭，彷彿在回應她自己的思緒。「對，我就是要煎鬆餅，加上楓糖漿和藍莓。我有些不錯的濾掛咖啡，還有……」

「我本來可以傳簡訊給妳就好，」派弟插話，同時轉往樓梯的方向。「天曉得那樣會比較安全。我跟妳在一起，比面對我工作上的那些人更危險。」

「夫妻哪有不吵架的……」潔若汀跟著他上樓到他的房間，穿拖鞋的雙腳在木頭樓梯上踩得啪啪響。「這是你的錯，不是我！」

「我的錯？」派弟傻眼地說。他將一套西裝從衣櫥拿出來放到床上，就是他穿去蘇西的喪禮那套——珍貴得不能留著被他憤怒的妻子剪成碎片。他伸手從最頂層的櫥架取下裝著舊領帶的盒子。除了他儲存於心的記憶之外，這些物品就是他和女兒最後的連結。領帶下有個包裹，是列印出來的照片。蘇西死後，潔若汀把她能找到的每一張照片都給燒了，是為了激怒他，盡可能帶給他痛苦。很有效，那天晚上他真的動念想要傷害她，報復她施加的每一句謾罵、每一道割痕、每一塊瘀傷。他之所以還能維持自制，靠的完全是藏在櫥架裡、她忘記去找的這一包照片。苦澀的記憶在他抓起最後幾項個人物品時湧入腦海。潔若汀站在門口，看著他的一舉一動。

他事前立下決心，離開的時候不要爭吵，但他含糊的低語還是脫口而出。「一開始我覺得我是罪有應得，蘇西會死是我的錯。但我好疼愛她……」他吞吞口水，鐵了心要把話說完。「愛她勝過世界上的一切。」他意有所指地看著他太太。「我以為我們比較少見面，情況會有所改進，但其實現在是越來越糟了。妳就好像把所有的怨氣累積起來，等到我回家。」他拿著個人物品，轉向房門。「如果我們繼續這樣下去，妳最後會把我給殺了。」

「嗚嗚嗚，你還真可憐啊，」潔若汀說著擋住他的去路。「你怕得不敢回家嗎？你這可悲軟弱的傢伙，根本算不上男人。」她講得口沫橫飛，直往派弟臉上噴。「你大可盡量推卸責任，總之蘇西的死是你的錯。」

派弟努力不要上鉤。他已經跟一個家暴受害者獨立輔導員談過了，輔導員正在趕來這裡的路上。

潔若汀一面做著誇張的手勢，一面翻白眼。「假如你是個真男人，就會……」

「我就會怎樣？還手打妳嗎？」派弟朝她踏出一步。「妳就是想要那樣嗎？妳想要受到懲罰。但我不是那種人。結束了，妳不會再見到我了。」

「你別想走，我不讓你走！」她旋踵搶先他跑下樓梯，身影消失在廚房裡。派弟戒備起來，但是他不打算夾著尾巴跑出門。他還是有一點尊嚴在的。

「外面有個警察在等，如果我五分鐘內沒出去，他就會來敲門。」派弟看看錶，下了樓梯回到門廊上。他瞥視一眼，看到曾被潔若汀摔在地上而撞歪的裝框照片、他離家之後她在門上踢出的凹陷。但最讓他困擾的還是家裡的氣氛，一切都冰冷又灰暗，彷彿整間房子在蘇西喪命的那天就枯死了。

潔若汀拖著腳步回到門廊，手藏在背後。她蓬頭散髮，眼中的恨意讓派弟怔住了。

「你跟他們講了什麼賺人熱淚的故事？可憐的派弟有個糟糕的太太，幫他熨襯衫、煮早餐，好讓他週間開著高級名車到處溜達。」她往他的肩膀後面看，手指著門。「我應該出門去，提出那個……你們是怎麼說的？反指控？」

「但妳是出不了門的，不是嗎？」派弟說。「或者，至少這麼多年來妳都是這樣告訴我的。」

這次潔若汀呆立著無言以對。

「我知道妳離開過家裡，還買了台電腦。妳為什麼要騙我妳有廣場恐懼症？如果妳這麼恨我，為什麼要把我留在這裡？」

「我沒有騙你！」當派弟作勢要往門口去，她衝口說道。「我妹妹……她在幫助我踏出戶外。我是想給你一個驚喜。我本來要……」她拚命維持鎮定，眼淚淌下臉頰。「拜託，派弟。我會去諮商，我……我什麼都聽你的。每對夫妻都會吵架，我們能解決問題的。」

她妹妹？派弟皺起眉頭。她在耍他嗎？他還在乎嗎？她的懇求以前能夠奏效，但現在派弟感覺自己變堅強了。同樣的循環總是在重複：悲傷、後悔、責怪、施暴。但這天早上，順應著事態的進展，她的情緒也變化迅速。他看了一下錶。「這樣對妳我都好。」

她亮出藏在背後的武器，是把削馬鈴薯皮的刀，小而鋒利，如果刺對位置的話能要了他的命。「你要跑去跟那個姓溫特的狐狸精亂搞了嗎？原來是這麼回事。」

多年來，派弟曾被指控的出軌對象從女郵差到隔壁鄰居不一而足，但是艾美．溫特……未免也太離譜了。「妳大錯特錯，」派弟說。雖然他無法完全否認出軌這件事本身。「她對我這種臭老頭哪會有興趣。」

他往門口接近時，潔若汀擋住他的路，握著武器的手巍巍顫抖。「別想否認。你幹了那些好事之後，你以為我會讓你就這麼一走了之嗎？」她的額頭側邊有一條青筋搏動，手中的刀子握得緊緊的。

「把刀放下。」派弟說。門廊上的他們現在形成互相對峙的局面。他是出於自尊才要求陪同的警察在車上等，另外也是由於他不想讓潔若汀被逮捕。即使事已至此，他還是在乎她。可是，若要她讓開，就免不了肢體接觸，天曉得那會帶來什麼結果。

她面帶扭曲的微笑站著。她在激怒他，但他對她太了解了，辨認得出跡象。一記刺耳的敲門聲讓她驚跳起來，她把刀收進口袋。

派弟拉開門時，臉上掛著猶豫遲疑的微笑。

「沒問題嗎，偵查佐？」制服警員說，關切地打量他們兩人。這位警員身高六呎三（一九〇公分）、體格健壯，有他在場不管怎麼說都相當管用。

「錢呢？我自己要怎麼過日子？」潔若汀哀號著，無視於站在門階上的警員。

派弟深吸了一口新鮮空氣，心中大為感激，然後他轉過去面對他太太。「我會照常匯錢，直到我們商量出解決方法。」

他轉向警員。「我們該走了。」他把行李夾在手臂下，跟著他沿車道走去。

潔若汀往前一衝，朝戶外跨出兩步，在派弟耳邊嘶聲說：「我會出去說你對我施暴。我會讓你坐牢。」

「所以我把我們的對話錄音了。還有，每塊瘀青、每道割痕、每個傷口都有紀錄。妳要是說一句謊話誣賴我，我就去報案。」

潔若汀像個漏氣的氣球，在他眼前萎縮下去。她垂頭喪氣踱回屋內，關上門。派弟說了謊，他絕不會去報案，但至少現在一切都結束了。他再吸了一大口早晨的新鮮空氣，重新開始的時候到了。

56

海柔．派克偵緝主任督察倘若去打撲克牌，一定是個差勁的玩家。她沒辦法隱藏情緒，這也是她還在當警探時不擅處理嫌犯偵訊的原因。儘管如此，她藏不住心裡話的這點也有好處，當她在生別人的氣，對方絕對能毫無疑問地意識到。她走進艾美的辦公室時，惱怒的情緒一覽無遺。她一言不發將門緊緊關上。

艾美從椅子上起立。這種表示尊重的動作似乎已經被現在大多數的實習警員給遺忘了。她知道派克在等她報告進展，但她得先喘一口氣。

「我想我們今早談的那件小事已經解決了？」派克說。她鮮明的眼線和咖啡色的唇膏讓皮膚顯得緊繃而蒼白。

艾美希望她能坐下。她們兩人這樣雙腳立地面對面站著，感覺像在搬演美國西部槍戰，她隨時可能拔出槍，然後砰一聲就死人了。

「溫特？妳還好嗎？」派克的表情軟化，挑起一邊眉毛。

艾美吸了一口氣，把天馬行空的思緒拉回來。睡眠不足的惡果正在顯現，她的辦公室窗戶緊閉，溫度高得令人不適。

「抱歉，長官，」她沙啞地說，然後清清喉嚨。「能給我五分鐘解釋一下嗎？」

派克看看錶，嘆了一聲。「我給妳四分鐘。我十點有一場視訊會議。對了，妳手下那個偵查佐去哪了？又遲到了嗎？」

派克坐了下來，艾美也同樣照做。坐在辦公桌另一邊面對她的感覺真是奇怪。「不，他有點家務事要處理，是急事。他有加班補休時數，所以我核准他晚一個小時到班。」

如果在他們這個小組裡工作，輕易就能累積到大量的補休時數。派克點點頭，似乎對這個解釋滿意了，等著讓艾美說話。

「我去找道吉．葛瑞菲斯談過了，就是我爸的老搭檔。」

「我認識道吉，」派克充滿權威地回應。「他跟這事有什麼關係？」

「那個鞋盒是他的。是他栽贓了證據——不是我爸。」艾美在此打住。考慮到派克對她父親的情感，這時若是提及芙蘿拉也知情，恐怕不太明智。派克一定會因此心懷敵意，而她母親已經吃了夠多苦。「道吉打算自首。我們甚至可能爭取到莉莉安的合作，畢竟妙莉的安危是最要緊的。」

「我正是要來找妳討論她的事。」派克蹺起腿，挑揀著衣服上某條看不見的線頭，這是她爭取思考時間的方式。「妳認為莉莉安和『真相守護者』有關嗎？」

「有可能。如果她取得足以提出上訴的證據，她保證會告訴我妙莉的所在地點。」艾美不知道該透露多少，如果說得太多，派克可能會堅持展開逮捕行動；如果說得太少，可能會將調查導往錯誤的方向。艾美但願自己能夠更信賴派克的決策能力，可惜事與願違。

「妳要怎麼處理文件紀錄的問題？」派克說。

「道吉要求我不要涉入。鞋盒是他的，他表示這麼多年來都是由他保管。」這句聲明在艾美口中感覺萬分苦澀。她掙扎著考慮過隱瞞真相，但是唯有如此聲明才能維護她母親的安全。芙蘿拉面對警察偵訊必然會崩潰，而妨礙執法可是重罪。她不能讓這種事在她眼皮底下發生。

「既然如此，妳就跟莉莉安・葛萊姆斯聯絡，跟她說妳找到了證物，可以作為她上訴的依據。妳只知道，葛瑞菲斯先生告訴妳他會去自首。當然，如果妳能當場逮捕他就更好了……」看到艾美眉毛挑高的反應，她停頓了一下。「但妳知道有交通移動方面的事項要安排，所以後續妳就交給艾塞克斯警局了。」

艾美點了點頭。「我已經打去監獄過了。莉莉安在醫務室——例行檢查。我等他們回電。」

「很好。我同時也會向決策團隊告知。妳通知完莉莉安之後，就打給葛瑞菲斯，確定他真的會自首。」

艾美跟著派克一起站起來。「妳是個好警探，溫特。只要我們意見一致，我就不介意妳的血緣。如果說這有造成什麼影響，就是讓我對羅柏更加讚賞而已。」

如此明褒暗貶的評價讓艾美一時愣住。只要我們意見一致？我的血緣？她緊咬下顎，露出一副勉強的微笑。

過了半個小時，莉莉安才打來，艾美的怒火依然熾烈。「我拿到妳要的東西了，」她怏怏不樂地說。「現在該換妳履行妳的交換條件了。」

「光憑妳空口白話還不夠，」莉莉安說。「證據呢？」她的聲音混雜著線路上的干擾，聽來相當刺耳。

艾美的腳踝在椅子下交叉，上半身往前靠著桌子。「我會跟妳的律師談，啟動程序，但條件是妳要告訴我妙莉．帕克在哪裡。」

「先告訴我，妳手上有什麼。」莉莉安回應道。她聽起來沒那麼自信了。艾美將話筒貼近耳邊，聽著她不再狂妄自大的聲音。

「案件筆記、計畫、示意圖，」艾美描述道。「白紙黑字的證據，以及從妳家裡被取走的物品。今天之內就會有一名本案相關證人提供自白書。應有盡有。現在，告訴我她在哪裡。」

「發現我一直以來說的都是真話，妳一定大為震驚吧。也會讓妳好奇羅柏還說過些什麼謊呢。看起來他終究也不是什麼完美先生。」這些話都不陌生，但也少了她平時嘲諷的語調。艾美沒有時間糾正她的說法，因為妙莉的性命危在旦夕。

「妳叫我在三天之內達成條件，然後妳就會叫妳那群瘋子罷手。」

「不用慌張，她還在，安全得很。」

「告訴我她在哪裡，否則我會把證據壓下來，」艾美如此謊稱。就連談論違法行為都讓她一身冷汗，但是妙莉快要沒有時間了。

「妳不會的。」

艾美瞇起眼睛，身體往前靠，椅子被壓出嘎吱聲。不同於以往，莉莉安沒有要求離監外出，甚至沒有暗示她知道地址。「妳到底知不知道她在哪裡？浪費警察的辦案時間可是刑事罪。」

一陣停頓。

「莉莉安，妳還在聽嗎？誤導調查只會讓妳的刑期有增無減。」

「我得掛了，」莉莉安說。「有人等著用電話。」

「她在哪裡？」

「呃……去跟我的律師講，我們再看看後續如何。」

「但這樣不合理。快要沒有時間了。」電話被掛斷了。她正要放回話筒時恍然大悟，不擅隱藏情緒的人並非只有派克，莉莉安聲音中的遲疑不決也清晰可辨。

「她不知道，」艾美自言自語出聲。「她根本不曉得妙莉在哪裡。」

門上一聲銳利的敲擊讓她驚跳起來。

派弟探頭進門，脖子上掛著一條格紋領帶。「抱歉，長官，但我們有突破了。」

「是嗎？」艾美將話筒放回原位。

「搜索小組。他們在印度船塢[13]找到結果了。」

[13] India Docks，位於倫敦東部泰晤士河沿岸的水濱。

57

艾美多年來走遍形形色色的犯罪現場，但跑到漁船上還是頭一遭。她對髒污隱密的場所並不陌生，她勘查過公廁，見過吊在樹上的屍體，某次爬進一間小樹屋時還丟人地扯破了褲子。

西印度船塢的景觀兼具歷史與現代感，此區的金絲雀碼頭聳立著閃亮的摩天大樓，還有眾多餐廳和商店。緩慢前進的輕軌列車和氣氛十足的船塢，混合了有新有舊的好幾個世紀。但在今天，艾美趕赴現場時的緊張迫切讓這個地區的美景黯然失色。

她套上白色的連身防護衣時，莉莉安的話仍在她耳中迴響，印證了她的直覺。「真相守護者」也許以聲援莉莉安的名義涉案，但她並不負責領導他們。至於戴米恩——如果他真的綁架了妙莉，他母親一定會知道更多內情吧？「她還在，安全得很。」莉莉安是這麼說的。但是就犯罪現場鑑識官的判斷，妙莉早就不在這裡了。

這艘鏽蝕又腐臭的漁船用粗繩繫泊在船塢。馬坎靠著他的怪方法帶領他們找到這裡。艾美站在陸地上聽取他的報告，準備登船。

「好消息是，我們在現場發現血跡，但血量不足以讓我們歸因於被害者遭到捅刺或重傷。」

「那壞消息呢？」艾美說。遇上像這樣的犯罪現場，總是少不了壞消息。

「我們發現了多到可以迷昏一匹馬的毒氣。」

「毒氣？」這點她可沒預料到。她交盤雙臂，防護衣發出沙沙聲。

「沒錯，親愛的，」馬坎答道，他波浪狀的棕髮被風吹亂了。馬坎稱呼人一向不用頭銜，「親愛的」和「寶貝」在他看來就夠了。「是某種鎮靜劑，」他繼續說。「我們送去給實驗室檢驗了，當然血跡樣本也有一起送過去。看起來他們當時走得很匆忙。」

「他們一定知道我們要找上門了。」

「或是他們擔心那隻貓被反向追蹤。」

艾美點點頭。「有任何證據可以證明呼呼真的被關在這裡過嗎？」

「貓籠還在船上。」

「哇，真粗心。」艾美回應道。她想得沒錯：這是業餘罪犯的傑作。現場留下的證據之多，讓她燃起一線希望。DNA樣本會非常豐富。但他們是否來遲了？她在船塢上往前一步，望向混濁的水域，感覺自己的精神低落下來。妙莉會不會已經躺在水底？綁匪會不會解決掉她然後逃了？

「我們努力保持樂觀吧，」馬坎說，讀出了她的表情。「如果他們殺了她，應該不太可能在現場留下這麼多證據。」

「你這是假設他們會用理性思考，」艾美挖苦地說。「在我們的工作中，理性這東西可不常見。可以上船了嗎？」她其實不需要徵求同意，但他們倆的合作關係建立在相互尊重上。她希望她和主任的關係也是如此。「只要我們意見一致。」主任的那番話仍然刺得她不舒服。是啊，艾美一面戴上手套一面想。我們走著瞧。

艾美過了幾秒才適應船身輕微的晃動。從登船的那一刻起，她就將自己放在綁匪的觀點思考。他們為什麼把她帶到這裡，而不是其他地方？還有，為什麼要把貓也帶來？她看著獸籠，籠柵上黏著白毛。角落有一個腐爛的魚頭，放在一只空水碗邊。此時又一陣波浪把船身打得左右搖晃。

隨著她踏入船艙底層，魚腥味越來越濃。妙莉在這片昏暗中頭昏腦脹、分不清東西南北地醒來，會是什麼樣的感覺？她有尖叫嗎？有哭喊嗎？為什麼沒有人聽到？還是其他人只管低頭匆匆走過，遠離聲音的來源？呼呼被尋獲帶回、仔細檢查，卻沒有人來針對船上發生的事情報案，想到這點就讓她心煩氣躁。但是，的確有那麼多事就在光天化日下發生，眾人只是視而不見。生在葛萊姆斯家讓她學會了這一點。無視於不公不義的人，就跟參與犯行的人一樣惡質。那麼多年來，有多少人選擇無視傑克與莉莉安．葛萊姆斯的罪行？

她一面試著維持平衡，一面檢視整個狹小的空間。角落有一個傾倒的桶子，木頭的凹陷處積了一灘尿液，旁邊有個濕紙巾的空包裝袋。地上散落著三明治的空紙盒，還丟了個塑膠瓶。這裡的味道……艾美舉手掩鼻，她再也不要吃魚了。

馬坎跟同事說完話，也跟在她後面下來。他穿著白色鑑識服，出現時被髒污的舷窗透進來的一束光線照亮，幾乎像幽靈一樣。艾美的注意力轉向那張生鏽的單人床。

「看看這個，」馬坎說著把一條毛毯拉開。他移動潮濕發霉的床墊，露出木床板上刻劃的某些痕跡。艾美靠過去仔細看，木頭上刻的似乎是H和E兩個字母。「妙莉（Hermione）？」

「或是救命（help），」馬坎說。「不管要寫的是哪個，看起來都是最近留下的。」

「她這不是用指甲刻的吧？」

馬坎搖了搖頭。「床架缺了一根螺絲釘。」

「聰明的孩子。」但是現在就滿懷希望還嫌太早。「有找到那根螺絲釘的蹤影嗎？」

馬坎搖頭。「我們把這裡每一吋都搜遍了，沒找到。他可能把它從她手中拿走了……」

「或是她把它藏了起來，以備不時之需。」她的思考方向越來越陰暗，她不禁嘆了口氣。

「床單上有血跡嗎？或是性行為的跡象？」

「沒有，」馬坎回答。「我們拿走了床單檢查，但血跡是在這裡……」他指著門。「還有階梯頂端發現的。看起來是有人用沾血的手抓過這些地方。所幸血量太少，不是來自嚴重的傷勢。我們等檢驗結果回來就能了解更多。」

「是急件嗎？」艾美說。加急件會消耗他們一部分的預算，但是找到嫌犯絕對是第一要務。如果嫌犯曾有被逮捕的紀錄，他們的DNA就會登錄在系統上，這樣一來就有可能迅速結案。當然這是假定血液不是來自妙莉。她想到戴米恩和他的前科。她或許很快就會知道答案了。

✦✦✦

艾美歇在辦公椅上，聽著道吉家中電話無人應答的鈴聲。她想像他平靜地穿上最稱頭的西裝和領帶，然後致電艾塞克斯警局，指名找唐納文督察自首。她還是難以相信他誣陷莉莉安背上冤罪。

艾美需要向莉莉安的律師通知最新進展，即便莉莉安只有微乎其微的機率知道妙莉的下落。為什麼唐納文還沒打來通知？他在為他們上次對話時她的簡短回應鬧不愉快嗎？他對於莉莉安的好奇，使得他們萌芽中的友情無疾而終。系統上也沒有狀況回報。就她的理解，派克主任想要與道吉過去的不當行為切割。罪惡感令她難以承受，她要讓她父親最好的朋友在獄中度過餘生嗎？

「艾美，真高興妳打來，」電話響到第二聲時，唐納文督察答覆了。他熟絡的語氣讓艾美的眉頭皺得更深了。她應該用辦公室電話，而非自己的手機，但是她不想要這通電話留下紀錄。

「我正在想你處理道格拉斯．葛瑞菲斯的事情了沒有，」她說，閒話家常沒有必要。「他預定要聯絡你。是關於莉莉安．葛萊姆斯的案子。」

「噢……」唐納文回答，聲音中帶著些許失望。「我什麼都沒聽說……等一下，讓我收個信……」一分秒流逝的同時，滑鼠的點擊聲在背景響起。「沒有，信箱也沒有動靜。我今天大部分時間都在辦公室。是什麼重要的事嗎？」

「非常重要。他會帶一個裝滿證據的鞋盒去找你——當年用來栽贓莉莉安．葛萊姆斯的證據。」她從椅子上站起來，皺眉皺得更緊。「該死，我應該先打給你通報一聲的。」

「我在查STORM系統裡的報告，我們這裡沒有姓名相符的人。」倫敦警察廳的電腦輔助簽派系統（CAD）在艾塞克斯警局叫作STORM，這個系統用來登錄所有的任務事件與往來電話。

桌上的電話鈴聲引走了艾美的注意，她對著手機呼了一大口氣。「是我的主任。我得掛了。如果你聽到消息，就立刻打給我。」

「當然好。」他說。他吸氣之後打算再說些什麼，但艾美匆匆掛斷。她不是故意對他這麼失禮，但也許這樣反而比較好。

艾美接聽桌上的電話時，派克主任的語調急促。「我有話要跟妳說，拜託，現在立刻。」派克掛斷了，艾美直盯著電話。「拜拜喔。」她從鼻子哼了一聲，感到被派克的唐突所冒犯，然後才想起自己幾秒前才對唐納文做過一樣的事。為什麼派克不能直接下樓來找她說？她在自己的地盤感覺比較有權威嗎？她們的友誼現在顯然走到了終點。

她之後會解決這個問題的，非解決不可。現在，她的優先任務是找到妙莉，送她安全回家。

她在主任的辦公桌對面坐下時眉頭緊鎖。

「恐怕有壞消息要告訴妳。」派克十指交握著說。她背後的時鐘指針似乎走得異乎尋常地大聲。滴答，滴答，滴答。時間無情地在一秒接一秒間流逝。

艾美挺直地坐著，肌肉緊繃。「他們找到妙莉了嗎？」她說，準備好接受最壞的結果。「她死了嗎？」

「不，」派克嘆道，並以謹慎節制的方式吸了一口氣。「我想趁妳在系統上看到之前告訴妳。」

「有報案進來？」

派克點了點頭。「員警獲報去確認了。道吉．葛瑞菲斯死了。」

58

艾美握著車子方向盤，眼神凝視遠方。道吉不在了。她不想相信，但她可以理解。如果你當過警察，監獄生活會比一般人難過得多，如果你還得坐輪椅更會尤其悲慘。你可能很容易就碰上多年來被你逮捕定罪過的人。她為什麼就不能別插手多管閒事呢？

「妳早晚得告訴我到底發生了什麼事。」坐在她旁邊的派弟語氣溫柔，等著她整理好思緒。他在警局停車場發現她坐在車上，無法步出車外。派克授權她前往道吉的住處，負責此案的督察宣布他的死因並無可疑，但是她若不親自看一眼現場就安不了心。她幾乎不記得自己是怎麼開車回警局的。她眼前只看得見道吉面朝下倒在床上。「我會洗個澡，換上最好的西裝。我會體面大器地離開。」艾美回想起他說過的話。他一直都在計劃這件事嗎？他身邊留下的空藥瓶和他的遺書同樣解釋了他的舉動。艾美感覺整個世界向內閉縮，到了她無力下車的程度。她需要讓情緒潰堤，好好哭一場。但她不能，因為她一旦開始哭，也許就沒有辦法停止了。

「他是我爸爸很親的朋友。」艾美說。她給派弟的是刪減版的真相，不包含她和莉莉安的關係，以及他們家閣樓裡存放的證物。

「所以，妳真的認為莉莉安的其中一個支持者綁架了妙莉，好為她的案子博取關注？」

艾美對他露出虛弱的微笑。將話題導向工作，是現在最能幫助她的方式。「有可能，」她說，很感激有他在。「但是我很不想讓那個案子得到太多關注。我們要聚焦在這個可能性，忽略其他線索嗎？」

「這樁調查的漏洞比瑞士起司上的還多呢。」派弟也報以微笑。

理解之情在兩人之間傳遞。他知道她討厭擁抱，此刻他只要人在場就夠了。「我想茱莉還是沒成功混進那個臉書社團吧？」

派弟搖搖頭。「除了推特上那個『倒數兩天』之外，沒有任何關於綁架的內容。我想我該進去了……妳在這邊可以嗎？」他對她投來一個充滿同理的眼神，是基於他同樣體會過艱困時刻的經驗。

「我沒事，」她說，不想造成他的負擔。「我正想問，潔若汀的事情怎麼樣了？」

「和預期中一樣順利。我請珍妮，就是我的家暴受害者輔導員，去探視她了。她說潔若汀和她妹妹恢復了聯絡，能夠得到支持。」

「你相信她？」艾美回應道。「她」指的是潔若汀。

「我沒有理由不信。她之前那天晚上就是去找她妹妹。不然她那麼晚了還能去哪？」他深深嘆息。「妳朋友道吉的事……讓我想了很多。我不希望潔若汀也落得同樣的命運。」

艾美能夠感同身受。責任的負擔是很沉重的。「我派了一個警員去跟她講解網路騷擾的問題。他們說會查她的IP位址。」

派弟點點頭，手伸向車門把手。「我覺得不錯。妳要進來嗎？」

「你進去燒個水吧，」艾美回答。「水滾之前我就會進去。」

她從口袋拿出一個信封，動作很輕。「道吉留給我一封信。我想在進去之前讀一讀。」

「噢。當然……」派弟說。他搜索枯腸尋找合適的字眼，臉上泛起紅暈。「那個，嗯……如果妳有什麼需要，隨時喊我一聲就是了。」

「謝謝，」艾美說，十分感激他的好心。她的感謝是真心誠意。派弟的行事動機從來不會別有用心。他們的真誠友誼建立在對於工作的共同熱愛上。她目送他走遠，感激著自己的生活中有他這個人。至於道吉，他在她兒時對她展現的善意因為他干預莉莉安案子的行為而蒙上陰影。他明知她或莉莉安可能並未犯下那些罪行，怎麼還能用移花接木的證據構陷她？他對自己所服務的司法系統就這麼沒有信心嗎？她深吸一口氣，打開信封，準備展讀道格的遺言。

親愛的艾美，

我很抱歉事情得要這樣結束。如妳所知，妳父親的死亡對我打擊甚大，而近來痛失雙親之後，我再也找不到堅持下去的理由。妳的來訪是非常好心的舉動，我對我多年前插手莉莉安．葛萊姆斯的案件感到羞愧無比。妳建議我聯絡有關當局，給了我足夠的時間準備以有尊嚴的方式面對接下來的一切。

我保留著那個鞋盒裡的證據，是因為我羞愧到沒有辦法丟棄它。我早知也許有一天我必須為自己的行為負起責任，但是摸著我的良心，若是從頭來過我還是會做出一樣的選擇。莉莉安．葛萊姆斯犯下了謀殺那幾位女性的罪行，她應該在監獄裡終此一生。但我承認我出手幫助調查行動取得起訴她所需的材料。盒子裡有幾條線頭，是來自她穿的紅色羊毛衫。我將之移置到幾名被害者的屍體上，以確保她在法庭上得到有罪判決。這是我身為警員以來僅此一次栽贓證據。我也將從她梳子上取得的頭髮和一只耳環放置在屋內的藏屍地點。我不能冒險讓她有機會被釋放。

我不後悔我的所作所為。我百分之百確定她有罪。然而，我知道坦白承認會為我帶來什麼後果，而我沒有心理準備要在牢房裡度過餘生。我希望這樣能帶給妳某種解脫。專案小組的每個人當初都極為努力且誠實無欺，包括妳父親在內。我很抱歉讓他失望了。我現在要入睡了，不會再醒來。妳還年輕而堅強，妳會拼湊起妳人生的碎片，羅柏也會希望妳重新開始。但願妳能原諒我。請將我的愛意轉告我的親戚，我也留了信給他們。我對葬禮的企劃放在床邊置物櫃裡，所有費用都已付清。企劃書下還有我的遺囑。如妳所見，我已經為這一天做了好一段時間的準備。這是完全出於我個人意志的決定。

艾美，別像我一樣懦弱，要把妳的人生過得值回票價。

道吉

59

「我已經知道了，」艾美打算在電話中通知壞消息時，芙蘿拉如此說。「我和那個守在他前門的警員說過話。」

「妳怎麼沒打給我？」芙蘿拉突然間展現的堅強令艾美訝異。她不知道她母親去拜訪過道吉，而這讓她納悶還有多少她不知道的事一直在進行。

「我知道妳很快就會發現。」芙蘿拉冷冷地說。若是艾美過去熟悉的那個芙蘿拉，一定會崩潰。她在氣艾美建議道吉去自首嗎？

「妳跟妳那個主任吵架了是吧？」芙蘿拉的聲音穿透了沉默。她想表現得輕鬆如常，但是她拐彎抹角地提起這個話題時，艾美聽得出她有某些沉重的心事。

「為什麼這樣問？」

「因為妳沒再跟她一起出去了。但我本來也預期她等羅柏一死就會對我們家失去興趣。」芙蘿拉的聲音仍然緩慢且語帶嘲諷，聽起來一點也不像她。

「她的工作壓力很大。」艾美小心用字遣詞。「我們事情太多了。」也許芙蘿拉還處在震驚狀態？這也難免，畢竟她被勾起了那麼多負面情緒。

「我不是那個意思。我知道他們之間的事。我已經知道很久了。」

艾美的心臟在胸中劇烈一躍。這時候裝傻，只會在傷人之外更帶來冒犯。「我才剛剛發現，」她輕聲說。「我還不確定該不該相信。」她停下來喘氣，聽到電話另一頭傳來瓶子輕敲玻璃杯的聲音。為什麼芙蘿拉聽起來如此反常？她在借酒澆愁嗎？「為什麼妳沒有告訴我？」她問道，為了自己的缺席心生愧疚。

「妳那麼敬愛妳父親。我們都為了討他歡心而做這做那。他喜歡我依賴他，讓他感覺自己像個大男人。但我其實比你們任何人知道的都更強悍。」

「妳在喝酒嗎？」艾美說。她母親的語氣變化令她困惑。

「我很有理由喝，妳不覺得嗎？」她停頓一下，將杯中的某種烈酒吞入喉。「他不愛派克，他不是真心的。他想擺脫她，可是她利用妳接近他。就連他死後，她還是不斷打探我們家的狀況。」

「我什麼都沒告訴過她，」艾美說。「我也希望我早點知情，就不會跟她往來了。」

「但事情沒有這麼簡單，對吧？」芙蘿拉又停下來喝了一口酒。「一旦這關係到妳的職業前途。」

「我當初可以調職。現在也還是可以。」

「不。我不想讓妳被派到太遠的外地。妳的晉升是應得的，但是妳也需要證明自己。所以妳一定得找到那個叫妙莉的女孩子。」

但艾美幾乎沒聽進她母親說的話；她太忙著在過往回憶中挑揀爬梳。「妳不應該默默忍受的。妳應該把妳的感受告訴爸爸。」

「就像妳告訴他妳對那些龐德電影的感受嗎？」芙蘿拉發出一陣醉醺醺的輕笑。「妳假裝喜歡那些電影，只是為了能跟他相處。妳看吧？我們都把他捧上神壇。但他也是人，跟我們一樣會犯錯。」

這是真的。他們一起觀賞〇〇七電影的週日之所以寶貴，只是因為他們共度的時光。就算他們看的是摔角比賽，她也不在乎。

「收養機構在妳父母被逮捕的那週核准了我們的申請。彷彿是命運自有安排，」芙蘿拉若有所思地說。「我們收養妳的時候，我以為我們全家人的關係會因此而更緊密，但最後反而讓我更覺得自己像個局外人。我好嫉妒你們彼此的關係。」

「噢，媽，」艾美說。如此痛苦的自白令她聽了也難過。

「我們之間有隔閡不是妳的錯，艾美；錯是在我。有許多次，我本來可以主動爭取妳的信任……」她嘆了一口氣。「但現在要彌補錯誤還不遲。」

艾美看看錶，夜色漸深，而她已經離開辦公室太久了。但她不能丟下處於這個狀態的母親。

「妳還好嗎？要不要我打給克雷格叫他過去一趟？」克雷格幾個小時前就值完班了。

「如果妳是在擔心我做傻事，我不會的。我只是有點醉，這又不犯法，對不對啊，警察大人？」她口齒不清地說，喉嚨裡冒出了泡泡般的輕笑聲。

但是艾美不會把芙蘿拉的話照單全收。她對母親說自己愛她，然後趕快打了電話給克雷格，要他路過探訪一下。聽到他們這位平時滴酒不沾的家長喝醉了，他覺得格外有趣。

艾美的手輕輕放在車門把手上，此時她的手機震動起來，螢幕上閃出派弟的名字，她立刻接聽。

「抱歉打擾妳，長官。妳還在停車場嗎？」

「我現在進去，」她說。迎面突然襲來一陣強風，把瀏海吹進她眼睛。「怎麼了？」

「葛拉蒂絲．湯普森死了。」

「我明白了。」艾美回答。由於她身患絕症，這個消息也不全然是晴天霹靂。

「她的兒子在這裡，」派弟說。「他如果沒跟妳談到話就不肯走。」

60

艾美心中好奇，最近接二連三的事端是否和滿月有任何關係。她先前也遇過類似的反常狀況，月球的能量變化也許導致了一波惡意攻擊興起。她並不總是只講求實際，反而相信未知的力量，這能幫助她覺察其他人忽略的事物。從當天早上醒來時，她就有預感會聽到葛拉蒂絲．湯普森的死訊。

約翰．湯普森垂著肩膀，雙手深深插在起皺的黑西裝褲口袋裡，在前台耐心等候。艾美領他走進旁邊的空室，對他母親的離世致上慰問。

他向她點頭道謝，拉出一張塑膠硬椅坐了下來。他眼睛下的陰影顯示他和睡眠闊別已久，沙色的鬍鬚中也點綴著幾縷銀絲，顯示出他的壓力之深重。家庭聯絡官已經將他姊姊遭到殺害與棄屍的醜陋真相告訴了他。得知如此消息之後又這麼快就失去母親，必定造成了難以承受的痛苦。

「謝謝妳放下手邊的事來跟我談，」他說。「我整個人亂糟糟的，希望妳不會介意。」

「當然不介意，」艾美回應。「我只是對如此悲傷的情況感到遺憾。要幫你泡杯茶嗎？雖然恐怕只有自動販賣機泡的……」他們所在的空間位於接待櫃檯旁，通常是只用來簡短問話。她可以把他帶到大樓更內部，但是那樣一來就可能讓他接觸到某些她不打算分享的情報。眾所皆知，制服警員一向在辦公室公開討論案情，罪犯的照片也直接貼在牆上。這裡有前一批使用者留下的強烈氣味，但目前是最合理的談話空間。

「我已經喝太多杯了，謝謝妳，」約翰說。「我媽……她還在家裡。整天都有人過來弔唁。」

「那麼你的時間寶貴，」艾美說，很慶幸有理由速戰速決。「我能幫上什麼忙嗎？」

「我在網路上看到一些東西。」約翰發自內心嘆息一聲。「我要是不確認它的真實性，就沒法安心。」

「是什麼東西？」

「莉莉安．葛萊姆斯在提出上訴嗎？」約翰一講到她的名字，整張臉就緊繃起來。

「你從哪裡聽說的？」艾美回答，沒有肯定也沒有否認。

「社群網站。有個叫作『真相守護者』之類的社團。他們自稱在努力幫助她重獲自由。」

「好……他們打算怎麼做？」艾美說，沒有洩露半點內情。

「他們說……」約翰吞了一下口水，清喉嚨時發出喀喀聲。「這個嘛，他們說他們主導了妙莉．帕克的綁架案，妳知道，就是那個電視名人的女兒？他們綁架她當人質，直到莉莉安能夠上訴。這些人讓我不敢相信，看看她做過的事……」

「對我來說是新消息，」儘管心跳加速，艾美的灰眸仍保持冷靜的眼神。「你有那段對話的紀錄嗎？例如螢幕截圖？可以在手機上開給我看嗎？」

「抱歉，」約翰說，在椅子上往後靠。「我看到之後不久，我媽的狀況就急轉直下。我應該立刻告訴妳的，但是……」他的聲音弱了下去。

「請千萬不用道歉，」艾美說。「只要你有跟我們說就太好了。」

「老實說，我需要找理由離開家裡一會兒。一切開始有點超出我負荷了。大家都說他們很遺憾，但他們根本不知道那個女人讓我媽吃了多少苦。」

「你記得清楚你是在哪裡看到這個訊息的嗎？」艾美溫和地將他引導回正題。

「在一個臉書社團，」約翰回答，對她露出空洞的微笑。「講起來有點難為情，我媽都病成那樣了，我還在看臉書，真不敢想像妳會對我有何觀感。」

「我沒有批評的意思，」艾美回應。「我想我是全世界唯一沒在用臉書的人。如果我登入電腦，你可以開那個社團給我看嗎？」

「抱歉。」他搖搖頭。「我試過在手機上搜尋，但它不見了。就是某個陰謀論網站吧。」

「你當初是怎麼找到的？」艾美真希望他別再道歉了。他的家人遭遇了那麼多不幸，警方卻還讓他失望。

「我打了『莉莉安．葛萊姆斯』的關鍵字搜尋，然後各式各樣的結果都跳出來。」他垂下視線。「妳說話一直不太直接。我只是想知道現在是什麼狀況。」

「我們必須等到資訊獲得證實才會公開。你沒辦法從社群網站得到真確的說法。我們都知道有假新聞這種東西，對吧？」

約翰點了點頭，但看起來不太信服。「妳可以告訴我，莉莉安的案子究竟有沒有要重審嗎？」

他認真地檢視她，艾美感覺彼此之間的溫度冷了下來。基於過去多年來發生的種種，他必定對警方心懷怨懟。無法妥善埋葬溫蒂的壓力把他母親徹底侵蝕掏空。她用自己的問題反問他。「關於你說的這個臉書對話，還有什麼可以補充嗎？例如，說話的人是誰？」

「她不會被放出來吧？她造成了那麼多人的痛苦……她謀殺了我姊姊，把她丟在那個冷凍櫃裡。什麼樣的人會幹出那種事？」他們之間的沉默逐漸延伸，直到他猛然吸氣，像是溺水的人突然得到空氣。「她讓我的家人吃盡苦頭。想到她被釋放我就無法忍受。」他用淚濕的雙眼懇求地看著她，一輩子以來的悲傷把他徹底擊垮。

艾美意識到現在跟他問話還嫌太早。「我不認為這件事會發生。」目前，這是她所能給的最好的回答。

約翰眨眨眼，將自己從痛苦的過去拉回此時此地。「我是說，這只是博取關注的手段吧。他們沒有真的抓走妙妙，就算有，他們也會放她走。」他抬頭看向艾美，表情帶著疑問。「會吧？」

她露出緊繃的笑容。「謝謝你過來。我們還是需要針對你剛剛說的事做正式筆錄。我可以跟你約個更方便一點的時間嗎？」她從椅子上起身，奮力保持表情平和。

「只要幫得上忙，我都樂意。」約翰說，跟著她走到前台。經過他們短短的對話，某些改變發生了，她在內心深處察覺到，但還想不出改變的是什麼。她只知道她突然為妙莉感到害怕。

61

「我有事得告訴妳。」派弟對著車上的後視鏡說，試著掂量這些字句。他眼周的紋路更明顯了，感覺像老了十歲。

「只是……嗯，妳知道我愛妳，對吧？」他吞吞口水，拉鬆領帶，解開襯衫衣領第一顆釦子。「只是……」他要說的話在喉嚨裡沉寂下去。他咒罵著自己的無能。如果他沒辦法把話大聲說出口，又要怎麼說服伊蓮給他一個機會？大部分人都會先離婚才認識新對象。他真是自私。他的視線垂下，離開鏡子，再也無法跟自己眼神相對。潔若汀毫無預警地就被迫接受了一個人的生活，他應該有能力把事情處理得更圓滿。「你這軟弱、沒肩膀的懦夫。為什麼死的是她不是你？」潔若汀的聲音在他心中的長廊迴響，還要再過很久才能消失。一步一步來，他提醒自己。他試圖演練他要對伊蓮說的話，心臟在胸中劇烈跳動。你要怎麼說明自己另有家室這種事？把潔若汀描述得太暴力會讓她聽起來像個怪物。但若是責怪他自己，肯定會讓他在伊蓮的眼中像個廢物。他想起艾美．溫特，想到她如何正面迎向難關。潔若汀錯了；他對艾美的情感是一種父愛，雖然他永遠不會公開承認。倘若他的女兒蘇西還在世，他就會希望她長成艾美這個樣子：堅強、自立、機靈。

「寶貝，我回來了！」他從門廊上喊道，心知自己聽起來就像俗氣老電影裡的角色。他掛起大衣，閉上眼，吸了一口氣。肉汁的味道……也許是牛肉派？他的腸胃翻攪。他現在對食物一點興趣也沒有。他等到她盛好了菜，才嘗試要展開他的自白。她把加熱的盤子從烤箱取出時，藉機問他今天過得如何。「妙莉．帕克有消息嗎？」她一面說一面裝盤，原來今天吃的是燉牛肉。

「我們逐漸接近破案了。督察推測只是時間早晚的問題而已。」

「真的嗎？」伊蓮說著轉身在水罐裡倒了些水。「她調適得還好嗎？」

「她最近過得不輕鬆，」派弟說，心裡納悶他們怎麼會談起這個話題。「主任好像因為某種緣故跟她鬧翻了。我想她現在很需要朋友。」

伊蓮收起笑容坐下來。「唉，真可憐。不過就像你說的，你們很快就會找到那個失蹤的女孩了吧。」

派弟點點頭，他嘗試要享受晚餐，但失敗了。原本入口即化的燉肉在他嚐來卻苦澀又發酸。讓他難受的並不是食物的品質，而是他非說不可的話。而且，不知道是他的想像，還是他們之間的氣氛真的變了？她也撥弄著自己的晚餐。

「伊蓮，親愛的，」他說，將刀叉輕輕放到盤子兩旁。「我有事得告訴妳。」他看到她抬起來迎視他的眼睛泛著水光，心裡吃了一驚。

「我也得跟你談談。」她說，句子之後接著輕柔的一聲嘆息。

他們乾瞪著彼此，等對方先開口，時間久到像過了一輩子。派弟感覺自己像個卡通人物，準備要拉下一箱炸藥的啟動把手，砰，你要完蛋了。他撇開雜念，猛吸一口氣。「我對妳說了很久的謊，但原因只是因為我愛妳，我想保護我們擁有的一切。」

「我知道。」她說。她推開盤子，臉頰逐漸失去血色。

「妳知道？」

伊蓮點了點頭。

「我認識妳的時候，是已婚的身分。但我的婚姻現在結束了，我永遠離開她了。」派弟側了一下頭，看她是否理解。但伊蓮毫無動靜，雙眼之後只有空洞虛無。派弟努力找出能改善局面的字眼，但是她的眼神……她用陌生人般的眼神看著他，讓他的背脊從上到下竄起了一股寒顫。

「我說我知道，」伊蓮回應道，這次說得更堅定了。「我一直都知道。我以為我們這樣行得通，而的確有一段時間，生活在這麼一個幸福的家庭裡感覺很不錯。」她嘆了口氣，像趕蒼蠅般撥開一滴眼淚。「但這是謊言，裡裡外外都是。這就是為什麼我要離開。」

「妳要離開我？」派弟站起來，椅子跟地板發出尖銳的摩擦聲。「不，拜託。我們可以商量。拜託不要走。」聽見自己說出和潔若汀相同的懇求，讓他不禁反胃。

「我從來就不應該對你心動。是有過一段很快樂的時間……但是你不了解我。不真正了解。如果你知道真相……」她的話語空洞又支離破碎，彷彿有一部分的她已經不在了。

「那就告訴我，」派弟說。「拜託。我們可以解決問題。不管妳做過什麼事，我都不在乎，我們把過去一筆勾消，重新開始。」派弟緊抓著椅背。他無法承受伊蓮一走了之的這個想法。

「我是個壞人，」她說，那副空洞的神情又回到她眼中。「你沒有我會過得更好。對不起。

我不是故意要讓事情發展到這一步。」

「我不會放棄妳。」她往門口移動，派弟向前一步。

「你別無選擇，」伊蓮嘆了口氣，溫柔地讓他移到一旁。「我房租付到月底了。如果你想，可以頂下租約，資料全都在抽屜裡。」

伊蓮沒有上樓打包，而是從樓梯下的櫥櫃拿出一個看起來很重的行李箱。「我本來要趁你不在的時候走，但我沒有辦法不告而別。」

「是有別人介入嗎？是因為這樣嗎？」派弟站在門口，痛苦地意識到這一切有多麼諷刺。

「你要這麼說也行……但不是你想的那樣，」伊蓮回答。「你沒有我會過得更好。對你來說最好的選擇就是放我離開。」

外面傳來一輛車的喇叭聲。「是我的計程車，」她說，一面眨著眼忍住淚水，一面查看手錶上的時間。「再見了，派弟……還有……」她最後一次握緊他的手臂時，說話的聲音哽咽破碎。「對不起……一切都對不起。」

派弟驚愕地呆立原地。她的計程車？她早就計劃好了。可是他找不到能讓她回心轉意的說法。他一直以來都感覺他和伊蓮的關係美好得不可能是真的，更是他遠遠配不上。她終於看穿了他，和潔若汀一樣發現他是個失敗品。他動也不動地站在門口，他的整個世界棄他而去，一股空虛感征服了他。

62

一九八五年

新年是歡喜慶祝的時節，家裡從不曾像今晚如此人滿為患。珀比一般在七點前就上床睡覺了，但是今天媽咪出門，爹地心情又很好。莎莉安說聖誕節就是「百無禁忌」，不過珀比不懂那是什麼意思。莎莉安打掃了一整天累壞了，已經躺在床上，耳朵裡戴了一副耳塞阻隔樓下的音樂聲。珀比逐漸喜歡上的兒歌〈阿嘎嘟〉（Agadoo）和〈划船歌〉（Rock-the-boat），莎莉安卻不太欣賞。今晚吵得特別兇，她姊姊額外戴上毛茸茸的白色耳罩。耳罩的原主是個以前常來他們家作客的女孩，但是她早就不再上門了。珀比也曾發現她的媽咪戴著那個女孩以前戴過的銀鍊子。這些小東西被遺落下來也不是少見的事。

曼蒂和戴米恩去朋友家過夜了，珀比精神正好。她好喜歡天花板上懸掛的聖誕裝飾，還有繞在樓梯上的彩色金箔紙條。她問莎莉安為什麼大家都那麼開心，莎莉安說是因為新年的關係。珀比希望這代表媽咪和爹地會停戰。家裡太常吵架了，珀比倒是很懂得什麼是停戰。這次吵架是因為媽咪不喜歡爹地的新朋友薇薇安，嫌她太黏了。珀比不知道「黏」是什麼意思，她碰過薇薇安很多次，雖然薇薇安有時候會給她聰明豆糖果，但是就珀比所見，她沒有黏住什麼東西。不過薇薇安真的很喜歡她的爹地。她喜歡親他的嘴唇。以前媽咪也會提議要加入，但是薇薇安說她不喜歡親女生。珀比猜想媽媽是在不高興薇薇安想跟爹地當朋友，卻不想跟她。有時候他們會上樓去爹地的房間，不穿衣服在床上玩摔角。珀比不懂那有什麼好玩的，特別是在這麼冷的天氣。

珀比溜進客廳，穿梭在派對客人汗流浹背的身體之間，躲進她的祕密基地。長度及地的厚重紅色布簾後面是完美的藏身處。珀比很聰明，把枕頭藏在她房間的床單下，看起來就像她睡在床上。她的臉上沾著巧克力，她和著某人沒喝完的蜂蜜色飲料把巧克力吞下，肚子裡感覺暖暖的。在依舊震耳欲聾的音樂中，那口從她喉嚨一路往下燒灼的飲料讓她昏昏沉沉地縮起來，就這麼睡著了。

她醒來的時候，早先的狂歡活動已經停息。現在幾點了？珀比一面想，一面擦掉嘴邊摻著巧克力的口水。她從布簾後往外偷看，瞥見她母親憤怒的臉孔，心臟不禁怦怦亂跳，直到她發覺媽媽的注意力不是放在她身上。媽咪雙眼冒火，全神貫注瞪著仰躺在沙發上、只穿內褲和胸罩的薇薇安。這名少女輕輕打鼾，臉上掛著迷濛的微笑。珀比看了室內一圈，洋芋片屑屑卡進地毯裡，啤酒空罐和彩帶散落一地。

媽咪一把抓住薇薇安漂成淺金色的頭髮，痛得她瞬間醒過來，唇間傳出大聲的哀鳴。

「妳這賤人。我跟妳說過別再跑回來了！」莉莉安大喊著把她拖下沙發。

莉莉安鬆手時，仍在大聲喊痛的薇薇安努力試著站穩。「傑克呢？」她喘不過氣地說，手上忙著扣好衣服。

「妳不用操心他，」莉莉安吼道。「妳跑來我家做什麼？」

「我以為原因很明顯呢，」薇薇安嗤笑道。被莉莉安放開之後，她在頭上揉了揉。「他請我來的啊。他說妳明天以前都不會回來。」

「現在就是明天，妳這個笨婊子。還有，這裡是我家，現在他媽的給我滾出去，不要再來了。」

「傑克！」薇薇安拔高了音調尖叫道。「過來管管你老婆！」

珀比咬著下唇，努力忽略自己的內急。她把自己縮得更小，蜷成一顆球，雙手緊緊握拳。她知道她父親的好心情維持不了多久，現在壞事要來了。她好希望可以離開，但是沒有人知道她在這裡，她別無選擇，只能留下來旁觀。

「在吵什麼？」傑克說，他一面按摩著頭一面走進客廳。他看見正在套上迷你裙的薇薇安時，立刻變了臉色。「妳怎麼在這裡？我以為我叫妳回家了？」

「我又睡著了。」她說。但她的說詞聽起來薄弱無力，泛紅的臉頰告訴珀比她在說謊。

「她一開始為什麼會過來？」莉莉安往傑克那邊用力一指。「你清楚規矩，不准背著我偷玩。」

「我沒有請她來。」傑克說，但是招來了不滿的回應。

「有，你有！」薇薇安喊道，同時拉扯著裙子的拉鏈。「快點，傑克，跟她說實話。」她轉向莉莉安。「我們彼此相愛。他不要妳了。」

珀比現在完全清醒了。這是壞事，很壞。她母親胸口的紅暈一路往上爬到喉嚨，像氣壓閥一樣，看起來就要爆炸了。

但是她母親沒有大吼或尖叫，只是轉過去面對傑克。「你回去睡覺。我和薇薇安要聊一下。」

傑克在門口徘徊，襯衫下襬從褲腰裡露出來。他在兩人之間看過來又看過去。「小莉，真的沒有必要——」

「怎樣？」莉莉安一邊眉毛高高抬起。「你要留下來爭個分明嗎？我奉陪！」

傑克的雙手舉到太陽穴邊，彷彿在驅散一群蜜蜂，而不是他妻子高聲的命令。「好啦，好啦！小聲一點就是了。」他頭也不回轉身上樓去睡了。

「傑克，你要去哪？傑克！」薇薇安喚道。她訝異得張大了嘴。

莉莉安露出牙齒，笑得令人發寒，轉身鎖上了門。

珀比把拳頭縮進睡衣的袖子裡。她的內臟感覺全都打結了。她再也不想待在這裡了。她可以嘗試溜出去，可是門鎖上了，而且媽媽會看到她。媽媽儘管個子矮，力氣卻很大，她生氣的時候最好別擋她的路。

莉莉安說話時臉上的肌肉緊繃。「妳應該在我還有給妳機會時趕快走的。」

「他不愛妳。」薇薇安收拾著隨身物品，自信似乎一點一點消失。「妳……妳嚇不倒我的。」

「啊，我是該嚇嚇妳。」莉莉安朝她逼近，脖子上青筋浮起，像即將繃斷的纜線。

薇薇安一路後退，直到她的膝蓋後方碰上沙發，撞出一聲悶響。「妳要是敢碰我一下，我就打電話給社會局。我會告訴他們這裡都在搞些什麼事。」

「妳不會的。」莉莉安說，暫時停下動作。

薇薇安恢復了膽量，臉上的笑容越咧越開。「是喔，我是認真的。到時候妳就可以跟妳老公說再見了，他很快就會來找我。」

「真希望妳沒說這句話。」莉莉安回應道，沒有要讓路的意思。

「真相很殘酷吧。」薇薇安一面說，一面套上低跟鞋。

「不……」莉莉安嗤笑道。「我的意思是，我懶得收拾善後。」

「什麼善後……」

莉莉安一頭往她的鼻子撞去，一記響亮的碎裂聲後鮮血噴濺而出。莉莉安伸出雙手，把薇薇安用力推到地毯上，發出咚的一聲。「我的鼻子！」薇薇安用手護住鼻子，邊咳邊說。倒流的血灌進她的鼻腔，她喘著氣拚命呼吸。珀比眼中閃著驚怖的光芒，旁觀她母親猛踢薇薇安的肚子，每踢一下就咒罵一聲。她氣喘吁吁地吹開前額的瀏海，然後坐下去壓在薇薇安的胸口。薇薇安的血灑在他們家的紅色地毯上，和纖維與洋芋片碎屑糊在一起。珀比嚇得全身僵硬，只能祈禱這番暴力場面快快結束。

薇薇安現在虛弱不堪，動作無力，口中發出低沉的呻吟，但是莉莉安沒有停手。她額頭上汗珠滿布，揑住薇薇安血淋淋的鼻子，左手緊緊摀住她的嘴巴。「妳以為妳可以跑進我家來恐嚇我嗎？」她喃喃自語，薇薇安在她的體重下掙扎。

莉莉安更用力往下壓，完全阻絕了空氣，薇薇安的雙眼不敢置信地暴凸。過了彷彿好久好久的時間之後，她再也沒有力氣，四肢像死魚一樣軟趴趴。

珀比瑟縮著把臉貼到膝蓋上，腿緊緊往胸前縮。她自己的呼吸越來越急促。如果媽咪聽到了，就會讓她再也出不了聲。手下不再有動靜之後，莉莉安站了起來，抱怨著地毯上的污點，同時打開門鎖。珀比往事後的場面速速偷看一眼，心臟仍然像發條玩具一樣猛跳。薇薇安雙臂攤開，無神地瞪視著她所在的方向。珀比陷入一種奇怪的出神狀態，看著聖誕樹燈飾一閃一滅地反射在她的雙眼。珀比知道薇薇安的唇間已經沒有了氣息，媽咪扼斷了她的呼吸。

63

「哈囉，親愛的女兒，我以為妳今天會進來看我呢。」

莉莉安的聲音往往讓艾美聽得直起雞皮疙瘩，但今天艾美帶著一份新的理解醒過來，昨晚有另一段恐怖的記憶在她睡夢中歸位。

「我為什麼要去看妳？」艾美說。「我跟妳的律師談過了。據他的說法，妳根本不知道妙莉．帕克在哪裡。」

「這是妳和媽媽說話的態度嗎？」莉莉安在電話上連聲嘖嘖。「我別無選擇，只能拿她當餌。不然妳會把我丟在這裡放到爛。」

「又在演受害者了，」艾美說。「但妳只是在浪費時間。我知道妳做過什麼事。」線路安靜下來，艾美幾乎能聽見莉莉安頭腦裡的機關在嗡嗡運轉。

「什麼事？羅柏在妳小時候告訴妳的嗎？」莉莉安的聲音狡詐而嘲諷，在電話上聽起來油膩膩的。「那個不老實的警察在墳墓裡還想補我刀。站在我的立場想想吧，那個男人奪走了我的小孩、我的尊嚴和我的自由，我反擊也是自然的。」

「我永遠無法站在妳的立場。」艾美說，掩飾不了心中的嫌惡。

「妳已經在了。妳是我的一部分。」她停下來換氣。「那些收養妳的人……不是妳的父母。

妳屬於我，屬於我和妳父親。妳有我的膚色、他的笑容，你的血管裡流的是我們的血。」

她的聲音陰沉得像在催眠，逐步引誘著她。艾美坐在椅子上全身僵硬。她已經對這女人透露了太多的自我。「我告訴妳，構成我的是我的思想、言論，尤其還有我的行動——也就代表我跟妳毫無關係。」她回想起前一晚的記憶，一股噁心感沖刷過她。「我永遠無法站在妳的立場——因為我知道妳對薇薇安・霍登做了什麼。當時我也在。」

「胡說，」莉莉安啐道。「妳那時不過才四歲。不管妳以為自己記得什麼，都是錯的。」

「我記得我看到傑克和薇薇安在沙發上，趁妳不在的時候親熱。妳不喜歡他跟她單獨見面，對吧？」

「那是虛假記憶，」莉莉安說，她的聲音藏不住脾氣。「妳以為我那天去了哪裡？我在幫我們找個可以遠離他的新家。」她疲憊地呼出一口氣。「我要求的不多，只要真相能公諸於世。」

「那為什麼不讓我來說呢？」現在輪到艾美語帶諷刺。她這次十分肯定。儘管她搞混了娃娃，但薇薇安遇害的過程太清晰，不可能不是真的。她在除夕夜抓著扶手爬下樓梯，灌下一口被她誤以為是蘋果汁的烈酒，那股溫熱入侵她的腸胃。

「天啊，我現在想起來我們是怎麼被養大的，」艾美大聲說出腦中想法。「其他人養狗都比妳養我們養得好。」

「妳懂什麼？」莉莉安憤慨地說。「妳沒當過母親，妳不知道有多困難。」

但艾美閃避掉她的反駁。「我知道該怎麼樣和人類相處，特別是弱小的孩童。我記得我那天晚上裹在那片血紅色、長到地板的簾子裡睡著，我以前常躲在那後面。妳回家的時候屋裡很暗，沒有人聽到妳溜進來。妳是打算把他們逮個正著嗎？」

「謊話，都是謊話連篇。」

「這個嘛，有人殺了她，肯定不是傑克下的手。這就是妳為什麼如此討厭她。不是因為她把妳排除在外，而是因為他想要單獨跟她在一起。傑克轉身留下妳們自己解決的時候，妳把門鎖上，薇薇安臉上的表情害怕極了。」

「害怕個頭，她那傢伙脾氣可硬的。」莉莉安說，忘了自己稍早才聲稱那場會面不曾發生。

「她想離開，但妳不讓她走，」艾美回應道。「就算我還小，我也知道妳殺了她，因為妳在那之前就殺過人。妳策劃了一切，妳是所有那些犯行的幕後推手。」艾美知道她還有更多尚未浮現的記憶，等到她有足夠的力量面對時才會重現。她低下頭，手肘撐在桌面，手握著話筒放在耳邊。現在，知道這項恐怖的事實就已足夠。

「也許我就是知道有什麼不可告人的事，才想要逮著他們，」莉莉安回應。「我們吵了架，我打了她幾下，但我沒殺她，我發誓。」

「我知道我感覺到什麼，」艾美說。「那是真的。」

「我一點都不懷疑妳在場，又不請自來地到處打探。但悶死薇薇安的人不是我。吵完之後我就去睡了，我不知道她後來發生了什麼事。我只知道我再也沒見過她。那天晚上，傑克在院子裡挖土……」

艾美的一隻手按著太陽穴。她腦海中迴盪著鏟子削過土壤的聲音。「我沒說她是被悶死的，」她用平板的語氣說。

「什麼？」莉莉安回應道。

「我沒有說妳是悶死她的。驗屍報告上也沒有顯示，因為他們只找到骸骨。」

莉莉安沉默了。

艾美感覺到熟悉的滿足，如同她過去在偵訊嫌犯時的感受。她把嫌犯帶回現場，但略過最具決定性的細節，把莉莉安騙得團團轉，自己鬆口說出證據。她關掉錄下她們對話的裝置，發出明顯的「喀」一聲。這是她確保對方留在獄中的最終武器。她不能讓道吉白白死去，她也知道她父親會在遙遠的某處為她感到驕傲。

「謝謝妳的供認，」艾美說，倦意滲進了她骨子裡。「別再打給我，除非妳要告訴我妙莉的所在位置。」

64

妙莉猛然吸進一口氣，醒了過來，額頭沾滿濕黏的汗水。睡眠成了她的敵人，讓她失去防備、無法反擊。睡意靜靜地從木材的縫隙爬進來，像幽靈般浮在空中。綁匪的防毒面罩不只是用來掩蓋身分。然而，他身上仍然有某種熟悉之處，是她先前就見過的。

呼呼逃脫之後，她看出了他眼中的猶豫不決。他知道與其再次移動她，直接處理掉她會更方便，她的臉孔一定已經登遍了報紙和電視，途中被逮到的風險不小。但是某些原因讓他卻步，讓他從那艘噁心的船上把她帶來現在這個潮濕而充滿壓迫感的空間。裸露的管線延伸過整面牆，溫度燙熱。遠方持續的滴水聲成為襯托她啜泣的背景音。對於自己是怎麼被運送到這個無窗的房間裡，她毫無記憶，但是膝蓋和手臂上的瘀青告訴她，處理的人並不太小心。

腐魚的臭味已經散去，只有一點點還附著在她衣服上。但是這次沒有床可以躺，也沒有如廁用的桶子。她也沒有食物可吃。她拉動一下腳踝，鐵鏈的鏗啷聲迴響在狹長空蕩的室內。掛著鎖的管線發出嘶嘶響的蒸氣，黏滑的牆面上不停有水滴落。

她模糊地記起自己臉上被壓著一個面罩，她拚命閉氣，直到肺部灼痛。*也許我在地獄裡*，她無精打采地想。*也許我已經死了。*

有些什麼告訴她死後的世界不會有腳鐐，而且她感受到的痛苦非常真實。她輕輕揉著腳踝，那裡的皮膚被鐵鏈勒得破皮紅腫。「救命！」她無力地喊道，聲音迴盪在房間裡，彷彿在嘲弄她。「拜託，誰來救我——」她忍住一聲咳嗽，喊得破了音。她手上被木屑刺出的傷口現在感染發炎，手掌的血管裡感覺就像有熔岩流過。她的背上滴著汗，整個世界浮浮沉沉，一下對焦、一下失焦，從她哭紅的眼睛裡看去一片模糊。

她側身而躺，感覺到那根生鏽的螺絲釘戳著她的臀部。她把螺絲釘藏在內褲裡，這說明了綁匪沒有趁她失去意識時侵犯她，讓她得到了小小的安心感。綁匪絕不可能允許她偷藏任何武器在身上。警察發現了她在船上的木板刻的字母了嗎？至少她努力試過了。但現在她完全失去了時間感，而且覺得非常孤獨。

淚水刺激著她的眼瞼，她在地板上挪動時難受得縮了一下。她眼窩的皮膚仍然瘀青腫脹，一碰就痛，但至少現在她兩隻眼睛都看得見了。她望著上方高高的屋頂，還有纜線和管路交織成的網絡。一陣隆隆聲震動著傳遍建築物。一開始「轟、轟、轟」的聲音像是音響開太大聲時的貝斯和鼓。巨響的發生頻率極有規則，就好像同一首歌反覆循環播放。她原先判斷那是一台工業用乾燥機，之後才意識到那種大小的機器無法讓她腳下的地板也隨之震動。她慶幸有些別的東西可以讓她的心思脫離恐懼，於是計算起每一次巨響之間的秒數。她疲憊的腦子裡點亮了一絲希望：只有地鐵列車在地下路網行駛時會呈現這樣的時間規律。她還在倫敦市內，也許甚至離家不遠。這個念頭溫暖了她，即使她的眼皮越來越重、黑暗逐漸包圍逼近。

65

「我在健身房外面等妳。」艾美試圖讓語氣顯得輕鬆隨意。她已經猜到她們一起運動的行程將告一段落。考慮到派克一開始的動機，這並不是什麼重大的損失，但是她不會讓她的主任這麼輕鬆就擺脫她。她就是要對方親自把話說出口。

「我暫時不上健身房了。」派克說，在辦公室裡接電話的她視線飄乎。

艾美知道這是謊話。派克很快就會選中新的運動夥伴，一個可以供她操弄利用的人。羅柏死了，艾美的紀錄又蒙上污點，派克會想再跟她維持社交關係的機率微乎其微。派弟有一次說她「笑裡藏刀」，艾美現在開始了解原因了。

艾美曾經相信，不管生命丟給她什麼樣的麻煩，她都能握有主控權。直到現在她才接受自己就跟其他人一樣易於犯錯。不管再怎麼安排時間、規劃日程，都不可能防止她偶爾搞砸。但是她迎頭面對挑戰的勇氣才是她的力量之所在。

「還有別的事嗎？」派克說著準備結束通話。

「我跟馬坎在討論船上採到的證物。氣瓶內容物的檢驗結果出來了，是某種鎮靜劑……」

「我已經知道了，」派克回答。「我也拿到了漁船租用人的資料。」

「真的嗎？」艾美的臉上浮現笑容。「太好了。是我們知道的人嗎？」

「是妳的哥哥。所以這個案子不再由妳主導調查了。」

這句宣告讓艾美像生了根一樣呆立原地。「一定是有哪裡搞錯了。克雷格沒有租過船。」她猜想派克指的是戴米恩，但是她刻意提起克雷格來強調她的意思。她討厭派克不斷把葛萊姆斯一家講成她的家人。

「我說的是戴米恩。」派克挑起一邊眉毛，彷彿在暗示她知道艾美的盤算。「如果妳能避免向員警問及調查工作、導致他們為難，我會相當感激。我會告訴他們，妳因為近期喪親壓力過大，我只好幫妳分擔工作。」

艾美搖著頭。讓她困擾的並不是她的主任跳進來搶功；派克的行為已經接近於霸凌。

「他的不在場證明很牢靠。妙莉被綁架的那天他在上班。」她指派茉莉．巴克斯特警員蒐集情報後的追蹤工作證實了這一點。

「其中還是有空窗，」派克停頓一下，從抽屜裡拿出一顆蘋果放在桌上。「他有足夠的時間離開工作地點再回去。」

「從他的工作地點到妙莉家、再到印度船塢嗎？」她雙臂交盤。她從派克的表情中看得出來，對方連容忍她的存在都覺得勉強。「而且為什麼還選中妙莉？她母親把家庭生活保護得很隱密。戴米恩怎麼會知道她，甚至還曉得她住在哪裡？」

「首先，我們掌握到他跟那個臉書社團的可能連結……」艾美準備插話時，她舉起手制止。艾美知道他們的標籤改了，現在是「#協尋妙莉#倒數一天#滴答」。

「如果妳覺得這還不夠，我們還有泰莎的進一步說法。她坦承去年曾經在手機上使用約會APP。嗯，所謂的約會……」派克挑起眉毛，嗤之以鼻。「基本上就是約砲。一夜情。」

這項消息讓艾美張大了嘴。她始料未及。

「她會帶陌生人回家？家裡有妙莉在的時候？」

派克搖搖頭。「只有在妙莉去朋友家過夜的日子。她約過兩三次，做完之後就把人踢出去。她都醉得記不得那些人的長相，更別說姓名了。」

「真是太危險了……」艾美回應道。難怪她這麼慢才坦白。他們的家庭聯絡官肯定是使盡渾身解數把這些話從她嘴裡逼出來。「不過，妳說那是一年前的事了……」

「足以讓他們其中一人計劃並執行綁架行動。」

「馬坎跟我講了一個案子。」艾美換了個方向。她還不甘心放棄自己的推論。「玻利維亞的幽靈強暴案。那裡的婦女醒來時發現床單上有血和精液，完全不記得前一晚的事情。警方發現鎮上的男人將毒氣打進她們的房間，使她們昏睡。」

「就我聽到的說法，泰莎．帕克是自願參與性行為。」派克咬下蘋果，神情嚴竣起來。「現在，如果妳不介意的話……」

「我相信她是，但我要說的是妙莉和我們在船上發現的毒氣。在玻利維亞的案子裡，製造鎮靜劑的人是個獸醫。戴米恩不太可能具有這方面的知識。」艾美邊想邊說。「戴米恩有好幾次僥倖躲過正式逮捕的紀錄。他會把自己的姓名寫在船的租約上嗎？我一直在調查可能有關聯的醫事專業人員……」

「戴米恩．葛萊姆斯是個不法分子，跟他家裡其他人一樣，情勢所需的時候可是非常有創意。」派克又咬了一口蘋果。

艾美冷冷看著她，不肯咬餌上鉤，但是內心深處有個憤怒的小女孩想要把那顆該死的蘋果堵進她的喉嚨。「沒有必要把我調離這樁案子。除了DNA之外，我跟戴米恩．葛萊姆斯毫無關聯。」

「真的嗎？」派克嘴裡一面嚼，一面挑起單邊眉毛。「我好像記得妳沒多久才跟他見面喝茶。再說，妳也沒達成什麼大突破。這場調查需要全新的眼光。」

「沒有突破？妳在開玩笑嗎？我讓妳找到了莉莉安的最後三名被害者。」

「而我現在明白她為什麼如此熱心合作了。妳不覺得這一切的發展都對她很有利嗎？她能上訴都要感謝妳。」

艾美從椅子上起身，下顎僵硬。「妳是在懲罰我嗎？或者妳只是在為我父親捨不得？我也捨不得他。」

「我還有事要做，」派克回應，她的眉頭皺得要打結了。「妳最好趁妳還沒逾越分際，趕快離開。」

「但是，長官，我有個推測……」艾美說。這個尊稱用得有點太晚了。

「寫信寄給我吧。」派克起身，將蘋果核放在桌上，打開辦公室的門送艾美出去。她瞥見艾美叛逆的眼神時，表情緊繃起來。艾美是故意讓她看到的。兩人相對而立，派克的一隻手搭在門上。

「記得我跟妳怎麼說的嗎，溫特？妳要嘛跟我站在同一邊，不然就是擋我的路。我希望妳支持這次的逮捕行動。」

「我會贊同妳……」艾美生硬地說。「但那樣一來，我們就都錯了。先失陪，我還有些事要去查。」

艾美轉身大步踏過走廊，思緒飛馳。她來敲派克的門是為了徵詢建議，卻像個任性的小孩一樣被打發走。「#倒數一天」的標籤深深烙印在她腦中，還有個電子時鐘以令人驚恐的速度倒轉。她只剩不到二十四小時能把妙莉活著救回家。她越是針對她的直覺仔細思索，她的本能就越大聲地叫她跟進行動。但是，經過了道吉的事情，她還能夠再相信自己嗎？道吉說要去自首時，她相信了他，結果他死了。今天，一個新的嫌疑犯出現在她的視野裡。可是如果她弄錯了怎麼辦？

66

認真來說，如果艾美對自己的直覺夠有信心，她就不會這麼快離開派克的辦公室了。她所懷疑的情節中似乎有某種荒誕之處，離譜到她必須自己先查證過才能告訴別人。綁匪的動機是什麼？以前，她會把不合理的點逐項列出，甚至會將她現在心目中嫌犯的名字從列表上劃除，但是過去兩週的經歷讓她學到，凡事並非都能如此簡單地釐清。尤其是人，人總是會在你最預期不到的時候嚇你一跳。正是因此，她今天在嫌犯上班的途中一路跟蹤。

這人穿得一身黑，又是個可疑之兆。她看著對方鬼鬼祟祟地溜進機房入口，心中更是警鈴大響。這棟大樓是一間醫院，收治了眾多病患，屬於私立性質，提供頂級的照護服務。但是艾美隱約感覺到她的嫌犯不是來這裡救死扶傷的。這人把背包甩上肩膀的樣子，顯然不安好心。不過，她還是暫緩呼叫支援，改而撥了派弟的電話。如果她叫警察來、卻搞錯了嫌犯，後果將不堪設想。

「喂？」派弟大聲接聽。

「哈囉，我的人生明燈。一切都好嗎？」艾美試圖掩藏自己的重重心事。如果這條線索最後落得一場空，她可不想讓自己看起來像個笨蛋。

派弟嘆了口氣。「我感覺我的頭要爆炸了。戴米恩．葛萊姆斯跑路了，現在我還聽說派克成了調查負責人。怎麼回事？」

「我晚點再告訴你，」艾美回答。她想現在也許不是向他求助的最佳時機。「你確定沒有別的問題了嗎？」為了辦案工作心煩氣躁很不符合派弟的個性：他一向以輕鬆的態度面對工作，通常還輕鬆得會把她逼瘋。他停頓一下才繼續說，她並且聽到了關門聲。

「伊蓮，我那個女朋友，」派弟說。「她離開我了。」

「噢，派弟，我很遺憾。」艾美說。他在她正要多說些什麼時插話。

「我昨晚吃飯時把潔若汀的事告訴她，但問題是……她本來就已經知道了。」

現在嘆氣的換成艾美。至少他在辦公室，是最安全的地方。而她的嫌犯衝向樓房後方，她現在分秒必爭。「我現在不方便說話了。晚點聊？」

背景傳來某個需要派弟關注的聲音。「沒問題，」他說。「等妳回來見。我們再擬訂偵訊計畫。」

艾美將手機關靜音，塞進口袋，下了車。她得單槍匹馬行動了。她悄悄溜過鐵網柵門，鞋子踩在泥徑上。柵門就這麼開著，代表嫌犯打算快去快回。她左看右看，檢查有無監視器，但是這裡不像樓房裡其他更先進現代的區塊，尚無保全措施。水泥灰的建築物裡設置著發電機、暖氣和供水管線，她鎖定的嫌犯沒有正當理由要來這裡。她無聲地快步走過雜草叢生的泥徑，通過開了個小縫的後門。她踏上陰暗的走廊，機油和機械廢氣的味道讓她皺起鼻子。如果要趕上對方，她得加快腳步了。她眨著眼睛適應昏暗的環境，高牆上沾著污泥的窗戶透進的微弱午後陽光幾不可見。艾美集中精神留意周遭聲響，血液帶著腎上腺素在她血管裡搏動，她的心跳重如雷鳴。倫敦市中央有這麼個地方，真令人難以相信，雖然列車從下方隆隆通過時，地鐵站的聲音就提醒了你這裡的位置。她止住動作，仔細聽腳步聲，循聲跟到走廊的盡頭。

她停在半開的門前，慢慢解開警械肩背帶上的護套扣環，拿出警棍。她伸手一甩，讓棍身展開到全長。她的手指緊握住把手時，警棍的重量讓她感到安心。窺進一片黑暗時，她感覺又變回了四歲。

艾美往內每走一步，眼睛就朝四周窺視一圈，就像她多年前在那間地下室時一樣：看著天花板上懸吊的蜘蛛網、看著堆積在牆邊的箱子。「妙莉？」她悄聲說。但現在她聽到的不是刮抓聲，而是鐵鏈碰撞出的小聲鏗鏗唧唧。發電設備震動著發出窒悶的熱流，嘶嘶響的蒸氣讓她神經緊繃。遠處，又有另一陣來自下方的低沉隆隆聲使得天花板震動，震落的塵埃落在她頭髮上，但似乎沒有打擾到懸在巢裡的許多蜘蛛。艾美感覺自己明顯地縮了起來。振作一點，她心想。她把警棍扛在肩上，每一步都踏得審慎。建築物盡頭傳來的某個聲音讓她對著遠處瞇起眼。開燈只會讓嫌犯發現她的存在。

一切都太順利了。柵門開著，機房門沒鎖。她跟著嫌犯來到這棟樓房的底層，只有手中的工具可以防身。艾美走進的是個陷阱。她正要後退一步時，聽見室內遠端的角落傳來呻吟。

「妙莉，」她一面悄聲說，一面望進黑暗中。「妳在那裡嗎？」一段回憶湧現：角落的木箱裡傳出突如期來的刮抓聲。她的倉鼠……艾美的心跳漏了一拍。哈米。真的有這麼巧合的事嗎？她彷彿又重新經歷那一天，只不過這次莎莉安不會跑下樓梯來救她了。這次她要靠自己。這次她可以搞定。

她抓住警棍，跟著鐵鏈的鏗啷聲走。她用空著的手取出口袋裡的手機，螢幕的背光亮得刺眼。沒有訊號，她得到高處去，請求支援。但妙莉可能在下面這裡奄奄一息，她不能丟下她。

又一聲呻吟，音量隨著艾美接近而放大。然後她看到了：一個滿身瘀傷的狼狽身影縮在角落，被鐵鏈鎖在水管上。艾美奔向她，腳步聲回音不斷。但是太遲了，艾美看到妙莉眼中閃著警告，然後自己眼角瞄到利刃的閃光，刀鋒劃進她的皮膚時，劇烈的痛楚淹沒了她的感官。

67

他看著艾美躡手躡腳爬下樓梯，睜大雙眼細看周遭環境。從他所在的制高點，他估算出她需要三分鐘的時間抵達妙妙的所在地。三分鐘後，她就會到他面前來追究他所做的一切。

他真討厭妙妙在被他碰到時畏縮的樣子，好像他會用那種下流的方式侵害她一樣。他才不是強暴犯，也不是戀童癖。他的行為是出於必要與公義。他記得他第一次見到她時，她金色的秀髮是如何反射著光線。多麼一個漂亮的女孩，又這麼有愛心；但美貌與魅力無法讓你豁免於世界上的殘酷暴行。他一直謹慎隱藏自己的身分，一心想像著他在三天倒數結束後去「解救」她時會得到的感激。但是現在他的計畫出現了破綻——都拜那個姓溫特的賤人所賜。他們上次碰面時，他就捕捉到她眼裡的一絲懷疑。她已經參透真相，現在一切都太遲了，這位警探找上門來了。

他為莉莉安·葛萊姆斯爭取上訴機會的計畫順利進行了一陣子。監獄不是她該待的地方，他等不及她被釋放的那天到來。但是，讓莉莉安出獄只是計畫的一半。計畫中本來只有這三天，有妙妙陪伴在旁的三天，他可以保護她的安全，看著她熟睡。可是走到某一步時，一切全都危險地失控了。他不是個性格暴戾的人，可是他又有什麼別的選擇？他不能去坐牢。事情還是可以按計畫進行，前提是不能讓艾美·溫特活命。

他看著她微微伏低身子穿過走廊，警棍拔了出來。她體格結實，但是身高偏矮，他比她有優勢。他對黑暗環境的習慣已經成了他的第二天性。他緩慢無聲地把防毒面罩拉上臉，並輕輕拿起他帶來的背包，白色的小型氣瓶從上端露了出來。這個氣瓶上用紅字大大標示著「危險」，會把她送進一場再也醒不過來的深眠。艾美是他計畫中的漏洞，一旦除掉她，其他環節也會回歸正軌。他拉著面罩調整，橡膠的味道令他感到深受撫慰。他靜靜地潛行接近她，在靠近時閉住氣。他將手術刀從內袋取出，用右手握緊。每個計畫都需要備案。如果逼不得已，他會一刀割了她的喉嚨，如果能讓莉莉安獲釋，那就值得了。他不容許任何人事物阻擋他往目標前進。

68

手術刀割穿皮膚時，艾美痛得哭喊出來。她在攻擊者出手前幾秒才瞄到對方，他迅速解除她的武裝，劃傷她的皮肉。她按住流血的前臂，脈搏疾速跳動，一道細細的血流從她指間滲出，持續滴落到地上。

「是我的話就不會輕舉妄動。」嫌犯在她的手伸向肩背帶上的防暴噴霧時說。

他垂低左肩，讓背包滑到地上。「別看它小小一瓶，」他說，從背包開口拿出氣瓶。「這裡面的毒氣足以毒死妳們兩個。現在給我把警械背帶丟過來。」依然握著手術刀的他把警棍踢遠，它很快滾進黑暗中，飛落到遠方的一角，和金屬水管碰撞出鏗鏘聲。

艾美的視線轉向妙莉，考慮著她的選項。妙莉被一段鐵鏈繫住，躺在地上，滿臉汗水。就算解除束縛，她顯然也無力站起。她幾乎在喪失意識的邊緣，眼睛眨動著睜開，同時發出細微的痛苦低鳴。如果艾美對嫌犯的判斷沒錯，他不會狠得下心殺死這麼一個手無寸鐵的小女孩，尤其是她的年紀只比他自己的姊姊身亡時大了三歲。她可以幫自己談出一條生路，非這樣不可。艾美緩緩舉高雙掌，血往下流到她的手肘，在她的襯衫染出蜿蜒的線條。她咬緊牙關，傷口也許很淺，但還是痛得要命。

「放輕鬆點，」她用盡可能冷靜平和的聲音說。「我是來幫忙的。她需要送醫。你何不讓我……」她倒退著走近那女孩。

「留在原地別動。」男子粗嘎的話聲透過面罩傳來。他的個子比艾美高大，但是她在工作中也不是沒遇過遠比約翰．湯普森更難纏的對象。

「她是無辜的，就和你姊姊一樣。拜託，約翰，把面罩拿下來，然後叫救護車。她需要我們的幫助。」

妙莉的眼睛輕輕睜了第二次，她聽見綁匪的名字時，嘴唇張了開來。

「我不叫約翰，」他生氣地回應，猛吸了一口氣。「我是戴米恩．葛萊姆斯。這一切都是他……我設計的。」

「你比戴米恩高了幾吋，」艾美一面說，一面往背後回望。「而且就我所知，他現在被羈押了。」她將手放在妙莉額頭上，皮膚傳來的燙熱高溫讓她皺眉。隨著約翰接近，防毒面罩裡傳來的詭異噪音越來越大。艾美必須擊潰他的計畫，才能讓她們倆離開這裡。她也必須假裝她並不把他視為威脅——這兩層都是謊言。她現在已經看出，約翰一直都在設法嫁禍於戴米恩。

「你不是殺人犯，」艾美說。「你是個獸醫，怎麼看都不是會冷血殺生的那種人。」但他是會寫數百封信寄到獄中給莉莉安的那種人。多年來纏著莉莉安不放的人並不是葛拉蒂絲；約翰才是背後的主使。我收到的信多到都可以拿來貼牢房的壁紙了，莉莉安曾這麼說。直到艾美親自讀了那些信，心中才產生疑慮。信的內容惡毒又刻薄，都在詛咒這個殺死他姊姊的女人死得痛苦又拖磨。葛拉蒂絲親自寫信的少數幾次，則都寫說她原諒了莉莉安犯的罪。讓艾美始終遲疑的是，他和他母親都是受害者，他為什麼會想讓莉莉安獲釋出獄？

約翰拔高嗓門，好讓聲音傳出面罩。「妳不了解我。」

儘管參雜著怪異的聲響，他的話還是讓艾美聽得清清楚楚。「你用小名稱呼她的時候，我就開始懷疑起來。只有親近的朋友和家人會叫她妙妙。這讓我換了個不同的角度看你。」她轉頭看著那努力維持清醒的女孩。

「但為什麼你要幫莉莉安？」艾美將注意力轉回逐漸逼近的攻擊者身上。她需要讓他繼續說話，誘使陷入虛假的安全感之中，如此她才能想出下一步行動策略。「你可憐的母親遭受了那麼多折磨。莉莉安又那樣對待你姊姊……毫無悔意地把她丟在冷凍櫃裡。你為什麼想要幫莉莉安重獲自由？」

「我不是想要『幫』她，」約翰的話語現在聽起來撕心裂肺，字字刻滿痛苦。「我想要殺了她。對莉莉安．葛萊姆斯這種人，監獄太舒服了。她應該緩慢又痛苦地被折磨而死，骨灰撒進垃圾堆。」

艾美注意到他用的動詞時態都是現在式，他還沒有放棄他的計畫。他要把她帶來這裡、這間動物醫院的地下室，要她為她的所作所為付出代價。「於是你透過臉書跟戴米恩交上了朋友？」

約翰沒有否定她的推測。「他老是講他老媽的事連講幾個小時，說警察是怎麼栽贓她。我想讓那個賤人被放出來，我就能親自把她解決掉。」

突然一陣蒸氣排出，使得艾美背後的水管嘶嘶作響，她全身僵直。現在一切都說得通了。綁架了妙莉之後，約翰加入「真相守護者」社團，將她當作籌碼，讓莉莉安的案子重啟審判。這樣做可以一舉兩得：構陷戴米恩背上綁架罪，並在莉莉安出獄之後以其人之道還治其人之身。

「差一點就成功了。」約翰把氣瓶抓得更緊。「現在還是有機會成功。」

艾美試圖爭取時間，一道汗水沿背流下。「你一定知道，我們已經發現你就是妙莉的獸醫。」

艾美在網路上搜查獸醫診所時，才認出約翰的臉。

「但妳說戴米恩被羈押了，所以還沒有人知道我的事。」約翰扭動著把面罩戴緊。他的T恤腋窩處被汗水沾濕。

艾美已經想通，是考特瑞太太給了約翰鑰匙，他近期到過那位老太太家給她可憐的約克夏犬出診，輕易就能摸清妙莉的日常行程。她的目光集中在他手裡的手術刀。

「我本來是要帶著妙妙三天，然後我們就會……」他的話聲漸弱消失，隔著面罩講話讓他筋疲力竭。四周越來越悶熱，艾美用手抹掉額上的汗水，留下一道沾血的痕跡。「現在回心轉意還不遲。妙妙是個好孩子，她不該遭到這種命運。」

「我姊姊也不該。」艾美站穩腳步的同時，約翰的呼吸加速了。「現在快點把背帶丟過來，不然我就把妳們兩個都毒死。」

既然約翰戴了面罩，艾美知道她留著防暴噴霧也沒用。妙莉的精神逐漸渙散，勸他就範的機率似乎也很低。她必須解除他的武裝，而且動作要快。她雙手抓著警械背帶，感覺到護套內的手銬重量，一個計畫在她心中成形。她使盡全身力氣，將肩背帶瞄準約翰的頭丟過去。他右手拿手術刀、左手拿氣瓶，一定得放掉其中一個。隨著一聲巨響，氣瓶掉下來滾遠了。艾美必須抉擇：是要跑去求救、或是留下來一戰？她現在絕不能丟下妙莉。她已經看出了約翰眼中的瘋狂光芒。在早逝的姊姊陰影下活了那麼多年，他無比渴望復仇。他也許對妙莉有過好感，卻不顧她陷入休克狀態。他的動機使他盲目，現在的他只想得到自己。她只有一條路可走：奮戰到底。

妙莉掙扎著起身，身上的鐵鏈鏗啷作響。艾美再一次為這個女孩心碎。看到她在這裡毫無防備、身陷枷鎖的樣子——她就象徵了傑克和莉莉安傷害過的每一個女孩。

艾美舉起拳頭，怒瞪著約翰，雙腳穩穩踩在地上。來啊，她聽到他嘲諷的嗤笑時心想，盡量小看我啊。

約翰比她高出三十公分，她得設法把他往下拉。艾美一腳往後蓄勢待發，然後毫無保留地全力往他雙腿間猛踹。

「嗚！」他倒喘一聲。他在面罩下掙扎著吸氣，跪倒在水泥地上。

艾美將右臂向後拉，然後將她所有的挫敗都灌注進一記右勾拳，正正打在他下巴上。她的拳頭擊中面罩的塑膠，他戴手套的雙手亂揮，試圖抓住她的手腕，被她閃躲開。她迅速後退，沾著黏滑鮮血的左手伸過去抓倒在地上的背包。他扔下背包時，她聽到裡面傳來鑰匙的噹啷聲。她得要救妙莉出去。但是約翰撲向她時，她的下一次出擊失了準頭。她的拳頭打碎了面罩上的玻璃目鏡，劇痛傳遍她的指節。他們兩人同時哭喊出聲，艾美猛力甩動拳頭，好讓手指恢復一點知覺。

約翰再度跪倒，手緊摀著臉。

「妙莉，」艾美一面說，一面翻著背包。「我是警察，但我現在只有一個人，妳可以站起來嗎？」然而回應她的只有一聲無力的呻吟。艾美的手指勾住一只堅硬的金屬鑰匙圈，不禁鬆了一口氣。如果能解開妙莉身上的鐵鏈，她就有機會逃脫了。但是這份希望只存續了短短片刻，約翰站了起來，把面罩丟向地面。

「妳這賤人，」他尖叫著摀住左眼。他凹陷的眼窩裡流出某種黏稠的物質，臉上也沾著濕滑的鮮血。他咆哮著逼近她，臉上怒火騰騰。

艾美踉蹌地站起來，被自己的血弄滑了腳步。起身的動作加上疼痛的傷口令她眼冒金星。「把刀放下！」她擠出虛張聲勢的自信命令道。她從視野邊緣看見妙莉的手指勾住地上的鑰匙。一線希望燃起，如果她能解開鎖站起來，她們也許還是有機會。但是艾美能拖住攻擊方那麼久嗎？她握緊雙拳準備應戰。

約翰撲過來的時候，艾美用左拳往上揮，指節觸及他的下巴時她痛得皺眉。但她出拳不如先前有力，傷勢削弱了她的力道。約翰整個人往她壓來，她沒有時間恢復力氣，往後倒時顱骨撞上地面，眼前又一陣金星亂舞。

他全身的重量壓在她身上，她幾乎無法呼吸，痛楚像牆壁般從四面八方包圍她。艾美在他的體重下弓起身拚命喘氣。「我要割了妳的喉嚨。」約翰齜牙咧嘴地說，血點和唾沫猶如雨點灑在她臉上。他的左眼窩成了一個凹陷的傷口，但他似乎對痛楚渾然無覺。她無助地踢出一腳，心中祈禱妙莉仍有意識。鐵鏈的碰撞聲再度傳來，顯示妙莉正在動作，但是她能及時脫身嗎？「滾開！」艾美叫道。「殺了我，你就準備坐牢！」

但約翰已經失去理性思考的能力，他抓著利刃在艾美的臉龐上方比劃。「身為獸醫的好處，」他一面嗤笑，一面往地板上噴吐血沫。「就是我很清楚該往哪裡割。」

但身為警察的好處，就是艾美受過防身術訓練。她將他的左右手腕緊緊箝在一起，直到他整個人被往下拉低。他手中的手術刀抖動著懸在她上方，像等著宣判她命運的斷頭台。只要一個動作失誤，刀鋒就可能劃過她的喉嚨。她放開右手，用雙腿纏住他的軀幹，讓兩人都往旁邊滾倒。約翰被突襲得失去平衡，回過神來已經摔在地上。

艾美爬到他身上，奮力壓制他奪取主控權，使勁往他的臉部重擊。約翰在扭打中弄掉了手術刀，於是用雙手環住她的脖子掐緊。

艾美感覺到呼吸的空氣突然被阻斷在喉嚨中，恐慌感逐漸發酵，她的指甲扎進他的手腕，為了求生拚命猛抓。但她的肺臟還是在胸腔裡灼痛起來，她維生所亟需的氧氣已經耗空。一段閃現出的回憶佔滿了她的心思：莉莉安在客廳地板上扼盡薇薇安的最後一絲生機。等到約翰得知艾美的真實身分，他會因此而高興嗎？這其中的諷刺性嘲笑著她。她的眼球暴凸，迫於壓力而爆裂的微血管將她的視野染紅。約翰咬牙忍痛，手掐得越來越緊。

直到約翰倒在地上、單眼上翻，艾美才看見從她背後無聲走近的妙莉。妙莉毫不留情地將生鏽的螺絲釘捅進他沒受傷的那隻眼睛。約翰的手從艾美喉嚨上鬆開，野獸般的哀號響遍空中。

艾美爬到一旁，將肺裡吸滿溫暖的空氣。

妙莉跪在地上，眼睛在滲汗的髮絲後方眨呀眨，制服襯衫上濺了血點。「我揹妳，」艾美喘著氣說。「我們走吧。」

艾美用溫柔的動作揹起妙莉，驚愕於她的體重如此之輕。這就像她小時候和莎莉安常玩的騎馬打仗遊戲。她跟隨著照進門內的光線，疲憊地在走廊上前進。

69

艾美撥開臉前的頭髮，凝視著被侵蝕的墓碑上刻鑿的文字。從碑座周圍叢生的雜草看來，這座墓除了她之外沒有別的憑弔者。

她尋獲妙莉之後，已過了三天。時間足夠讓那女孩開始痊癒，她身體上的傷很快就會復原，但留在內心的疤痕會更難擺脫。至於約翰……醫生擔心他會喪失其中一眼的視力。要艾美同情這個差點奪走她性命的男人並不容易，而且她特別怨恨在那一刻，莉莉安駭人的罪行是她腦中最後浮現的念頭之一。

她屈膝放下在路上買的一束白玫瑰。這是她對長眠地下的姊姊的致意。「冬天已過，雨水也止住過去了，地上百花開放。」[14]她唸出墓碑上的銘文，詞句在她唇上流連停駐，腦海中也播放起一段回憶，她無法逃避的一段驚恐往事鮮明地重演。

莎莉安被重擊後腦時雙腿癱軟倒下的模樣、莉莉安發現傑克做出什麼事時的表情。他們怎麼能如此沒心沒肺？他們對那些來到家裡的陌生人比自己的血親更在乎，而她自己的血管裡也流著同樣的血脈。

[14] 出自《舊約聖經》中〈雅歌〉。

艾美始終感覺自己與別人不同，但是她難以消化自己竟然參與過如此恐怖之事。現在她的心中充滿自責與後悔。如果她那一晚沒有走進地下室，莎莉安還會存活在世間。她在手指上一吻，然後將手指按在冰冷的水泥墓碑上。

「對不起。」她悄聲說。莉莉安差點就擊潰了她，現在她簡直不再認識自己了。但是她姊姊會希望她堅持下去。她再次想起莎莉安臨死的時刻，胸口不禁揪緊。如果他們殺死的是她就好了，這樣至少她不用承受……

「艾美？」一個輕柔的聲音從她身後傳來，闖入她的腦海。艾美站直起來，煩躁感讓她微微皺眉。她就不能獨處個五分鐘嗎？她整頓了一下，轉過身去，迎著穿過雲層的陽光瞇起眼。

「伊蓮？」她認出眼前人是派弟手機上那張模糊照片裡的女子。她消失之後，他擔心得發瘋，還通報了失蹤人口。但是這名女子的五官之間有某種感覺，讓艾美的心臟幾乎要躍高到喉嚨。一定是她的腦袋在捉弄她，她滿腦子都在想莎莉安，想著想著就以為自己在對方身上看到了姊姊的影子——她柔和的臉孔、藍灰色的眼睛……但伊蓮的頭髮不是栗色長髮，而是金色的鮑伯頭。她碰了碰艾美的前臂，彷彿在確認她是否真實存在。艾美在她的碰觸下微微一縮。

「我不是伊蓮。」她說，並露出和善的微笑。

「妳不是派……派弟的伊蓮嗎？」艾美臉紅起來。她是怎麼了？她驚恐地吞回結巴的語句，她以為自己早已克服這個障礙。

「不是，」那名女子說。「妳再看一次。」

艾美眨眨眼。那溫暖的眼睛、柔和的微笑、耐心的聲音——這不可能。直到伊蓮笑得露出明顯的酒窩，艾美才敢確定。

「是我。我就是妳姊姊。我是莎莉安。」

「妳是她的鬼魂嗎？」艾美目瞪口呆地說，壓抑已久的眼淚終於淌下臉龐。

「寶貝，我沒死，」伊蓮輕笑著用溫暖的手臂環住她。「我逃跑了。但是我永遠不會再離開妳了。」

70

兩週後

「別一副這麼緊張的樣子。」艾美・溫特偵緝督察隔著車頂看向派弟。「人家看了還以為你是要上刑場呢。」她打量著他海軍藍色的領帶，上面點綴著小小的金色天秤圖案。

派弟將領帶撫平，對她投以疑問的眼神。「妳難道不應該先跟我解釋一下嗎？我不喜歡這麼毫無準備。」從前，派崔克・拜恩偵查佐是完全不介意即興演出的。先前是槍械組警員的他習慣隨時臨機應變，讓血管裡的腎上腺素加強他的表現。但這天下午有所不同。他們一起休假，派弟面對即將來臨的大事，比工作中遭遇任何大場面時看起來都還更害怕。

「我就留給伊蓮解釋吧。」她微笑著說。他們站在艾美常光顧的拉德伯克紋章酒吧外。

艾美原本萬分不想牽扯進他們的家務事，但是既然派弟選擇了她姊姊、放棄了他太太，她就沒有置身事外的餘地。自從伊蓮現身，艾美的腦中就有各式各樣混亂矛盾的想法在相互交鋒。她現在有辦法告訴派弟的，就只有她是被收養的、還有伊蓮是她姊姊這兩件事。

「她要甩掉我了，對不對？」他們往酒吧走近時，他臉色嚴肅地說。「我是說，正式甩掉我。」

艾美瞪著他，納悶著該怎樣禮貌地叫他有種一點。「算你好運，電話來了，」她說，伸手進大衣口袋拿出響個不停的手機接聽來電。「對，我們在外面了。」她點頭。「待會見啦。」

她微微將頭後仰，直視著他的眼睛。「你只要保持開放的心態就好——不管她說什麼。」

「光是聽到妳們有親屬關係，這震驚就夠大的了。」派弟的手深深插在口袋，抖著右腿。他異於平時的行為看起來真是奇怪。他手裡握槍的時候，總是冷靜、專注又自制。

艾美翻了翻白眼。「聽我說。你能搞定的。她想要繼續和你在一起，她是來挽回你的。」

「真的嗎？」派弟說。他整張臉因為心懷希望而亮了起來。伊蓮離開之後，他瘦了，但這樣對他有益無害。他原本凸到工作褲外的肚腩消了下去，雙下巴也不見了。他的臉頗為滄桑，幾根灰髮也冒了出來，但總體而言，他這人並不難看。「長相很有個性」是茉莉．巴克斯特警員曾用來形容他的說法。天曉得是生活中的多少苦難才塑造出他這副尊容。

艾美發覺派弟在等待她的肯認，於是擠出一個微笑。「但是……這個『但是』可是很重要的……你得好好聽她要講的話，在你真正聽進去之前，都不要做任何重大決定。」

派弟匆匆吸了一口電子菸，往空中吹出一縷絲帶般的、含有菸草氣味的白霧。

「你先請。」她說著打開門。

他們走進酒吧時，艾美看到一瓶普羅賽克氣泡酒擺在冰桶裡，不禁挑起一邊眉毛。伊蓮坐在窗旁的一張木頭長桌後，桌邊附椅墊的座位靠著內牆。艾美在親生姊姊身邊時，仍然會感到一股刺痛人心的難以置信。

派弟尷尬地站著，愛意明明白白寫在臉上。他只遲疑了幾秒，就踏上前將伊蓮抱入懷中。他將她擁向自己，吻了一下她的頭頂。他鬆手退開時，已經淚濕了雙眼，嗓音中充滿情感：「我好想妳。」

艾美吞吞口水，對他們倆感到一股油然而生的憐愛。她姊姊來到她的生活中之後，世界似乎變得更溫暖了。或許這也是伊蓮被派弟吸引的原因，她擅長拯救別人的靈魂。

「對不起，我離開了，我以為你沒有我會過得更好。」伊蓮滿臉懊悔地說。豐潤的身形讓她看起來更充滿母性，艾美覺得她沒有自己的孩子真是太可惜了。

艾美的目光從伊蓮身上跳向派弟，等待震撼彈拋下。他對這個消息會有何反應？她希望她姊姊買來慶祝的普羅賽克氣泡酒沒有買得太早。

派弟在座位上挪動了一下。「妳有事要告訴我？」

伊蓮深吸了口氣，臉紅了起來。「這個嘛，艾美告訴過你我們是姊妹了嗎？」

「有，」他說。「但我感覺事情不只這樣。」

「的確，」伊蓮說，努力將自己武裝起來。「我們的親生父母是傑克與莉莉安．葛萊姆斯。」她看著他，尋找著理解的表示但一無所獲，於是她繼續說：「就是那對連環殺手。」

派弟直瞪著眼、眨也不眨，消化著這雙重的打擊。「這是開玩笑吧？」

伊蓮搖了搖頭。「我出生時的名字是莎莉安．葛萊姆斯。」

「但妳……」他停頓一下，從伊蓮看向艾美。「她死了。莎莉安被謀殺了。」

伊蓮試探地伸手越過桌面。她握起派弟的手，說話的聲音輕輕柔柔。「我沒有死，我逃跑了。」

「是真的。」艾美說。隨著她的過去被袒露出另外一面，她也感到一股擔憂。她蹺起腿，隔著牛仔褲擱在膝上的手指相互交叉，越來越緊繃。她想念起硬挺的工作用西裝和皮靴帶給她的安心感；她的私人生活取代她新近的工作表現成為焦點，讓她深覺反感。但如果她非要有個姊夫，那麼派弟・拜恩是個再好不過的人選了。艾美看向她拚命尋找正確用詞的姊姊。誰會想要承認有這樣的父母、承認她們是「布蘭特伍德人魔」所生？時至今日，世人都以為莎莉安也是死於他們手下的被害者，是他們的親生女兒，卻在剛步入青春期時就被殺死。艾美吸氣後開口說話。「那天晚上，我以為傑克把莎莉安給殺了。但其實她被丟在我們家冷得要命的室外棚屋裡、一堆帆布的底下，然後醒了過來。她已經存了好久的錢打算要離家出走，行李藏在屋後的幾個箱子後面。我們在倫敦有親戚可以保護她的安全——也保守她的祕密。」

「但他們一定有發現妳不見了吧。」派弟轉向伊蓮尋求答案。

伊蓮點點頭，終於找回了聲音。「殺人對他們而言已經成了家常便飯。莉莉安一定以為傑克把我埋起來了，而他也以為是她埋的。他們都絕口不提這件事，因為他們知道不應該對自家人下殺手。」

「如果被埋在壁爐下的人不是妳，那麼會是誰？」派弟的疑問就跟艾美初次得知真相時問的一模一樣。

「某個逃家少女，」伊蓮回答。「我們家有時就像中途之家似的，好多人來來去去。傑克燒了那個女孩的屍體，我們身高和年齡都一樣，她偷了我的項鍊，死的時候剛好戴著。」

「但我們把她的屍體認成了妳。為什麼傑克不說明白？」

「他本來正要說。在偵訊的逐字稿裡都可以看得出來，」艾美回答。她已經準備好要補充說明。「他不止一次提到莎莉安，說我們想知道她被埋在哪裡，就得問莉莉安。然後，他說他要從實招來，說警察搞錯了。」

「但他還來不及解釋清楚就死了，」派弟說。他舉起杯子，灌下一口浮滿泡沫的酒。這種等級的消息應該要搭配更烈的飲料才對。「我真不敢相信。」他把空杯放在桌上，腦海浮現出另一個想法時，臉色愁雲慘霧起來。「我們認識的時候……就是在這間酒吧裡，妳的酒灑到我身上。那不是單純的巧合，對不對？」

「請試著理解我的立場，」伊蓮壓低了聲音說。有個女人從旁走過，從包包裡摸出車鑰匙，然後步出酒吧前門。「艾美被收養之後，我告訴自己，她如果沒有我會過得更好，但我始終無法不想她。我在臉書上找到戴米恩，他對自己身分的態度很光明正大。他不在乎誰知道他是葛萊姆斯家的人。」

「妳跟他加了好友？」艾美問。這對她來說是新消息。

伊蓮點了頭。「我跟他說我是他親戚，給了他收容我的那家人的資料。他告訴我說妳被負責莉莉安的案子的警察收養。然後，要追蹤到妳就不難了。」

「他是怎麼找到我的？」

「莉莉安雇了個私家偵探追蹤羅柏．溫特。她本來只是想寄仇恨信件給他，但偵探給她看妳的照片時，她就發現自己的收穫遠比預期更大。」

艾美感到反胃。如果她的親生哥哥對事實內情抱持如此開放的精神，那麼遲早會傳得人盡皆知，她的事業也會更受威脅。她將目光轉回伊蓮身上；她姊姊對她內心的混亂失措渾然不覺。

「那我呢？」派弟說，並握緊了伊蓮的手。

「一開始……」伊蓮坦承道。「一開始我只是因為你和艾美共事而認識你。我從沒有想到會愛上你。」

派弟發出一聲悠長疲憊的嘆息。「那現在呢？」

「我準備好要回到你身邊了，如果你願意的話。」

派弟一面點頭、一面深思。「我們有好多事得談。」

艾美微笑起來。這就是派弟的作風，即使面對周圍的一片混亂，依然表現出穩定的接納能力。她從桌邊起身。「既然如此，我的任務完成了。嘿，派弟，你要知道，這樣一來你就成了我的準姊夫嘍。」

這個可能性讓他看起來喜不自勝，他報以笑容。「那就太好了。」

尾聲

莉莉安坐在桌前，手裡握著筆。擲出骰子的時刻又到了。她的律師告訴她，警方重啟了她的案件。她的么女現在對她而言不再有價值，但是……她不能讓她們的關係像這樣結束，任由艾美以為自己佔了上風。她現在該讓那丫頭找回自己的根了。她微笑起來，就像她在羅柏．溫特死後開始啟動計畫時一樣。

親愛的亞當，

我想我的來信必定讓你大為意外。我關注你的報導很久了，覺得我們應該很合得來。

你知不知道我們曾經差一點就成了親戚呢？你和艾美的婚事告吹了真是可惜。要是家族裡有個記者那可真不錯。不過話說回來，等你知道她的真面目，就會慶幸你們當初分手了。

我替你申請了明天來探視。我相信我準備要全盤托出的內容對你會有很大用處。只不過，我需要你先幫我做一件事。

莉莉安．葛萊姆斯敬上

致謝

感謝Thomas & Mercer出版社優秀的專業團隊，特別是傑克・巴特勒（Jack Butler）、蘇菲・米辛（Sophie Missing）、蘿拉・迪肯（Laura Deacon）幾位編輯，他們出色的工作成果讓這本書呈現出最好的樣貌。特別感謝封面設計師湯姆・山德森（Tom Sanderson），為我設計了絕妙的書封，他的作品揭曉時，他就是唯一能讓我驚豔到語塞的人。

感謝瑪德琳・米柏恩（Madeleine Milburn）、海莉・史提德（Hayley Steed）和版權經紀公司團隊的其餘成員。在寫作事業之路上得到他們的引導，是我的莫大幸運。

感謝我有幸結識的一群優秀作者，特別是梅爾・謝拉特（Mel Sherratt）、泰瑞莎・德利斯柯（Teresa Driscoll）與安琪拉・瑪森斯（Angela Marsons）。傳言說的都是真的：犯罪小說家是世界上最好的人。

感謝我在警界的前同事，我仍然將你們放在心裡。此外，也感謝從一開始就為我的書打氣的書評家、部落客、讀者和讀書俱樂部。一如以往，我深深感謝你們的支持。

放在最後但同等重要的是我對家人與朋友的感謝。謝謝你們對我的信心。

Storytella 198

真相與謊言
Truth and Lies

眞相與謊言/卡洛琳.米契作；葉旻臻譯. -- 初版. -- 臺北市 ： 春天出版國際文化有限公司, 2024.06
面 ； 公分. -- (Storytella ； 198)
譯自 : Truth and Lies.
ISBN 978-957-741-848-7(平裝)

874.57 113004752

ISBN 978-957-741-848-7
Printed in Taiwan

TRUTH AND LIES

作　者　卡洛琳・米契
譯　者　葉旻臻
總編輯　莊宜勳
主　編　鍾靈

出版者　春天出版國際文化有限公司
地　址　台北市大安區忠孝東路四段303號4樓之1
電　話　02-7733-4070
傳　眞　02-7733-4069
E－mail　bookspring@bookspring.com.tw
網　址　http://www.bookspring.com.tw
部落格　http://blog.pixnet.net/bookspring
郵政帳號　19705538
戶　名　春天出版國際文化有限公司
法律顧問　蕭顯忠律師事務所
出版日期　二〇二四年六月初版

定　價　420元

總經銷　楨德圖書事業有限公司
地　址　新北市新店區中興路二段196號8樓
電　話　02-8919-3186
傳　眞　02-8914-5524
香港總代理　一代匯集
地　址　九龍旺角塘尾道64號 龍駒企業大廈10 B&D室
電　話　852-2783-8102
傳　眞　852-2396-0050